KB267754

김대산 新무협 판타지 소설
Fantastic Oriental Heroes

心劍誌
심검지

심검지 2

김대산 新무협 판타지 소설

초판 1쇄 찍은 날 § 2012년 9월 10일
초판 1쇄 펴낸 날 § 2012년 9월 17일

지은이 § 김대산
펴낸이 § 서경석

편집부장 § 권태완
편집책임 § 박우진
디자인 § 이혜정

펴낸곳 § 도서출판 청어람
등록번호 § 제1081-1-89호
등록일자 § 1999. 5. 31
어람번호 § 제2-2256호

주소 § 경기도 부천시 원미구 심곡2동 163-2 서경B/D 3F (우) 420—822
전화 § 032-656-4452 팩스 § 032-656-4453
http://www.chungeoram.com
E-mail § chungeorambook@daum.net

ISBN 978-89-251-3001-9 04810
ISBN 978-89-251-2999-0 (세트)

心劍誌

2 반회당(反悔堂)

심
검
지

김대산 新무협 판타지 소설

Fantastic Oriental Heroes

반회당(反悔堂)

도서출판
청어람

目次

第二部
용호장(龍虎莊)

第四章
필괴(必怪)

1

양철과 조상간은 완전히 주눅이 들어서 매사에 장삼과 추괴의 눈치를 보는 신세로 전락하였다.

더욱이 장삼은 다시 수완을 부려 그야말로 마방의 새로운 실세로서의 위치를 단단히 굳혀 버렸다.

장 노사를 확실한 자신의 편으로 만들어 버린 것인데, 장삼의 수완이란 소위 말하는 '말발' 과 '술발' 이었다.

알고 보니 장삼은 사뭇 묘한 말재주를 가지고 있었다. 특별히 화려하거나 교묘하지는 않고 그저 평범하게 들리는 말인데도, 잠시 얘기를 나누다 보면 어느 틈에 그의 얘기에 고개를 끄덕이지 않을 수 없게 만드는 그런 재주.

하나의 예로, 그는 다만 성이 같다는 것만으로도 장 노사와의 관계를 졸지에 '조금 먼' 인척 관계로 만들어 버리기도 했던 것이다.

그러나 장삼이 결정적으로 장 노사를 휘어잡을 수 있었던 것은 역시 '술발' 덕분이었다.

장 노사가 술이라면 사족을 못 쓴다는 것이야 이미 알려진 사실이지만, 요즘 장삼이 사흘이 멀다 하고 구해오는 술은 이전의 조상간 등이 가끔씩 생색을 내던 것과는 아예 차원이 다른, 소위 명주급(名酒級)이었다. 그러니 장 노사가 어떻게 끔뻑 넘어가지 않을 수 있겠는가?

그리하여 이제 마방에서는 장삼의 말 한마디면 모든 일이 무사통과나 마찬가지로 되어가고 있는 중이었다.

그렇더라도 장삼이 전횡을 저지르는 것은 아니었다. 마방의 일을 재분장하면서도 조상간과 양철을 크게 차별하지 않고 대략적으로는 공평하게 분담이 되도록 하였으니 말이다.

물론 장삼도 아주 공평무사하지는 못하였으니, 좀 더 더럽고 힘든 일은 조상간과 양철에게로 배정이 되었다.

그러나 그들 두 사람이 감히 찍소리도 하지 못한 것은 당연하였다.

장삼이 요령을 피우는 것이 또 있었다.

그가 본래부터도 다분히 그런 편이었지만, 요즘은 아예 대놓고 깔끔을 떠는 것이다. 특히 마구간 치우는 일이나 거름을

져 나르는 일 따위는 아주 질색을 하다시피 했다. 이미 안 해 본 것도 아니면서 새삼스럽게 말이다.

그래도 역시 자신이 주도하여 일을 재분배한 입장에서 아예 그런 일을 도외시하지는 못하겠던지, 장삼이 가끔씩은 추괴의 꽁무니를 쫓아다니며 억지 생색을 내곤 했다.

그렇더라도 추괴는 조금도 불만이 없었다.

그가 원래 그런 것에 대해 불만을 표하는 사람도 아니었지만, 어쨌든 장삼의 덕분으로 예전에 비하면 그런 쪽으로의 일은 절반도 넘게 줄어든 것이다.

2

추괴의 말 다루는 재주는 제법 뛰어나다 할 수 있었다. 말들이 그의 말을 잘 듣는다는 사실만으로도 말이다.

그런 추괴의 재주에 대해 장삼은 처음에 그가 말과 쉽게 친해지는 무슨 요령 같은 게 있는 줄 알았다.

그러나 내내 지켜본 결과 장삼은 전혀 의외의 사실을 발견할 수 있었다.

말들은 오히려 추괴를 두려워하고 있었다.

가만히 보니 추괴가 마구간에 들어가면 말들은 즉시 얼어붙고 마는 듯했다, 마치 맹수나 천적이 나타나기라도 한 듯이.

그리고 추괴가 간단한 손짓이라도 할라 치면 화들짝 놀라며 그의 의도가 무엇인지 파악하기 위해 최대한의 집중을 하는 것만 같았다.

그러나 장삼은 아직까지도 전혀 파악을 하지 못하고 있었다. 추괴가 어떤 방법으로, 혹은 그의 무엇이 그처럼 말들을 두려움에 떨도록 만드는지에 대해서.

마침 오늘은 새로 구입한 말 한 마리가 마방으로 들어왔는데, 어디 야생에서 갓 잡아 오기라도 한 듯이 길이 들지 않은 데다 태생적으로 성깔이 사나워 보이는 수말이었다.

말의 입방(入房)과 출방(出房)은 조상곤과 양철의 소관이라 지금 두 사람은 말을 마구간으로 넣기 위해 이리 후리고 저리 달래며 난리를 피우고 있는 중이었다.

그러나 말은 도무지 고집불통인데다 막무가내로 날뛰기까지 하고 있었다.

"뭐 이런 지랄 같은 말새끼가 다 있어?"

급기야 짜증이 날 대로 나고 만 조상간이 한쪽에서 장삼이 지켜보고 있다는 사실마저 잠시 잊고서 버럭 성질을 부리고 말았다.

그런데 그때 마침 근처 밭에다 거름을 져다 나르고 오던 추괴가 그 광경을 보고는 성큼 다가왔다.

그리고는 아무렇지도 않게 말고삐를 잡아채서는 가볍게 잡아끄는 것이었다.

다음 순간 조상간과 양철은 눈이 휘둥그레졌다.

그처럼 '지랄 같던 말새끼'가 어정쩡한 걸음걸이긴 했지만, 사뭇 고분고분하게 추괴가 이끄는 대로 마구간 안으로 들어간 것이다.

장삼도 유심히 지켜보았다.

잠깐 어르고 달래는 과정조차도 없었다. 말은 추괴를 보는 그 순간에 곧바로 무엇에 질려 버리고 만 듯했고, 순순히 복종을 했다.

그러나 장삼은 이번에도 역시 추괴에게서 어떤 요령 내지는 비법 같은 것을 발견해 낼 수는 없었다.

3

장 노사는 아까부터 별일도 없이 괜스레 장삼의 주변을 얼쩡대고 있는 중이었다.

보아하니 벌건 대낮부터 술이 고픈 눈치였다.

하긴 장삼이 예의 그 '명주급'을 구해준 지가 사흘 전이었으니, 오늘쯤은 장 노사의 뱃속 술 벌레들이 요동을 칠 때가 되기도 하였다.

"이보게, 장삼. 오늘은 바깥에 나가지 않는가?"

해거름이 가까워지자 장 노사는 아예 노골적으로 눈치를 주기 시작했다.

“안 그래도 열흘쯤 전부터 술도가에다 얘기를 해둔 게 있는데, 아마 오늘쯤에는 구해 놨을지도 모르겠습니다.”

장삼이 빙긋 웃으며 하는 말에 장 노사의 두 눈이 번뜩 광채를 발했다.

“호! 무슨 술이기에 술도가에서도 열흘씩이나 걸려 구한다는 말인가?”

“누구에게 들었는데… 주당들 사이에서도 꽤 알아주는 술이라고 해서…….”

장삼의 짐짓 능청에 애가 타는 듯이 장 노사는 마른침을 삼켰다.

“그러니까 그게 무슨 술이냐고 묻지를 않는가?”

“그게… 춘(春)… 춘… 뭐라고 하던데, 하여간에 영 술 이름 같지가 않아서… 그만 잊어버렸습니다.”

장 노사의 두 눈이 문득 부릅떠졌다.

“자네 설마… 춘미사(春美思)는 아니겠지?”

“아! 춘미사! 바로 그 이름이었습니다. 역시 노사께서는 알고 계시는군요.”

장 노사는 아예 감격을 하고 마는 모습이었다.

“오오! 정말로 춘미사란 말인가? 그처럼 귀한 것을……!”

그때부터 장 노사는 한시라도 빨리 장삼을 내보내지 못해 안달을 했고, 장삼이 못 이기는 체 외출을 하고 나서는 또 치매 걸린 노인네처럼 잠시도 한 자리에 있지 못하고 온 마방을

왔다 갔다 하였다.

4

장삼이 내민 술병을 한동안이나 보물처럼 쓰다듬고 나서
야 장 노사는 사뭇 떨리는 손으로 마개를 열었다.

"아아~!"

냄새만으로도 취한 듯이 황홀한 감탄사를 흘려내는 장 노
사를 보며 장삼이 그제야 짐짓 생색을 냈다.

"정말로 어렵게 구했다면서 꽤나 비싸게 값을 부르더군
요."

그리고 장삼은 슬쩍 장 노사의 등을 떠밀었다.

"괜히 다른 사람 눈에라도 띈다면 귀한 술 축날 수도 있을
것이니 얼른 가지고 들어가십시오."

"그래, 그래! 그래야지!"

장 노사가 고개를 주억거렸다.

그러나 곧바로 방을 향해 갈 듯하던 그는 문득 멈칫 서며
장삼을 향해 사뭇 묘한 표정을 만드는 것이었다.

"자네 혹시……?"

그에 장삼이 일순 움찔하는 기색이 되고 말았다, 마치 뭔가
찔리는 데가 있는 듯이.

"예? 제가 왜요?"

“<u>흐흐흐</u>! 자네…….”

짐짓 의미심장한 웃음소리를 내며 장 노사는 넌지시 장삼의 가슴 쪽으로 눈짓을 주었다.

잠시 딴청을 피우다가는 어쩔 수 없다는 듯이 장삼은 쓰게 입맛을 다셨다.

“쩝! 어떻게 알아채신 겁니까?”

장삼이 품속에서 또 한 병의 술을 꺼내는 걸 보고 장 노사의 입은 귀에까지 걸렸다.

“그런 게 어디 알아채려고 한대서 알아채지겠는가? 그냥 저절로 알아지는 것이지. 자자! 에서 이럴 게 아니라 내 방으로 가세들!”

장 노사의 넉살에 장삼이 이윽고는 진심으로 승복했다는 듯이 소리 내어 웃고 말았다.

“하하하! 하여간… 대단하십니다!”

5

장삼이 한 병이 아니라 두 병의 춘미사를 주문하고, 또한 장 노사에게는 그 사실을 굳이 숨기려고 한 것은 사실 그중 한 병을 추괴와 단둘이서만 마셔볼 요량이 있었던 것이다.

그런 데는 추괴에게 말을 좀 시켜보자는 속셈이 따로 있었다.

사실 추괴는 말을 하는 데 대해 도무지 적극성을 보이지 않아서 그나마 장삼이 닦달을 하지 않고 둔다면 하루 중에 그 스스로의 의지로 하는 말이래야 다 합해도 채 몇 마디가 되지 않을 정도였다.

그래서 장삼이 궁리 끝에 취중이라면 추괴가 쓸데없는 얘기라도 쉽게 풀어놓을지 모르겠다는 요량을 해본 것이다.

사실 말을 많이 하게 하는 데 취하게 하는 것만큼 좋은 방법도 없을 터이고, 더하여 그러다 보면 추괴에 대해 그간 쌓인 의문들이 일부나마 풀릴지도 모른다는 기대가 있기도 했다.

양철과 조상간에게는 오랜만에 술이나 한잔하고 오라고 억지 생색을 내서 바깥으로 내보낸 다음이었다.

그들 두 사람으로서도 장삼의 그 억지 생색이 무엇을 위한 것인지 눈치가 빤하였을 터지만, 굳이 껄끄러운 자리에 끼는 것보다는 밖으로 나가 마음 편히 술 한잔 걸치면서 한바탕 불만과 욕이라도 쏟아내는 편이 훨씬 좋겠다고 생각하며 군말 없이 마방을 나섰으리라.

장삼이 잘 말린 육포를 커다란 사발에 수북하도록 담아내는 것을 보며 장 노사의 얼굴에는 흡족한 빛이 가득했다.

그러나 한편으로 장 노사는 여전히 눈치를 살피는 중이었다.

그가 다른 것에는 크게 욕심을 부리지 않는 편이지만, 역시 술에 대해서만큼은 지독하달 만큼 욕심을 보이는데다 더욱이 춘미사가 아닌가?

춘미사는 사실 명주로서뿐만 아니라 독주로서도 이름이 높은 술이었다.

그러니 좋은 술을 구해오는 재주와 성의에도 불구하고 장삼이 막상은 술을 크게 즐기는 편이 아닌 줄은 이미 알고 있거니와, 더욱이 그가 알기로 술이라곤 입에도 대보지 않은 추괴였으니 장 노사가 욕심이 생기지 않을 수는 없는 노릇이었다.

장 노사가 자신의 것은 일단 챙겨두고서 장삼의 것부터 먼저 즐기자는 잔머리가 돈 것도 다 그런 까닭에서였다.

장삼이 그런 장 노사의 잔머리를 능히 짐작하면서도 선선히 넘어가 주는 것은 그렇게 하더라도 그가 꾀하고 있는 것에서 크게 엇나가지는 않을 것 같아서였다.

6

"옳거니!"

장 노사는 연신 추임새를 넣고 있었다.

장삼이 명주에 대한 식견을 뽐내고 있는 중이기 때문이었다.

장삼의 얘기 중에는 주당을 자처하는 장 노사로서도 처음

들어보는 얘기가 많았다.

하긴 장삼이 알고 하는 소린지 뻥을 치는 건지는 알 수 없는 노릇이었지만, 그런 건 조금도 중요하지 않았다. 모름지기 술자리에서는 모든 게 다 진실인 법이니 말이다.

장 노사에게 중요한 것은 오로지 장삼이 한창 '말발'을 세우고 있기는 해도 '술발'은 세우지 않거나, 혹은 세우지 못해서 이제 겨우 두 잔째를 받아놓고는 제사를 지내듯이 하고 있다는 점이었다.

하긴 춘미사가 괜히 춘미사이겠는가.

장 노사가 지금 오히려 바짝 신경을 쓰고 있는 것은 추괴 쪽이었다.

'어허! 저놈이 겁도 없이?'

추괴는 장삼이 주는 대로 넙죽넙죽 잘도 받아 마시고 있었다. 그야말로 겁도 없이.

피 같은 술이 아니던가? 장 노사의 안타까운 심정이야 추괴가 비우는 대로 열심히 잔을 채워주는 장삼의 뺨이라도 후려갈기고 싶은 것이었다.

그러나 지금 줄어들고 있는 술병의 술이 원래 그의 몫이 아니라는 데서 장 노사는 자꾸만 과격해지려고 하는 충동을 힘겹게 참아내야만 했다.

더욱이 제깟 놈이 마셔봐야 얼마나 마시겠는가? 기껏 서너 잔? 아니, 그 정도 술잔 수는 이미 넘겼고, 어쨌든 이제 곧

'찍!' 하고 말지 않겠는가? 춘미사가 괜히 춘미사는 아닌 것이니 말이다.

'어허~!'

그러나 이윽고 장 노사는 내심으로 차라리 장탄식을 뱉어냈다.

벌써 인사불성이 되어 나가떨어져야 했을 추괴가 아직도 버티고 있는 것이다.

그리고 춘미사가 괜히 춘미사가 아닌 것은 장 노사에게도 예외는 아니었다.

"좋다~!"

장 노사가 호기롭게 외친 것은 마시던 술병이 이윽고 밑바닥을 드러낼 즈음이었다.

그리고 그는 품속에 신주단지처럼 품고 있던 한 병의 술을 거침없이 꺼내놓았다.

마침내 제대로 발동이 걸리고 만 것이다.

"자~! 마시자~! 마셔~! 마셔 버리자고~!

혀 꼬인 소리로 외쳐 대더니, 딱 세 잔을 더 마신 뒤 장 노사는 조용해져 버렸다. 모로 쓰러져 바닥에다 코를 박은 채로.

그러나 장삼은 그런 장 노사에게는 눈길조차 주지 않았다. 그의 시선은 진작부터 추괴에게로만 향해 있었다. 차라리 신기하다는 눈빛으로.

장삼은 지금 추괴가 괴 자를 달아야 하는 이유 한 가지를 더 발견하고 있는 중이었다.

'술에도 타고난 체질이 있다고 하더니⋯⋯!'

장삼이 보기에 추괴는 오늘 장 노사보다도 훨씬 더 주당다웠다.

말은 한마디도 않고 줄곧 술잔만 비워내고 있으니, 결과적으로 장 노사보다도 훨씬 더 많이 마신 것인데 아직도 저리 버텨내고 있으니 말이다.

"이제⋯ 그만⋯⋯."

그게 추괴의 첫 말이자 마지막 말이었다, 장삼이 그 비싼 춘미사를 두 병씩이나 투자해서 얻은.

"끄응!"

용까지 써대며 추괴는 벌떡 몸을 일으켰다.

그러나 그는 갑자기 현기증이라도 일으킨 것처럼 크게 휘청거리고 마는 것이다.

"어, 엇?"

짐짓 놀란 소리를 뱉으면서도 막상은 그냥 지켜보고만 있던 중에 장삼은 문득 피식거리고 말았다.

겨우 중심을 잡아 버티더니 이어 천천히 내딛는 추괴의 걸음이 완연한 갈 지(之) 자로 비틀대고 있었다.

7

부축해서 방으로 들여놓자마자 추괴는 곧장 대자로 뻗어 버렸다.

장삼이 슬쩍 손목을 잡았을 때 잠깐 움찔했으나, 추괴는 이내 코를 골며 곯아떨어졌다.

그리고 잠시 후 장삼은 제풀에 놀란 소리를 뱉고 말았다.

"이런……!"

가만히 추괴의 손목을 내려놓으며 장삼은 허탈하고도 안타까운 빛이 되었다.

8

추괴는 주당이 되어가고 있는 중이었다. 장 노사조차도 인정하는, 그저 세기만 한 정도를 넘어 진정으로 술을 즐기는 진짜 주당으로.

술자리에서는 어떤 뜻밖의 사실과 맞닥뜨려도 크게 놀랍거나 이상하지 않는 모양이다.

추괴가 장 노사 앞에서 불쑥 처음으로 말을 꺼냈을 때, 장노사는 잠깐 의아해했을 뿐 이내 자연스럽게 받아들이는 모습이었다. 비록 아주 간단한 표현을 제외하고는 거의 알아듣지 못하긴 하였지만.

처음에 비하자면 추괴의 말은 분명 어느 정도의 진전을 보이고는 있으나, 다만 구사하는 단어가 좀 더 다양해졌을 뿐 여전히 그저 간결한 단어의 나열에 불과하였다.

그러니 추괴의 말이 조금만 복잡해지거나 길어지면 장삼으로서도 아예 난감해지고 말았다.

솔직히 말해서 장삼이 예전보다는 추괴의 말을 좀 더 잘 이해하게 되었다고 느끼는 것은 어쩌면 이해라기보다는 좀 더 익숙하게 짐작하고 추정하게 된 것일 수도 있었다.

그럼으로써 당연히 상당한 오류와 오해도 있을 것임을 인정하지 않을 수 없는 것이고.

9

여느 날과 마찬가지로 오늘도 먼저 나가떨어진 것은 장 노사였다.

연신 고개를 꾸벅거리던 장 노사가 이윽고 탁자에 머리를 박고 말았다.

쿵!

그러나 장삼도 추괴도 그저 보고만 있었다.

그간 되풀이되어 이미 익숙해진 광경인 탓이다.

장 노사는 이제 도저히 추괴의 대작 상대가 되어주지를 못하였다.

그런데 술을 마시기보다는 따르는 데 충실한 장삼이건만,

오늘은 제법 취가 오르는 듯했다.

사실은 괜스레 마음이 동하는 중이었다.

"답답하니 우리 밖으로 나가자. 어디 탁 트인 곳으로 가서 우리끼리 한잔 더 하는 거다."

추괴가 확실히 주당이 되긴 된 모양이다. 전혀 마다하는 기색 없이 성큼 앞장서서 방을 나서는 것을 보면 말이다.

추괴가 안내한 곳은 제법 장삼의 마음에 들었다. 정말로 탁 트인 곳이었으니 말이다.

작은 산만큼이나 높게 쌓아 올린 건초더미 그 꼭대기였다.

추괴가 먼저 올라가 능숙하게 건초더미를 다지는데 달빛에도 뽀얀 먼지가 풀썩거렸다.

두 사람은 건초더미 꼭대기에서 하늘을 보고 드러누웠다.

따로 술잔은 필요하지 않았다.

사실 장삼은 이런 분위기를 바랐을 뿐 더 마실 생각은 없었으므로 술은 오로지 추괴의 차지였다.

추괴는 술병의 주둥이에다 직접 입을 대고 마시는 새로운 주법(酒法)에 금방 익숙해졌고, 또한 제법 마음에 들어하는 눈치였다.

꿀꺽!

사방이 고요한 가운데 추괴의 목젖 꿈틀대는 소리만이 사뭇 규칙적으로 울렸다.

장삼은 그 소리 외에는 그 무엇도 이 평화로운 고요를 깨는

것을 허용하고 싶지 않았다. 심지어 그 스스로의 목소리마저
도.

그렇게 두 사람은 말없이 밤하늘만 바라보고 있었다.

정말로 아무런 계산도 없이, 어떤 계획도 없이 그저 바라다
보았다. 적어도 장삼은.

아득히 깊은 밤하늘 속에는 수많은 별들이 총총히 박혀 빛
나고 있었다.

장삼은 신비로움을 느꼈다, 마치 오늘 처음으로 밤하늘을
보기라도 하는 듯이.

그때 추괴가 뭐라고 나직하게 중얼거렸다.

"내. 속. 새끼. 용. 작은. 검."

일순 장삼은 얼떨떨해지고 말았다.

우선은 추괴가 눈을 똑바로 응시하며 말을 걸어온 것은 이
제까지를 통틀어 처음이다. 더욱이 그가 묻거나 말을 시키지
도 않았는데 말이다.

'내 속에 새끼 용과 작은 검이 있다?'

그 단어들에 추괴의 표정과 손짓까지를 더해보면 대략 그
런 정도로 해석할 수 있을 것 같았다.

그리고 장삼은 내심으로 피식 실소하고 말았다, 그 해석의
어이없음에.

그러나 장삼은 정말로 실소하지는 못했다.

추괴는 지금 어떤 특별한 감상에 빠져 있는 듯 보였다.

장삼은 또한 처음으로 보고 있는 중이었다, 지금처럼 진지한 추괴의 모습을.

추괴가 지금 자신의 어떤 진정을 표현하고 있는 것이라면 그것이 무엇이더라도, 다만 쓸데없는 공상 같은 것에 불과하다고 하더라도 장삼은 일단 공감해 주고 싶은 심정으로 되었다. 진심으로.

그때 추괴가 문득 한 가닥의 희미한 미소를 떠올렸다.

그럼으로써 장삼 또한 따뜻한 미소를 보여주지 않을 수 없었다.

10

추괴가 자신을 지배하고 있던 어떤 특별한 감상에서 문득 벗어난 듯이 마주치고 있던 시선을 돌렸을 때, 장삼은 괜스레 아쉬워졌다.

"네가 무척이나 흥미로운 얘기를 했으니 나도 재미있는 얘기 하나쯤은 해야겠지?"

그렇게 장삼은 얘기를 시작했다.

그것은 사뭇 즉흥적이었다.

"강호에 대해 들어봤겠지?"

"강호."

억양으로는 아니었으나 언뜻 모호해지는 추괴의 눈빛에서

장삼은 그것이 반문이리라고 짐작했다.

한번 빙그레 웃어주고 나서 장삼은 얘기를 이어나갔다.

"강호는 무한히 넓어서 협성괴걸과 기인이사가 바닷가의 모래알처럼 많다고 하지. 하하하! 그런데 재미있는 것은 강호의 인물 중에서 이름이나 별호에 괴 자(怪字)를 쓰는 이들이 적지 않다는 것이야."

"괴 자."

"그래. 너처럼 말이지."

추괴의 눈빛이 문득 이채롭게 빛난다는 생각을 하며 장삼이 덧붙였다.

"그리고 괴 자를 쓰는 이들 중에는 특히 유명한, 적어도 한 가지 분야에서는 강호를 통틀어서도 가장 특별하다는 이들이 최소한 넷은 있지."

장삼은 추괴의 반응을 살피며 잠시간 뜸을 들였다가 다시 천천히 입을 열었다.

"바로 사괴(射怪), 화괴(火怪), 비괴(非怪), 그리고 염괴(艶怪)와 같은 이들이다."

"사괴. 화괴. 비괴. 염괴."

추괴가 특유의 말투로 그 하나하나의 이름 내지는 별호들을 딱딱 끊어 나열한 데 대해 장삼은 괜스레 당황스러운 듯이 어깨를 한번 움찔해 보였다.

그러나 그는 이내 정색으로 돌아왔다.

“내가 이런 얘기를 하는 것은, 이름에 괴 자가 붙었다고 해서 꼭 나쁜 것은 아니라는 얘기를 해주고 싶어서이다.”

추괴의 눈빛이 다시금 모호한 빛으로 되었지만, 장삼은 싱긋 웃고 나서 짐짓 밝은 목소리로 다시 말을 이었다.

“물론 그렇더라도 추괴라는 이름은 나도 마음에 들지 않는다. 그래서… 사실은 내가 꽤 괜찮다 싶은 이름 하나를 생각해 봤는데… 음, 필괴(必怪)! 어떠냐?”

“필괴.”

추괴가 여전한 투로 뱉었다.

순간 장삼은 무언지 모르게 뿌듯해지는 듯한 느낌으로 되었다.

사실 그가 추 자(醜字)를 떼고 필 자(必字)를 바꿔 붙여본 것은 사뭇 즉흥적이었다.

그런데 방금 추괴의 목소리로 그 이름을 직접 듣고 보니 왠지 이전의 비하하는 듯한 느낌이 사라지고 대신 딱히 무어라고 특징할 수는 없지만, 어쨌든 제법 그럴듯한 의미가 부여되는 것만 같았다.

“그래, 필괴! 아까 말한 강호의 인물들처럼 너도 당당하게 네게 주어진 삶을 살아보라는 의미이다. 아니, 그들보다도 더욱 유명한, 하하하! 아니지. 기왕에 꿈을 말할 것 같으면, 언젠가는 천하에서 가장 특별한 사람이 되어보리라는 것도 괜찮겠다. 너는 아직 창창하고 앞날의 일은 어느 누구도 모르는 것이니 네가 그리되지 못하란 법은 또 없는 것이다.”
　장삼이 괜스레 들뜨고 마는데, 추괴가 나직이 중얼거렸다.
　“필괴.”

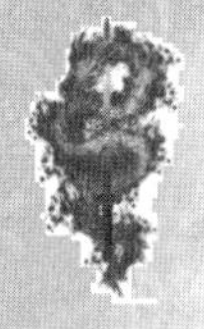

第五章

파벌

1

추괴는 조금씩 변화해 가고 있는 중이었다.

가장 가시적인 것은, 추괴에게 표정이라고 할 만한 것이 생겼다는 점이다.

예전 그저 무표정한 모습으로 묵묵히 일만 하던 추괴의 모습에서 장삼은 그가 얼굴을 뒤덮은 화상 자국 때문에 어떤 표정도 지을 수 없는 것으로만 알았다.

그러나 요즘 장삼은 목도하고 있는 중이었다, 추괴의 얼굴에도 표정이 만들어지는 모습을. 비록 몇 가지 되지 않고 그나마도 아주 간단한 것들에 불과했지만.

그러나 장삼이 뿌듯한 중에도 안타까움을 금치 못하는 것은, 참으로 어렵게 이끌어낸 추괴의 그런 변화를 다만 마방 안에서만 볼 수 있다는 점이었다.

일단 마방을 벗어나면 그 순간에 추괴는 다시 예전의 모습 그대로 돌아가고 말았다.

장삼이 추괴에게 필괴라는 새 이름을 지어주고 '둘이 있을 때만이라도 그 이름으로 부르마' 했던 것도 잘 되지 않아서 유야무야되고 있는 중이었다.

물론 장삼이야 그렇게 하려고 했지만, 추괴가 영 어색해했다.

더하여 불편해하기까지 했으니, 장삼도 몇 번 시도하다가는 그만두고 말았다.

아무리 뜻 깊고 좋은 이름이면 무엇하겠는가? 그 이름의 주인이 되어야 할 추괴 본인이 싫다는데.

2

오늘 장삼은 오래간만에 마방을 나섰다.

특별한 일이 있어서라기보다는 좀 전에 거름지게를 지고 대문을 나선 추괴의 뒤를 한번 따라가 보려는 것이었다.

사실은 요 며칠간 추괴가 계속 늦은 시간이 되어서야 돌아오는 데 대해 무슨 까닭이 있는지 확인해 보기 위해서다.

장삼이 혹시 무슨 일이 있느냐고 두어 번 물어보았지만, 그때마다 추괴는 싱겹게 웃으며 별일 없다고만 했다. 그러나 장삼은 추괴의 그 싱거운 웃음에서 풍겨나는 느낌만으로도 어떤 직감을 가져볼 수 있었던 것이다.

용호장을 둘러싼 높다란 외벽 담장의 안쪽으로는 각종의 꽃나무들이 심어져서 봄부터 가을까지 계절별로 각양각색의 꽃들을 피워냈다. 그 광경이 제법 볼 만해서 대도성의 성민 중에서는 일부러 구경을 오는 사람들도 제법 있을 정도다.

추괴가 지고 온 거름지게를 내려놓은 곳은 조금 후미진 곳이었는데, 추괴가 잠시 기다리는 중에 누군가 한 사람이 나타났다.

땅딸막한 체구의 그 사내는 곧장 추괴에게 지시를 내렸는데, 그 모습이 꽤나 익숙해 보였다.

장삼이 귀를 기울여 들어보니 외벽 담장을 오른쪽으로 끼고 도는 방향의 꽃나무들 아래로 거름을 주라는 지시였다.

거름을 골고루 뿌리되 잎에 묻지 않도록 주의하라는 등의 지시 사항들이 사뭇 세세하였고, 또 허리에 커다란 전지가위까지 차고 있는 것으로 보아 사내는 조경반(造景班)에 소속된 역부인 모양이다.

장삼이 들은 바로, 조경반은 내당 휘하로 장내(莊內)에 있는 정원과 수목의 관리를 전담하는 조직인데, 네다섯 명의 역부가 소속되어 있다고 했다.

지시를 마치자마자 사내는 가버렸고, 추괴는 곧장 작업을 시작했다.

장삼은 멀찍이 떨어진 곳에 숨어서 추괴를 지켜보고 있자니, 추괴는 먼저 거름지게를 옮겨가면서 적당한 간격으로 거름을 붓고, 다시 쇠스랑으로 거름더미를 퍼서 꽃나무 아래로 고르게 뿌려 나갔다.

추괴는 조금도 게으름을 피우지 않고 자신의 일에 아주 열중하는 모습이었다.

그런 추괴의 모습에서 장삼은 편안하고 평화로운 느낌마저 가져볼 수 있었다.

누군가 다시 나타난 것은 추괴의 일이 거의 마무리되어 갈 때쯤이었다.

비슷한 복장이긴 했으나, 좀 전의 그 땅딸막한 사내는 아니었다.

그런데 그자는 대뜸 추괴에게 역정부터 내는 것이었다.

"이런! 아니, 누가 일을 이렇게 하라고 하더냐?"

추괴가 움찔 주눅이 든 모습 중에도 도무지 영문을 몰라 하는 기색으로 되었고, 장삼 역시도 의아하기는 마찬가지였다.

한참을 더 타박하고 나서야 그자는 추괴에게 새로운 지시를 내렸는데, 추괴가 이미 뿌려 놓은 거름을 다시 거두어서 이번에는 반대로 외벽 담장을 왼쪽으로 끼고 도는 방향의 꽃나무 아래로 거름을 주라는 것이었다.

순간 장삼은 눈이 확 뒤집어지는 것만 같았다.

그가 보기에, 아니, 누가 보더라도 왼쪽이든 오른쪽이든 어차피 해야 할 일이었다. 다만 먼저 하고 나중에 하는 차이이지, 어느 쪽은 하고 어느 쪽은 하지 말아야 할 성격의 일은 아닌 것이다.

결국 터무니없는 트집이었다.

한마디로 괜한 트집을 잡고 노골적으로 시비를 거는 것 외에 무엇도 아니었으니, 결국 작정하고 괴롭히겠다는 것이다.

그러나 장삼은 움직이지 않았다. 울화가 치미는 것과 그가 당장에 나서는 것은 다른 문제라는 생각이었다.

냉정히 생각해서 추괴가 놀림의 대상이 되어온 것이야 이미 어제오늘의 일이 아니니 크게 새삼스러울 것도 없다.

그러니 당장의 화풀이보다는 저들이 저처럼 작정하고 추괴를 괴롭히는 까닭을 먼저 알아보는 게 훨씬 더 현명한 처사가 될 것이다.

그리고 장삼이 이전부터 답답하게 생각을 해온 것이지만, 지금 추괴가 오히려 제 잘못인 양 굽실거리며 당하고 있는 태도는 도무지 마음에 들지 않았다.

'혹시 그에게 저렇게 해야만 하는 나름의 어떤 이유가 있는 것인가?'

장삼은 그렇게도 생각을 해보았다. 적어도 지금의 추괴라면 간단하게나마 자신의 입장을 말하고, 나아가 최소한의 항변 정도는 해볼 수 있다고 믿기 때문이다.

장삼이 혼자서 복잡한 생각과 감정에 얽혀 있는 사이 그자는 가버렸고, 추괴는 새로이 작업을 시작하고 있었다.

꽃나무들 주변으로 흩뿌려 놓은 거름을 가능한 대로 다시 모아서 지게에 퍼 담고, 이어 새로이 지시받은 곳으로 옮겨가서 다시 적당한 간격으로 거름을 붓고, 쇠스랑으로 거름더미를 퍼서 꽃나무들 아래로 고르게 뿌려 나가는 작업을 추괴는 묵묵히 해나갔다.

장삼 또한 묵묵히 지켜보고만 있었다.

그런데 추괴가 새로 지시받은 작업을 거의 마쳐 갈 즈음이었다.

"아니, 이놈아! 내가 아까 어찌어찌 하라고 분명히 지시를 하고 갔거늘, 어찌하여 일을 이처럼 엉망으로 해놓았단 말이냐? 오라! 그러고 보니 네놈이 내게 무슨 억하심정이라도 있는 모양이로구나! 그렇지 않고야 이처럼 일부러 나를 곤란하게 만들 리는 없을 것이다!"

추괴의 일이 끝나기를 기다렸다는 듯이 나타나서는 대뜸 몰아붙이는 자는 처음에 지시를 내린 바로 그 땅딸막한 사내였다.

일은 점점 더 가관으로 되어가고 있었다.

한동안이나 호통과 타박을 퍼부은 끝에 사내는 추괴가 해놓은 것을 다시 원상복구하고 자신이 원래 지시한 대로 작업할 것을 지시했다.

추괴가 매번 늦게 돌아올 수밖에 없었던 까닭이 확연해지는 순간이었다.

그러나 조경반의 역부들이 한통속이 되어 꾸미는 터무니없는 트집과 노골적인 시비에 대해 추괴는 역시나 굽실거린 끝에 다시 묵묵하니 재작업에 들어갔다.

다시 두어 번의 같은 과정이 반복되었으나, 내내 지켜보면서도 장삼은 끝내 나서지 않았다.

해거름쯤이 되고 나서야 추괴는 그자들의 괴롭힘에서 겨우 풀려났다.

추괴가 주섬주섬 쇠스랑을 챙기고 지게를 둘러메는 것을 보고 장삼은 한발 먼저 그곳을 떠났다.

3

마방으로 돌아와서도 추괴는 그를 기다리고 있는 몇 가지 일을 마저 처리하고, 씻고, 저녁을 먹고, 그리고 나서야 방으로 들어왔다.

장삼은 오랜만에 필담을 준비해 두었다.

긴 얘기를 해볼 작정이었다.

아니, 들어볼 작정이었다.

"낮에 조경반의 역부들이 네게 무슨 짓을 하는지 보았다."

장삼의 그 말에 추괴는 언뜻 움찔하는 기색으로 되었다.

장삼이 애써 감정을 누르며 다시 말했다.

"그자들의 그처럼 터무니없는 짓거리에 대해 너는 왜 내내 당하고만 있었던 것이냐? 너는 도대체……."

금세 힐난조로 되려고 하였기에 장삼은 일단 말을 멈추고 스스로를 추슬러야만 했다.

그때 묵묵히 바라보고만 있던 추괴가 천천히 붓을 잡았다.

나는 언제나 내가 할 수 있는 최선을 다할 뿐이다.

그 필체가 차분하다는 데 대해 장삼은 순간 억누르고 있던 화가 확 치밀고 말았다.

"최선을 다할 뿐이라고? 오늘 낮의 너의 모습이… 기껏 그런 모습이 너의 최선이란 말이냐?"

그럼에도 추괴의 눈빛이 흔들림없이 그를 응시하고 있다는 데 대해 반사적이다시피 생기고 마는 반발로 장삼은 차갑게 코웃음을 쳤다.

"흥! 그래, 너의 그 최선은 도대체 무엇을 위한 최선이냐? 혹 최선이 아니라 비겁인 것은 아니냐? 혹시 넌 비겁과 최선도 구분 못하는 바보가 아니냐?"

문득 추괴의 눈빛에 힘이 들어갔다.

그렇다!

추괴의 그 짧은 답에서는 필체에서마저 단호함이 느껴지는 듯했기에 장삼은 내심 멈칫하며 애매한 의문을 뱉고 말았다.

"뭐?"

장주께 폐를 끼치지 않을 수만 있다면 난 비겁해도 상관없다. 바보가 아니라 무엇이 되어도 괜찮다.

"장주에게 폐를 끼치지 않기 위해서라고?"

장주께서는 내 생명의 은인이시다. 죽어가던, 아니, 죽음보다 더 참혹한 지경에 처해 있던 나를 외면하지 않고 기꺼이 거두어 지금처럼 살게 해주신 분이다. 그런데 난 그 은혜를 만분지일이라도 갚기는커녕, 염치없게도 여전히 그분의 덕에 기대어 살아가고 있는 처지이다. 그런 내가 그분께 조금이라도 도움이 되는 일을 하지는 못할망정, 어찌 나 자신에 관한 조그만 오해와 비겁 따위에 연연하여 감히 그분께 티끌만큼이라도 누를 끼치는 행동을 할 수 있겠는가? 늘 삼가고 조심하여 최소한 나로 인해서는 조그만 말썽이라도 생기지 않도록 하는 것! 그것이 못나고 재주없는 내가 할 수 있는 최선인 것이다!

추괴가 이처럼 장문의 글을 쓴 것은 처음이다.

그 구구절절한 장문의 대답을 보면서 장삼은 그만 울컥하고 말았다.

그러나 그것은 화가 치미는 것과는 다른, 사뭇 낯설면서도 무언지 모를 복받침 같은 것이 치솟는 그런 느낌이었다.

그렇다고 해서 잔뜩 억눌러 두고 있던 울화의 여운까지를 다 삼켜내지는 못하여서 일순 장삼은 사납게 퍼붓고 말았다.

"좋다! 정히 그렇다면 너는 너의 최선을 다해라! 그러나 그런 너의 최선을 나에게까지 요구하려고 하지는 마라! 나는 아주 울화통이 터져서 명대로 못살 것 같으니까 말이다!"

4

장삼이 혼자서 차분히 생각해 보건대, 사실은 혹시나 하고 우려하고 있던 일이 이윽고 터지고 만 것 같았다.

장삼도 최근에 와서야 알게 된 사실이지만, 그와 추괴는 겁도 없이 용호장 내의 방대한 파벌에 도전을 한 꼴이 되고 만 것이다.

물론 미리 알고 그런 것이 아니었고, 더욱이 사소한 시비에다 또 어쨌든 나름대로의 해결을 본 셈이었으니, 특별히 문제가 되지는 않으리라고 위안을 삼고 있었더니 그쪽에서는 그예 이런 치졸한 방식으로 앙갚음을 하려는 모양이었다.

용호장의 조직은 크게 삼당(三堂)으로 나뉘니, 곧 내당(內堂), 용호당(龍虎堂), 반회당(反悔堂)이었다.

내당의 아래로는 다시 일국일단(一局一團)이 있으니, 곧 장(莊)의 전반적인 살림살이를 담당하는 내사국(內事局)과, 장의 경비와 기강 유지를 담당하는 수경단(守警團)이 그것이다.

내당에는 그 외에도 마방과 조경반이 속해 있으나, 역할로나 규모로나 일국일단과는 비교할 수 없는, 그저 곁가지의 작은 단위 조직일 뿐이었다.

다음으로 용호당은 용호장의 주요 사업을 실질적으로 수행하는 곳으로 다시 일국이단(一局二團)을 아래에 두고 있다.

재화와 회계를 관장하는 재무국(財務局)과 성내(城內) 지역에서 주로 관부를 상대로 하는 물류 운송과 납품 대행 등의 일을 수행하는 근행단(近行團), 그리고 성을 벗어나 다른 지역으로의 원거리 표행을 수행하는 외행단(外行團)이 그것이다.

마지막으로 반회당은 그 이름부터가 사뭇 애매하였거니와, 조직의 체계적 정의가 아직 명확하지 않아서 어떤 면에서는 불급불요(不急不要)의 조직으로 여겨지는 곳이었다.

어쨌든 반회당은 그 아래로 다시 두 개의 조(組), 즉 무조(務組)와 평조(平組)를 두고 있었다.

그러나 용호장은 그런 공식적인 조직 체계와는 별개로 다시 두 개의 파벌에 의해 크게 양분이 되어 있다고 할 수 있었다.

그 두 개의 파벌은 철저히 비공식적이었지만, 막상 장의 식솔들 사이에서는 크게 비밀스럽지도 않게 부장주파(副莊主派)와 장주파(莊主派)로 불렸다.

우선 부장주파는 이름 그대로 부장주를 정점으로 하는 파벌로 내당 전체와 용호당의 근행단을 중심으로 형성된 세력이었다.

그리고 장주파는 딱히 그 실체가 규정되어 있다기보다는 부장주파에 속하지 않음으로써 자연히 대립되는 입장으로 되고 마는 측들을 그렇게 간주하는 성격이 강하였다.

부장주 주연문(朱然文)은 상당히 특이한 이력을 지닌 인물이었다.

관리 능력이 특별히 뛰어난 것도 아니고, 그렇다고 무공이나 다른 분야에서 특출한 재주가 있는 것도 아닌 주연문이 꽤나 오랫동안 용호장의 이인자 자리를 차지하고 있는 것은, 순전히 그의 배경 덕분인 것으로 공공연히 치부되었다.

주연문은 과거 한때 대도성의 중간급 관리를 지낸 바 있었고, 그런 까닭에 관부의 사정에 제법 밝았다.

더욱이 그에게는 지금은 중앙 관부의 요직으로 옮겨간 전임 대도성주와 인척간이라는 연줄이 있었으니, 필요한 경우 관부에 대해 어느 정도의 영향력까지 행사할 수가 있었던 것이다.

사실 용호장에서 전격적이다시피 주연문을 부장주로 영입하게 된 것도 전임 대도성주가 자신의 이임과 더불어 관직을 내놓아야 할 입장이 된 주연문을 위해 장주 서량에게 자리 하나를 부탁한 때문이었다.

관부와의 밀접한 관계를 유지해 나가기 위한 필요성도 있었겠지만, 그보다는 중앙으로 승차해 가는 전임 성주의 부탁을 서량으로서는 감히 거절할 수가 없었을 것이다.

그런데 주연문은 용호장에 들어온 이래로 꾸준히 주변 인사들과의 관계를 강화하는 한편으로 자신의 사람들을 외부에서 영입해 들이더니, 이윽고 지금과 같이 방대한 독자 세력을 형성하게 된 것이다.

사태의 씨앗은 역시 조상간과 양철이었다.

그 두 사람이 바로 부장주파의 말단에 속해 있었던 것인데, 일전 수경단과의 말썽이 생겼을 때까지만 해도 장삼은 그런 내막에 대해서는 전혀 알지 못했다.

조상간과 양철은 그간 장삼의 앞에서는 짐짓 숙이는 체하면서도 장삼의 눈이 미치지 않는 곳에서 그들이 동원할 수 있는 범주 내의 부장주파의 힘을 동원하는 방법으로 우선의 손쉬운 대상인 추괴를 괴롭혀 온 모양이었다.

그렇지 않고야 조경반의 역부들이 그처럼 아주 작정한 듯이 추괴를 괴롭힐 리는 없었다.

“아무리 그래도 그렇지.”

새삼 치미는 울화에 장삼은 저도 모르게 잇소리를 뱉고 말았다.

5

깊은 밤이었다.

드릉~!

드르릉~!

방 안에서는 장단을 맞추듯이 울려대는 코 고는 소리가 요란도 했다.

그러나 일과가 고되었던 때문인지 모두는 세상모르고 깊은 잠에 빠져들어 있었다.

방문을 통해 스며드는 으스름한 달빛에 비춰 보기에도 방은 제법 커서 그들 네다섯 명이 나란히 눕고도 제법 공간이 널찍하였다.

그때 설핏 달빛에 그림자 하나가 비치더니 소리없이 방문이 열렸다.

그리고 그림자는 스르르 미끄러지듯이 문턱을 넘어 방 안으로 들어섰다.

간결한 복장에 검은 복면을 쓴 괴한이었다.

복면을 하고 소리도 없이 잠입한 것치고 괴한은 막상 별로 조심하는 기색이 없었다.

복면괴한은 누운 자들에게로 성큼 다가서더니 손에 든 굵고 짤막한 몽둥이로 다짜고짜 내려치기 시작했다.

퍽! 퍽!

퍽! 퍽! 퍽!

둔탁한 소리가 숨 돌릴 틈도 없이 일순간에 지나갔다.

"악~!"

"으악~!"

"뭐야?"

"누구냐?"

비명과 놀란 외침들은 조금 뒤늦게 터져 나왔다.

날벼락이었다.

놀람과 당황, 쇠몽둥이에 얻어맞은 듯이 뼛속까지 울리는 무지막지한 고통, 그리고 순식간에 번지는 극도의 공포 등등으로 방 안은 말 그대로 아수라장이 되고 말았다.

그러나 그런 중에서도 복면괴한은 침착하기만 하였고 차가운 절제까지 엿보였다. 언뜻 보기에 그는 마구잡이로 몽둥이를 휘두르는 것 같았지만, 가만히 보면 머리 부위는 교묘히 피하고 있었다.

복면괴한은 허깨비와도 같은 놀라운 움직임으로 공간을 휘젓고 다니면서 비명이든 놀람의 외침이든 소리를 내는 자에게 집중적으로 방망이질을 가하였다.

극도의 당황과 공포 속에서도, 아니, 오히려 그런 속이었기에 복면괴한이 주지시키고자 하는 법칙은 금방 확연해졌다.

날벼락을 당하는 자들은 이내 온몸을 새우처럼 잔뜩 만 채 감히 비명조차 제대로 내지 못하였다.

퍽!

"큭!"

퍽!

"아악!"

퍽!

"윽!"

퍽!

"악"

퍽!

"으악!"

한동안 방 안에는 일련의 소리들만이 오롯이 존재했다, 둔탁한 소리와 숨죽여 속으로 되삼키는 희미한 비명들이 사뭇 규칙적으로 만들어내는.

그렇게 당하는 자들에게는 억겁처럼 긴 지옥의 시간이었겠지만, 실제로는 아주 잠깐이었을 뿐인 시간이 흘러갔다.

복면괴한은 나타날 때와 마찬가지로 조용히 방문을 열고 사라졌다.

그러나 이미 극한의 공포에 길들여져 버린 자들은 여전히 신음조차 제대로 흘려내지 못했다.

6

새벽부터 수경단에는 비상이 걸렸다.

지난밤 조경반의 숙소에 괴한이 난입해 잠자던 역부들을 몽둥이로 두들겨 아주 곤죽으로 만들어 버린 때문이었다.

보고를 받은 수경단 단주 윤걸(尹傑)은 우선 난감했다.

사건은 이해하기 어려운 점투성이다.

장 내외부의 경비와 순찰을 가볍게 뚫고서 조경반의 숙소까지 거침없이 잠입한 점과, 역부들의 전신을 온통 멍과 피투성이가 되도록 만들어놓긴 했으되 막상 속까지 큰 골병이 들게 하지는 않은 솜씨를 보자면 범인은 무공을, 그것도 제법 행세깨나 할 정도의 무공을 지닌 자로 보아야만 했다.

그런데 그런 정도의 능력을 지닌 자가 한낱 역부들에게 무슨 대단한 원한이 있어서 그런 짓을 벌였다는 말인가?

어쨌거나 장의 경비 체계에 커다란 구멍이 뚫린 것이고, 그 책임은 오롯이 수경단의 것이었다.

그러나 책임을 지려고 해도 어떻게 져야 할지조차 궁색하기만 하다는 데 윤걸의 난감함이 있었다.

"진상이 밝혀질 때까지는 누구든 가벼이 입을 놀렸다간 엄벌에 처할 것이니 명심들 하라!"
윤걸은 일단 조경반원들과 수하들의 입부터 단속했다.

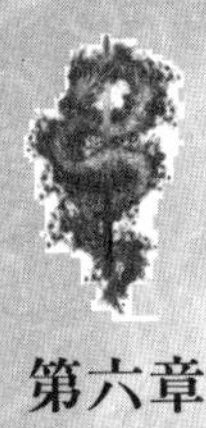

第六章
비리(非理)

1

추괴에 대한 조직적인 괴롭힘은 잠시 뜸해진 듯했다.

그러나 장삼은 그것이 곧 어떤 형태로든 다시 시작될 것으로 짐작했다.

그런 것을 원천적으로 막을 방법은 딱히 없는 것 같았다, 추괴가 아예 용호장을 떠나지 않는 한에는.

그러나 장주에 대한 추괴의 충심이 어떠한지는 장삼도 익히 알고 있는 바이니, 역시 당장의 방법은 없다고 해야 할 것이다.

"모르겠다. 나중의 걱정은 역시 나중에 하는 수밖에."

2

장삼과 추괴는 장 노사를 따돌리고 있는 중이었다. 물론 술판에 국한하여서.

금세 뻔해진 장 노사의 주담(酒談)이 지겨워졌기도 하거니와, 두 사람끼리만 적당히 취기를 즐기며 교감하는 것에 쏠쏠히 재미가 붙어가는 중이기도 해서이다.

그렇더라도 장 노사 몫의 술은 장삼이 꼬박꼬박 챙겨주었다. 그럼에도 불구하고 때때로 장 노사가 두 사람의 행방을 찾아 한밤중의 마방 이곳저곳을 훑고 다니곤 했지만.

그런 것이 역시 장 노사의 술에 대한 욕심 때문인지, 혹은 자신을 따돌리는 데 대한 괘씸함이나 아쉬움 때문인지는 알 수 없는 노릇이되, 어쨌든 장삼과 추괴는 둘만의 오붓한 술자리를 확보하기 위한 궁리를 꽤나 해야만 했다. 물론 그런 궁리를 하는 재미마저도 쏠쏠했지만.

3

장삼과 추괴는 오늘 밤 아예 마방을 벗어나고 있는 중이었다.

어디 확 트인 들판으로라도 나가볼 작정이었다.

그들은 곧 길에 면한 넓은 밭 한가운데에 놓인 널찍한 바위

하나를 발견했고, 그 위에다 간단히 술자리를 차렸다.

밤하늘에 별은 총총했고, 들판의 공기는 폐부가 시원하도록 차가웠다.

딱히 말을 주고받지는 않았어도 천지간의 어둠을 함께 공유하고 있다는 느낌만으로도 두 사람은 무언의 어떤 교감을 나누는 것만 같았다.

추괴가 석 잔을 마시는 동안 장삼은 한 잔 꼴로 느긋하게 장단을 맞추어주고 있는 중이었다.

그런데 장삼은 언뜻 무슨 소리를 들은 듯했다.

끼익!

멀리 윤곽으로만 보이는 길 위에는 잔뜩 내려앉은 어둠뿐, 아무것도 보이지 않았다.

그러나 소리는 보다 선명해지고 있었다.

그리고 길을 따라 점점 더 가까워지고 있었다.

끼~ 익!

덜커덩!

끽~!

덜커덩!

"야밤에 웬 수레인가?"

장삼이 소리만으로 수레라고 단정하는데, 추괴가 나직이 속삭였다.

"말!"

그에 장삼이 좀 더 자세히 귀를 기울여 보니 과연 수레바퀴 구르는 소리 중에 간간이 좀 더 희미하게 다른 소리가 섞여 있었다.

푸르륵!

그것은 말이 내는 투레질 소리 같았다.

아니, 확실했다. 추괴가 말이라고 했으니만큼.

술잔 비우는 것도 잊은 채 두 사람이 뚫어져라 길이 있는 쪽을 응시하고 있을 때다.

이윽고 어둠 속에서 희끄무레한 형체 몇 개가 나타났고, 다시 점차로 선명해졌다.

수레 한 대, 그리고 수레를 끄는 말과 그 주위로 어른거리는 몇 사람의 형체다.

장삼은 슬그머니 추괴의 어깨를 끌어당기며 바위 아래로 몸을 숨겼다.

그들이 숨어야 할 만큼 무슨 잘못을 하고 있는 것은 아니었지만, 왠지 일단은 몸을 숨기고 보는 것이 좋겠다는 직감 같은 게 있었다.

"우리 저들을 한번 쫓아가 볼까?"

장삼이 추괴의 귀에 대고 속삭였다.

그러나 추괴는 곧바로 고개를 저었다.

"왜? 이 야심한 시각에 횃불조차 켜지 않고 은밀히 수레를 끌고 가는 이유가 궁금하지도 않아?"

그러나 추괴는 다시 고개를 가로저었다, 자신은 전혀 흥미가 없다는 듯이.

그런 데야 장삼도 어쩔 수가 없었다. 하긴 부득부득 고집을 피울 일도 아니었지만.

수레는 이제 두 사람에게서 가장 가까운 곳을 지나고 있는 중이었다.

끼~ 익!

덜커덩!

끽!

덜커덩!

푸르~ 륵!

소리가 한층 선명해졌다.

'어?

장삼이 문득 두 눈을 크게 떠 보이며 추괴에게 놀람을 표시했을 때는 추괴 역시도 놀란 기색이었다.

그러나 두 사람이 감히 찍소리도 내지 못하다가 수레가 한참 멀어진 다음에야 장삼이 거우 속삭였다.

"방금 그자, 지난번에 봤던 수경단의… 유석전인가 하는 그치 맞지?"

추괴가 고개를 끄덕였고, 장삼은 사뭇 심각해졌다.

"그렇다면 저 수레가 지금 장에서 나왔다는 얘긴데… 이거 진짜로 무언가 냄새가 나는 것 같지 않아?"

그리고 장삼은 대뜸 추괴의 소맷자락을 잡아끌었다.

4

장삼과 추괴가 멀찍이 뒤처져 수레의 뒤를 쫓은 지 한참 만에 수레는 대도성의 동쪽 외곽과 접해 흐르는 동강(東江) 가를 거슬러 올라가기 시작했다.

그리고 이윽고 수레가 멈춘 곳은 강기슭에 솟은 하나의 나지막한 언덕 위였다.

언덕 위에는 농가 한 채가 서 있었는데, 민가에서 제법 먼 곳이었고 달빛에 드러난 대강의 형체만으로도 허름하였으니, 아마도 바쁜 농사철에 농부들이 임시 거처 겸 창고의 용도로 이용하는 곳인 모양이었다.

농가의 마당에 수레를 세우고 주위를 살피는 유석전 등의 모습은 몹시 조심스러워 보였다.

장삼은 조금 더 가까이 다가가 보기로 하였다.

그리고 추괴와 함께 조심조심 접근한 끝에 유석전 등으로부터 삼십 보쯤 떨어진 곳에 서 있는 몇 그루 잡목 사이에 몸을 숨길 수 있었다.

마당에서 번쩍하고 작은 불빛이 일어난 것은 그때였다.

아마도 화석(火石)을 부딪친 것으로 보이는 그 불빛은 일정한 간격을 두고서 계속하여 번쩍였다.

그리고 그 횟수가 다섯 번쯤이나 되었을 때, 강기슭 아래쪽의 어둠 일부가 돌연 환해졌다.

몇 개의 횃불이 일시에 밝혀진 것이다.

그 불빛에 강물 위에 떠 있는 작은 배 한 척이 모습을 드러냈는데, 뱃전에는 횃불을 든 사람의 그림자 여럿이 어른거리고 있었다.

그리고 그때 농가의 마당에서도 횃불 한 개가 밝혀졌다.

마당이 일시에 환해진 덕분에 장삼은 보다 분명하게 유석전의 얼굴을 확인할 수 있을 뿐더러, 유석전과 함께 온 두 명의 사내 중에서도 아는 얼굴 하나를 더 발견할 수 있었다.

역시 예전에 유석전이 마방으로 데리고 왔던 수경단 소속 무사 중의 한 명이었다.

'도대체 무얼 하려는 거지?'

장삼이 새삼 궁금증을 잔뜩 돋울 때였다.

유석전이 횃불을 들고 성큼성큼 마당을 나서더니 곧장 배가 있는 쪽을 향해 언덕을 내려가는 것이다.

어둠 속에서 유석전의 횃불이 저 홀로 공중에 떠서 춤추듯이 가는 광경을 장삼이 잠시 바라보고 있는데, 문득 두런거리는 소리가 들렸다.

마당에서 남은 자 둘이서 얘기를 나누는 소리였다.

장삼은 얼른 관심을 돌려 바짝 귀를 기울였다.

그들은 목소리를 낮추어 소곤대었지만 역시 밤이라서 그

런지, 아니면 장삼의 청력이 유난히 좋은 덕분인지 장삼은 무
슨 내용인지 능히 알아들을 수가 있었다.
　"참, 어지간히들 해 처먹는구만."
　"그러게. 그런데 저 유가는 간도 참 크지. 들킬까 무섭지도
않은 모양이제?"
　"허! 듣지 못했나? 유가가 장의 간부급 누군가와 인척관계
가 된다고 하던데?"
　"그래? 제길! 그러니 이처럼 아예 내놓고 해 처먹는 게로
군?"
　"쯧! 그러게. 고양이에게 생선 창고를 맡겨놓은 꼴이지 뭐
가?"
　"그런데 유가야 재미를 본다지만 우리는 이게 뭔가? 매번
잔뜩 간을 졸이며 이 짓거리를 해도 뭐 부스러기 한 조각도
떨어지는 게 없으니 말이야."
　"흐흐흐! 그게 억울하다면 자네도 어디 쓸 만한 연줄이 없
나 찾아보든가?"
　"제길! 그런 게 있었으면 여태 이 모양 이 꼴로 있겠나? 연
줄은커녕 썩은 새끼줄 하나도 없는 박복한 처지일세."
　"하긴……. 어쨌거나 자네나 나나 보고도 안 본 척, 듣고도
안 들은 척, 그저 윗대가리들이 시키는 대로 하는 수밖에는
달리 무슨 도리가 있겠나?"
　"쉿, 유가가 돌아오네."

그런데 돌아올 때의 유석전은 혼자가 아니었다. 그의 뒤로 대여섯 명의 사내가 따르고 있었다.

장삼이 사내들을 유심히 살폈지만, 아는 얼굴들은 아닌 것 같았다.

추괴에게 눈짓을 보냈더니 추괴 역시 마찬가지인 모양으로 가만히 고개를 가로저어 보였다.

장삼이 짧게 염두를 굴려보고 있는 중에 유석전은 수레에서 상자 몇 개를 내리게 했다.

그리고 그중 한 상자의 덮개를 열고 무언가를 꺼냈다.

사람들의 그림자에 가려 잘 보이지는 않았지만, 다시 무언가의 포장을 벗겨내는 것 같은 모양새에서 그 안의 내용물이 제법 귀한 물건이겠구나 하는 추정을 장삼은 해볼 수 있었다.

"배로 옮겨 실어라!"

상자 안의 내용물을 충분히 확인한 모양인지 배에서 따라온 사내들 중의 하나가 나직하게 지시했다.

그러자 대여섯 명의 사내가 일제히 달려들어 상자들을 어깨에 짊어지고는 곧장 언덕을 내려갔다.

5

장삼과 추괴가 마방으로 돌아왔을 때는 시각이 이미 자시말을 향해 가고 있는 중이었다.

그러나 장삼과 추괴는 그대로 잠자리에 들 수가 없었다.

반병 너머나 남은 술을 홀짝거리며 두 사람은 상황을 정리했다.

유석전 등이 장(莊)의 물건을 어디론가 빼돌리고 있는 것은 분명하였다.

그리고 오늘 그들의 모습이 사뭇 익숙한 듯이 보였던 것은, 아마도 이런 일이 지속적으로 벌어져 왔음을 말해주는 것일 터였다.

또한 그 두 명의 수경단 무사의 얘기 중에 유석전이 당주급 누군가와 인척관계라는 말이 있었거니와, 그것이 아니더라도 그들이 그 시각에 말을 가지고 있었다는 사실만으로도 이 일이 결코 유석전의 선에서 이루어지는 것이 아니라는 심증은 충분하였다.

즉, 성 밖으로 나가지 않는 한 모든 말은 그날그날 마방으로 입출(入出)되는 것이 원칙인데, 예외적으로 단주급(團主級) 이상은 긴요한 용무가 있을 경우에 한해 자신의 직권으로 사흘까지는 마방으로 말을 입출하는 번거로움을 피할 수 있게 되어 있는 것이다.

"어떻게 하지?"

"웃전에. 고해야. 한다."

추괴의 대답은 단호하기까지 했다.

"하지만 어떻게? 도대체 어느 선까지나 이 일에 관련되어 있는지도 모르는 판에… 어설프게 아무한테나 고할 수도 없는 노릇이잖아?"

"장주께."

"뭐? 장주에게 직접 고하자고? 우리 처지에? 쩝! 난 아직까지 장주의 얼굴도 한번 못 봤다."

사뭇 심각한 얘기일망정 두 사람이 소곤거리다시피 말을 주고받고 있을 때였다.

갑자기 방문이 벌컥 열리며 머리 하나가 불쑥 들어왔다.

두 사람이 화들짝 놀라 보니 장 노사였다.

"뭡니까? 사람 간 떨어지게!"

장삼이 가슴을 쓸어내리는 시늉을 하며 따졌더니, 장 노사는 짐짓 음흉스러운 웃음을 지어 보였다.

"그래, 늙은이 따돌리고 젊은 것들끼리 마시니까 술맛이 아주 끝내주나?"

그러나 장 노사의 눈이 이미 술병을 향하고 있었다.

'장 노사에게 말을 해볼까?'

문득 그런 생각을 했다가 장삼은 이내 포기했다. 장 노사라고 무슨 힘이 있어서 뾰족한 수를 내겠는가?

그러는 사이에 성큼 방 안으로 들어온 장 노사는 술병 앞에 한자리를 차지하고 앉았다.

이어 대뜸 술잔 하나를 낚아채 가서는 홀짝 비우고는 다시 술병을 들어 잔을 채우는 장 노사를 보고 장삼은 쓴웃음을 짓고 말았다.

그런데 갈증 난 사람처럼 연거푸 석 잔의 술을 비우고 나더니 장 노사는 슬쩍 모호한 미소를 떠올리며 물었다.

"이 시각까지 자지 않고 둘이서 속닥대고 있는 걸 보니 무슨 고민거리라도 생긴 건가?"

장삼이 찔끔했지만, 문득 장 노사에게 털어놓을 생각이 다시금 들기도 하는 것이다.

장 노사가 장주와도 왕년의 개인적인 인연이 좀 있다고 하였으니 그가 마음만 먹는다면 절차와 계통을 거치지 않고 장주에게 직접 말을 전할 수도 있겠다 싶었다.

물론 장삼의 그런 궁리는 다 추괴 때문이었다.

추괴가 장주에게 고해야 한다는 생각을 말했고, 또한 장주에 대한 그의 충정이 어떠하다는 것을 알고 있으니 장 노사에게 말이라도 해보지 않으면 추괴가 또 그 우직한 성정에 무슨 엉뚱한 짓을 벌일 수도 있겠다는 노심(勞心)을 가져보게 되었다.

물론 그렇더라도 장 노사가 정말로 무슨 수를 내리라 큰 기대를 하는 것은 아니었고, 다만 그가 자신으로서도 별 방법이 없겠다고 얘기를 풀어주는 것도 그리 나쁘지는 않겠다는 계산이었다.

그런 정도만 해도 추괴를 체념시키는 데 도움은 될 터이니 말이다.

　그러나 장삼이 기껏 얘기를 털어놨더니 다 듣고 난 장 노사는 별로 심각한 기색도 아니었다. 그리고는 농이라도 한다는 듯이 슬쩍 비트는 말투로 뱉는 것이었다.

　"만약 자네들이 잘못 본 것이라면?"

　"이 두 눈으로 똑똑히 본 것인데 잘못 보다니요?"

　장삼이 톡 쏘아버렸다.

　그러나 장 노사는 여전히 가벼운 투로 허허거렸다.

　"허허! 글쎄, 눈으로 직접 보았다고 해서 그게 꼭 사실인 것은 아닐 때도 있는 법이지. 말하자면… 실상은 아무것도 아닌 일인데도 막상 뭔가 좀 이상하다는 쪽으로 미리 생각을 하고 접근을 하다 보면 그게 정말로 이상하게 보이기도 하는 법이거든?"

　"그건 또 무슨 말씀입니까?"

　"글쎄, 단순히 목격했다는 것만으로 섣불리 말을 냈다가는 오히려 큰 낭패를 당할 수도 있으니, 웬만하면 못 본 것으로 하고 그냥 넘어가는 게 속 편할 거라는 얘기지."

　"아니, 비리를 발견했으면 일단 고발을 해야 하는 것이 옳지, 어떻게 못 본 것으로 하고 그냥 넘어갑니까?"

　장삼이 저도 모르게 따지는 투가 되고 말았는데, 장 노사는 언뜻 정색을 하였다.

　"정말 십 할의 확신이 없다면… 다시 말해서 누가 보더라도 인정하지 않을 수 없는 확실한 물증 같은 게 없다면 고발을 하더라도 저들의 혐의를 제대로 입증하기는 어려울 거라는 말일세."

이어 장 노사는 가볍게 숨을 한번 돌리고 나서 다시 말을 이었다.

"자네 말대로 그놈들이 장의 물건을 빼돌린 것이고, 그 물건들이 상당한 고가품인데다, 더욱이 이번 한 번이 아니고 지속적으로 벌어져 온 것이 다 사실이라면 말일세, 과연 여태껏 아무에게도 들키지 않았을까?"

"그거야……."

장삼이 곧바로는 대답을 내놓지 못하는데, 장 노사가 가만히 고개를 가로저었다.

"그렇지는 않을 걸세. 모르긴 모르되 그 과정에 직간접으로 개입되거나 혹은 눈치라도 채고 있는 자들이 분명히 있을 거란 말이지. 그렇지 않은가? 간단히 생각해 보아도 창고의 물건들은 그 상태와 수량을 정기적으로 점검하도록 되어 있을 것이고, 더욱이 고가의 물건이라면 한층 엄정하게 관리가 될 터인데, 어떻게 수레 한 대 분이나 되는 물량이 한꺼번에 없어지는 마당에 창고의 관리자가 아주 모르고 있을 수가 있겠으며, 또한 한두 번은 몰라도 지속적으로 벌어지는 데 대해서야 그 위의 상급 관리자들도 계속 모르고 있을 수는 없는 법이지. 결국 그런 일이 정말로 벌어지고 있는데도 여태껏 아무런 탈도 생기지 않았다면 아마도 중하위급 간부들 선에서 저질러지는 일은 결코 아닐 거란 말이지.”

“음……!”

그 무거운 침음성은 추괴가 흘려낸 것이었다.

힐끗 추괴를 돌아보고 나서 장삼이 다시 장 노사를 향하며 답답하다는 듯이 물었다.

“그렇다면… 기회를 보아서 은밀히 장주께 직접 이러한 사실에 대해 고하는 것은 어떻겠습니까?”

그러나 장 노사는 길게 생각해 볼 것도 없다는 듯이 곧바로 고개를 가로저었다.

“역시 확실한 물증도 없이 장주님께 고하는 것은 오히려 장주님을 난처하게 만들 수도 있음이야. 그리고 만약 자네들의 중언만을 토대로 해서 공식 조사에 들어간다고 했을 때는 놈들은 얼마든지 역공을 펼 수 있을 테지. 이를테면… 유석전이 그런 일은 결코 없었다고 끝까지 잡아떼고, 더하여 억울하다며 오히려 자네들에게 다른 목적이 있어서 무고(誣告)를 하는 것이라고 물고 늘어진다면 그때는 또 어떻게 할 건가?”

장삼이 이윽고는 당혹스러운 표정이 되고 마는데, 술 한 잔을 쭉 비워낸 장 노사가 말을 이어냈다.

“그리고… 만약에 말이야, 정말로 그렇게 심각한 사안이라면 어쩌면 장주께서도 이미 어느 정도까지는 알고 계실지도 모를 일이지, 즉, 알면서도 모른 체 넘기고 있는 사안일 수도 있다는 것이야.”

장삼이 짐짓 두 눈을 크게 떴다.

"예? 그건 또 무슨 말씀입니까?"

"용호장은 겉으로 보이는 것보다 훨씬 더 크고 복잡한 조직이야. 그렇기에 눈에 보이는 외에도 내부적으로 상당히 복잡한 사정들이 이리저리 얽혀 있게 마련이고, 또 그런 사정 중에는 비리는 비리이되 인정하지 않을 수 없는 비리도 있을 수 있는 법이지. 이를테면, 일종의 필요악 같은 것 말이야. 예를 들어 대외 업무를 하다 보면 때로 더럽고 어두운 쪽의 일도 하지 않으면 안 될 때가 있으니, 그럴 때 누군가는 악역을 맡아줘야만 하는 거거든."

장삼이 일시 눈만 끔뻑대고 있는데, 장 노사가 허허거리며 다시 덧붙였다.

"허허허! 그렇다고 뭐 그렇게 심각하게 들을 필요는 없네. 이를테면 그런 경우도 있을 수 있다는 얘기일 뿐이니까. 그리고 이렇든 저렇든 간에 우리 같은 처지들이야 그런 골치 아픈 데까지 고민할 필요는 또 없는 것 아니겠나?"

6

장 노사의 노회한 의견과 충고에 대해 장삼은 다분히 공감했다.

주제 꼴을 알고 못 본 체 그냥 넘겨 버리는 것!

사실 그게 제일 배짱 편하기는 했다.

어쨌든 분명한 것은 장 노사의 말처럼 그들의 처지에서 그냥 넘기지 않을 별 뾰족한 수가 없다는 사실이다.

그러나 잠시 편해지려던 장삼의 배짱은 이내 불편해졌다.

추괴 때문이었다.

"나는. 그럴 수. 없다."

"그럴 수 없으면? 우리가 뭘 어떻게 할 수 있는데?"

장삼이 곧바로 받아쳤다.

그러나 추괴는 조금도 수그릴 기색이 아니었다.

"무언가. 해야만. 한다."

장삼이 용호장과 장주에 대한 추괴의 우직한 충정을 모르는 바는 아니었지만, 그래도 '안 되는 건 안 되는 거다' 라고 단호하게 자르려는데 추괴가 불쑥 덧붙였다.

"나 혼자. 한다."

그 말에 장삼이 이번에는 정말로 심정이 비틀리기에 차라리 빙긋이 웃으며 뱉었다.

"어디 그럴 수야 있나?"

이어 장삼은 어깨를 한번 으쓱해 보이며 말을 보탰다.

"우리는 친구가 아니냐? 그러니 네가 해야만 하겠다면 나도 같이 할 수밖에 없는 것이지. 뭘 어떻게 해야 될지는 모르겠다만, 뭐 맨땅에 박치기라도 한번 해보자고. 하긴 잘못된다고 하더라도 기껏 쫓겨나기밖에 더하겠나?"

그러면서도 장삼은 추괴의 심정을 떠보듯이 다시금 슬쩍 물었다.

"그런데… 만약에 정말로 장에서 쫓아내려 한다면 그땐 어떻게 할 테냐?"

추괴는 잠시간 묵묵하더니 이윽고 무거운 표정으로 답을 했다.

"장주께서. 쫓아. 내신다면. 나간다. 어차피. 언젠가는. 나가야만. 하니까."

장삼이 짐짓 솔깃한 체 반문했다.

"언젠가는 나가야만 한다고? 그건 또 무슨 말이야?"

그러나 추괴는 입을 꽉 다물어 버렸다.

장삼 또한 대답 듣기를 순순히 포기했다.

추괴가 그런 표정인 이상, 그에게서 다시 말을 듣기란 보통 힘든 일이 아니었으니 일찌감치 포기하는 것이 배짱 편한 일이었다.

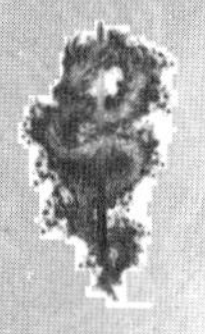

第七章
진검(眞劍)

1

장삼과 추괴는 일단 할 수 있는 데까지 좀 더 구체적인 정황들을 알아보기로 하고 함께 궁리를 냈다.

궁리의 한 가지는 우선 말똥 치우고 거름을 져 나르는 작업의 당번을 바꾸는 일이었다.

즉, 이 인 일 조로 오 일마다 돌아가게 되어 있는 그 작업의 이번 당번은 조상간과 양철이었는데, 장삼이 선심 쓰는 척하며 차례를 바꾼 것이다.

그런 데는 사실 거름지게를 지고는 장 내(莊內)의 대부분 장소를 큰 제약 없이 다닐 수 있으니, 특히 내당과 물류 창고 주변에 혹시나 특이 동향이 있는지를 한번 살펴보려는 요량이 있는 것이었다.

2

장삼과 추괴는 물류 창고 옆의 텃밭에 거름 주는 일을 하고 있었다.

물론 마구간에서 말똥을 치우고, 그것을 거름더미에 져다 나르고, 다시 거름더미 아래쪽의 푹 삭은 거름을 지게에 퍼 담아서 이곳까지 지고 온 일이 죄다 추괴의 몫이었고, 더하여 지금 텃밭의 고랑마다 옮겨 다니며 부지런히 거름을 뿌리는 일 또한 당연히 추괴의 몫이었다.

장삼의 일은 따로 있었다.

그러나 오전 내내 물류 창고 주변을 유심히 살피고 있는 중이었으나, 특별한 동향이라고 할 만한 것이 보이지 않았다.

오후에 두 사람은 다시 거름지게를 잔뜩 채워 지고서 이번에는 내당의 안마당으로 들어갔다.

그들이 틈틈이 사방을 살피면서 토담을 따라 길게 이어진 화원에 거름을 주며 나아가고 있는 중인데, 토담 중간에 난 쪽문 하나가 빠끔히 열려 있었다.

쪽문 위쪽에 붙은 팻말에는 두 줄의 붉은 글씨가 선명하였다.

경고.

출입 엄금.

장삼이 고개를 갸웃하고는 힐끗 뒤를 돌아보았다.

"내당. 문서고."

추괴의 대답에 장삼이 고개를 끄덕이고는 슬쩍 추괴의 소매를 잡아끌었다.

순간 추괴가 흠칫하며 몸에 힘을 주어 버티는 것을 장삼이 싱긋이 웃어 보이며 나직이 말했다.

"호랑이를 잡으려면 호랑이 굴 속으로 들어가야 하는 법."

그러나 다시 잠시간을 더 주춤거린 후에야 추괴는 조심스럽게 힘을 풀었다.

쪽문을 들어서자 좀 전의 내당 안마당에 비해 절반쯤 크기의 작은 뜰이었다.

조심스럽게 주변을 살피던 장삼의 눈빛이 금세 날카로워졌다.

뜰 안쪽의 그늘에 매어진 말 한 마리와 또 그 옆에 세워진 수레 한 대를 발견하였기 때문이다.

"저거… 그 말과 수레 맞지?"

장삼의 속삭임에 추괴가 얼른 고개를 끄덕였다.

장삼이 다시 한 번 빠르게 주위를 살펴 아무도 없는 것을 확인하고는 재빨리 뜰을 가로질러 갔다.

이번에는 추괴도 조금도 지체하지 않고서 거름지게를 멘 채로 걸음을 재게 놀려 장삼의 뒤를 따랐다.

추괴가 말을 살피는 사이, 장삼은 수레를 살폈다.

그러다 장삼은 수레 바닥에 떨어져 있는 어린아이 손바닥만 한 검불덩이 같은 것을 발견하고 조심스럽게 주워 들었다.

그런데 그때였다.

"너희 둘! 에서 지금 뭣들 하는 것이냐?"

두 사람이 화들짝 놀라 보니, 문서고 건물을 돌아 한 사람이 빠르게 달려오고 있었는데 바로 유석전이었다.

추괴는 아예 얼어붙고 마는 기색이었고, 장삼은 와중에도 손에 쥐고 있던 것을 슬쩍 소매 안쪽의 작은 주머니 속으로 밀어 넣었다.

"이곳이 출입 금지 구역임을 모른단 말이냐?"

가까이 다가온 유석전이 재차 날카롭게 추궁하는 데 대해 장삼이 얼른 허리부터 넙죽 숙이고 나서 다시 놀란 얼굴로 어수룩한 체를 했다.

"예? 출입 금지라니요? 저희들은 그저 이 안에 있는 정원수와 화초에 거름을 주려고……."

그러면서 장삼은 옆에 선 추괴에게 애먼 눈총을 주었는데, 그 모습이 마치 '너는 장 내 사정을 잘 알면서도 왜 이곳이 출입 금지 구역임을 사전에 짚어주지 않았느냐' 고 추괴에게 타박을 주는 듯했다.

추괴는 딱딱하게 얼어붙은 채로 두 눈만 멀뚱하니 껌뻑였
다.
"거름을 주고 있었단 말이냐?"
유석전은 여전히 매섭게 추궁하는 투였다.
"예, 예!"
"그래? 한데 정원수와 화초가 있는 곳은 저쪽인데 너희들
은 지금 왜 이쪽까지 와서 기웃거리고 있는 것이냐? 여기 어
디에 거름 줄 곳이 있다고?"
"예? 아, 예! 그게……."
장삼이 퍼뜩 염두를 굴리며 떠오르는 대로 일단 뱉고 보았
다.
"저쪽에서 거름을 주는 중에 추괴가 말하기를… 여기 이
말이 뭔가 불편해 보인다고 하기에… 잠깐 와서 살펴보는 중
이었습니다."
유석준이 힐끗 추괴를 한번 쏘아보고는 다시 물었다.
"그래, 말에게 무슨 이상이라도 있더냐?"
장삼이 그제서 사뭇 태연스럽게 주워섬길 수 있었다.
"예! 큰 이상은 없고… 다만 편자와 말굽 사이에 뾰족한 돌
조각 하나가 끼어 있었습니다. 아마 그것 때문에 좀 불편해
보였던 것 같은데, 그걸 빼주었으니 이제는 괜찮을 겁니다."
그러나 유석준은 여전히 약간의 미심쩍음이 남는 눈치였
다.

하지만 마방의 역부인 두 사람이 말이 불편해 보여서 말을 살폈고, 또한 합당한 조치를 취했다는 데야 더 이상 뭐라고 할 수는 없었던지 짐짓 인상을 굳힌 채로 무게를 잡으며 새삼 주의를 주었다.

"음! 그렇더라도 명심하거라! 여긴 내당의 중요한 문서들을 보관하는 곳이니 만약 다음에 또 한 번 함부로 들어왔다가는 그때는 엄벌을 면치 못할 것이다!"

"예, 예! 여부가 있겠습니까? 명심하고 또 명심하여 다음에는 이런 일이 절대로 없도록 하겠습니다!"

장삼이 뻣뻣하게 서 있는 추괴의 옆구리를 찔러가며 굽실거렸다.

유석전이 차갑게 호통 쳤다.

"어서들 가거라!"

3

해거름에 마방을 나선 장삼과 추괴는 동강(東江) 기슭 언덕 위의 그 농가로 갔다.

혹시 단서가 될 만한 것이라도 찾을 수 있을까 해서였다.

농가는 그날 밤에 본 것과 크게 차이가 없어서, 그냥 흙으로 벽을 친 본채와 헛간 한 채, 그리고 널찍한 마당이 다였다.

집 안팎을 꼼꼼하게 살펴보았지만 역시 별 게 없었다.

헛간의 벽에는 녹슨 괭이와 낫, 호미 따위의 농기구들이 먼지를 잔뜩 뒤집어쓴 채로 걸려 있었고, 한쪽 구석에 놓인 몇 개의 작은 단지에는 감자와 고구마 따위가 반쯤 썩어가는 채로 담겨 있었다.

그런데 별 수확 없이 다시 마당으로 나오던 중에 장삼은 문득 뭔가를 발견했다.

강모래투성이 바닥에서 검초록의 색으로 눈에 뜨인 그것은 한 줌의 돌이끼였다.

퍼뜩 떠오르는 것이 있었기에 장삼은 얼른 소매 속 주머니를 뒤졌다. 그 안에 넣어 두고는 깜빡 잊어버렸던 것이 그제야 생각이 난 때문이다.

그런데 그가 꺼내 든 그것은 비록 색은 누렇게 바랬으나 분명 돌이끼였다.

그 두 가지의 돌이끼를 번갈아 몇 차례나 코에 가져다 대고 냄새를 맡아보던 장삼은 문득 놀라며 중얼거렸다.

"이건… 삼(蔘)?"

4

주변 사방 수백 리가 험준한 산악으로 둘러싸이다시피 한 대도성은 예로부터 산삼의 특산지였다.

물론 그렇더라도 일반의 민초들에게 산삼은 구경하기조차

어려운 진귀한 물건이었다.

채취되는 물량 자체가 극히 적을 뿐더러, 그나마 그것들마저 관부에서 속속 거둬들여 중앙으로 보냈으니 설령 거금을 들인다고 하여도 구하기가 쉽지 않았다.

그리고 관부를 대신하여 산삼의 취합과 추매, 그리고 공물 운송까지의 일을 대리하고 있는 곳이 바로 용호장이었다.

유석전 등이 빼돌리고 있는 것이 무엇인지 알아냈다고 하더라도 장삼과 추괴가 당장에 무엇을 해볼 수 있게 된 건 여전히 아니어서, 오히려 이제부터는 또 어떻게 해야 할지 막막하기만 했다.

5

장삼과 추괴는 밤마다 마방을 나섰다.

그리고 예의 그곳, 밭 가운데의 널찍한 바위로 가서 술판을 벌였다.

물론 술은 핑계였다.

놈들이 언젠가 한 번은 다시 공물을 빼돌릴 것이라 예상하고 그 현장을 잡으려는 것이었다. 그 현장을 다시 잡는다고 해서 무엇을 어떻게 하리라는 요량을 딱히 세워 놓은 것은 아니었지만.

그렇게 하기를 벌써 이레째다.

오늘도 별 성과가 없다면 장삼은 그만 포기할 생각을 하고 있었다. 그쯤 했으니 추괴도 더 이상은 고집을 피우지 못할 것이고.

끝없이 광대한 검은 천에 한 움큼 은가루를 뿌려놓은 듯이 밤하늘에는 별이 무수히 총총하였다.

그러나 오늘따라 별 감흥이 나지 않는데다 술도 영 당기지 않았으니, 장삼은 차라리 멀리 희미하게 첩첩의 윤곽으로만 보이는 산의 형체에다 망연한 시선을 던져 두고 있는 중이었다. 곁에서 추괴가 병째 술을 들이붓든 말든 그건 그가 상관할 바가 아니라는 심정이었다.

그런데 그때였다.

끼익!

덜커덩!

끽!

덜커덩!

푸르~ 륵!

멀리서 문득 일단의 소리가 들려오기 시작했다.

바로 그들이 지난 이레 동안 오매불망 기다려 온 그 소리였다.

장삼은 퍼뜩 긴장하며 옆을 돌아보았다.

추괴 또한 이미 어둠 속을 잔뜩 응시하고 있는 중이었다.

동강(東江) 기슭 언덕 위의 농가.

마당에서 횃불 하나가 밝혀지며 주변의 어둠을 확 밀어냈
다.

일렁이는 불빛에 확연히 드러난 얼굴들은 이번에도 유석
준과 수경단의 무사 둘이었다.

그러나 지난번과 달리 이번에 세 사람은 함께 강기슭으로
내려갔다.

횃불이 멀어지며 덩그마니 마당에 남은 말과 수레가 긴 그
림자를 만들다가는 이윽고 다시 어둠에 묻혀 버렸다.

장삼은 추괴를 이끌며 조심스럽게 마당 안으로 들어섰다.

수레 안의 물건을 확인해 보고 결정적 증거를 확보할 수도
있는 절호의 기회였다.

그런데 수레의 짐칸을 덮은 가마니를 조심스럽게 젖히려
던 중에 장삼은 흠칫 놀라며 그대로 얼어붙고 말았다.

앞쪽의 어둠 속에서 돌연 한 무리의 그림자가 소리도 없이
모습을 드러내고 있었다.

그들 십여 개의 그림자는 미끄러지듯이 마당의 전면과 양
측면을 점유하며 다가들었다.

장삼이 퍼뜩 정신을 수습하고 추괴의 소매를 잡아채며 급
하게 뒤로 물러섰다.

그러나 기껏 헛간의 곧 무너지고 말 듯한 흙벽을 등지고 붙어 섰을 뿐 순식간에 포위를 당한 꼴이 되고 말았다.

확!

화악!

좌우측에서 두 개의 횃불이 솟아났다.

흑의에 복면을 한 자들이었다.

빠르고 일사불란한 움직임에서 복면인들이 미리 자신들을 기다리고 있었다는 것을 직감하며 장삼은 새삼 서늘한 위기감을 느꼈다.

이어 장삼은 빠르게 유추해 볼 수 있었다.

놈들 쪽에서 무슨 눈치를 챈 것이리라. 그리하여 유석전 등의 오늘 이 행차는 그와 추괴를 함정에 빠뜨리고자 미리 의도한 것이리라.

'그렇다면……?'

장삼은 곁의 추괴에게 나직이 속삭였다.

"무엇이든 무기가 될 만한 걸 찾아."

추괴가 다급하게 주변을 두리번거리더니 등 뒤의 흙벽에 매달려 있는 기다란 나무 막대기 두 개를 재빨리 벗겨냈다.

그것이 아마도 괭이자루인 것 같다는 짐작을 하면서 장삼은 설핏 답답한 마음으로 되었다.

그러나 지금의 상황에 이것저것 가릴 처지는 결코 아니었으니, 장삼은 추괴가 건네는 괭이자루를 빠르게 낚아챘다.

복면인들이 천천히 다가들었다.

그들의 검끝에서 잔뜩 응축된 살기가 일렁이는 불빛에 차갑게 번뜩였다.

그때였다.

"잠깐만 기다려 주시오!"

급하게 마당으로 들어서며 외치는 자는 유석전이었다. 수경단의 무사 둘이 그 뒤를 따르고 있었다.

"무슨 일인가?"

복면인들 중에서 유독 키가 껑충한 자 하나가 가라앉은 목소리로 물었는데, 그자야말로 한눈에도 복면인들의 우두머리로 보였다.

유석전이 포권하며 말했다.

"저자들의 처리는 우리가 떠나고 난 뒤에 해주시면 좋겠소이다."

유석전의 목소리는 몹시 음울하게 들렸다.

우두머리 복면인의 눈빛에 언뜻 못마땅하다는 기색이 돌았으나, 막상은 가볍게 고개를 끄덕였다.

유석전이 고갯짓을 했고, 수경단의 무사 둘이 서둘러서 말을 움직여 수레를 마당 밖으로 끌고 나갔다.

그런 중에 무사 중 하나가 설핏 장삼과 시선을 마주쳤는데, 그러자 그 무사는 크게 마음이 켕기는 듯이 얼른 시선을 피하고 말았다.

유석전은 시종 딱딱하게 굳은 표정이었고, 장삼과 추괴 쪽으로는 아예 시선조차 주지 않았다.

마당을 빠져나간 수레와 유석전 등은 빠르게 어둠 속으로 사라져 갔고, 이윽고는 수레 굴러가는 소리마저 희미해졌다.

7

"쳐라!"

짧고 단호한 명령 한마디가 마당의 적막을 깼다.

동시이다시피 복면인들은 일제히 장삼과 추괴를 향해 덮쳐들었다.

십여 자루의 검이 뿜어내는 살벌한 기세에 맞부딪칠 엄두는 감히 내볼 수 없었기에 장삼은 급한 대로 헛간 안으로 뛰어들었다.

그러나 장삼은 곧바로 크게 당황하고 말았다. 당연히 그를 쫓아 들어올 줄 알았던 추괴가 원래의 자리에 그대로 버티고 있었기 때문이다.

아니, 추괴는 오히려 한 걸음을 옆으로 옮겨 헛간의 입구를 막아서다시피 하고 있었다.

'이런……!'

그러나 당황한 중에도 장삼은 퍼뜩 추괴의 생각이 읽혀지는 듯했다. 추괴는 지금 그를 지키려는 생각인 것이다. 복면인들을 향해 팽팽히 곧추세워진 그의 괭이자루가 그것을 말해주고 있었다.

그러나 장삼은 엉거주춤한 채로 어떤 대응도, 아니, 작은 움직임조차도 취하지 못하고 있었다.

뒷모습의 추괴는 가늘게 떨고 있었다.

그러나 장삼이 보기에 그것은 단순한 긴장이나 두려움은 아닌 것 같았다.

뭐랄까?

'지극한 긴장과 두려움? 알지 못할 어떤 흥분? 혹은 그런 것들이 일시에 마구 뒤섞인 끝에 돌연히 끓어오르기 시작하는 뜨거운 분출의 징조 같은 것?

장삼은 언뜻 상상해 보았다.

추괴의 몸속 어딘가에 깊숙이 숨어 있다가 지금에야 마침내 그 실체를 드러내는, 그리고 일시에 뜨겁게 치솟아 올라 추괴 스스로도 어떻게 주체하기 어려운 뜨거운 야성 같은 무엇!

"와아앗!"

비명 같기도 하고 기합 같기도 한 괴성과 함께 추괴의 괭이자루가 곧장 횡으로 휘둘러졌다.

타탕!

격렬한 금속성이 터져 나오는 순간, 선두에 섰던 복면인들 둘이 튕기듯이 뒤로 한 걸음씩을 밀려났다.

그러나 두 복면인은 곧장 다시 덮쳐 나왔고, 거친 분노를 표출하며 추괴의 좌우에서 수직으로 검을 쪼개 내렸다.

"놈!"

"죽어라!"

그때 추괴의 괭이자루는 좀 전과는 반대의 궤적을 그리며 다시 횡으로 휘둘러졌다.

순간 장삼은 두 눈을 크게 떴다.

'설마……?

타탕!

다시금 격렬한 금속성이 터져 나오는 가운데 두 복면인은 이번에도 한 걸음씩을 뒤로 밀려났다.

그러나 이번에 그들은 좀 전처럼 곧바로 다시 덮쳐 나오지는 못했다.

추괴의 괭이자루가 연속적으로 공간을 가르고 있었다.

탕~!

타앙!

날카로운 금속성이 잇따라 터져 나오는 가운데 추괴의 등 뒤에 숨은 꼴이 되고 만 겸연쩍음에도 불구하고 장삼은 차라리 넋을 놓고서 싸움을 구경하고 있는 중이었다.

추괴의 괭이자루가 만들어내고 있는 궤적들은 장삼에게 사뭇 익숙하였다.

횡(橫)!

종(縱)!

우사(右斜)!

좌사(左斜)!

그리고 다시 이어지는 동작들이라니!

역횡(逆橫)!

역종(逆縱)!

역우사(逆右斜)!

역좌사(逆左斜)!

아아! 놀랍게도 추괴는 십팔자법(十八字法)에 이어 역십팔자법(逆十八字法)을 풀어내고 있는 중이었다.

괭이자루로 감히 진검을 상대로 말이다.

무모하기 짝이 없게도 목숨을 걸고서 말이다.

그러나 추괴의 괭이자루는 맹렬하고도 거침이 없었고, 복면인들은 감히 추괴가 지키는 방어선을 돌파하지 못하고 있었다.

장삼은 좀 더 느긋해질 수 있었다. 그러나 추괴의 움직임에서 단 한 순간도 눈을 떼지는 못하였다.

장삼은 지금 마치 추괴와 함께 십팔자검법을 펼치고 있는 것만 같았다. 사실은 추괴가 풀어내고 있는 저 여덟 가지 동작 중 절반은 그의 제안에서 나온 것이 아니던가.

8

탕~!

타탕!

격렬한 금속성 중에 돌연 사뭇 이질적인 소리 하나가 울렸다.

텅~!

그리고 복면인 중 하나의 손에서 튕겨 나간 검 한 자루가 헛간 안쪽으로 날아들었다.

그때였다.

"멈춰라!"

그 한소리 호통은 나직하였으나, 주변 공간을 떨어 울리는 듯한 묘한 힘이 깃들어 있었다.

우두머리 복면인이었다.

추괴와 접전을 벌이던 두 복면인이 즉시 뒤로 물러섰고, 추괴 또한 동작을 멈추고 괭이자루를 바닥을 향해 늘어뜨린 채 잔뜩 거칠어진 호흡을 추스르는 모습이었다.

우두머리 복면인은 성큼성큼 앞으로 걸어왔는데, 단지 그 기세만으로도 그는 다른 복면인들과는 달랐다.

'제대로 검을 익힌 자다!'

장삼이 은연중에 긴장하며 추괴를 살폈다.

그때 추괴는 어느 정도 호흡은 안정되었으되 생각없이 멍하니 서 있는 듯한 모습이었다.

"조심해!"

장삼이 짤막하게 경고성을 발한 것과 동시이다시피 그자의 검이 뽑혀졌다.

번뜩!

그자와 추괴 사이의 공간에서 한 가닥 날카로운 빛이 일어났다가 사라진 건 그야말로 찰나였다.

추괴는 얼떨떨한 기색으로 자신의 괭이자루를 내려다보고 있었다.

추괴의 괭이자루는 반 토막만 남아 있었다. 우두머리 복면인의 일 검에 두 동강이 나 버린 것이다.

순간 장삼은 보았다, 추괴가 문득 움츠러들고 마는 것을.

그리고 안타까웠다. 마치 한순간에 뜨겁게 치솟아 올라 잠시간이나마 뜨겁게 추괴를 불태웠던 그 어떤 징조 같은 것이, 미처 제대로 분출해 보지도 못하고 그대로 식고 마는 듯하였기에.

그런 때문이었을 것이다, 장삼이 곧장 추괴에게로 달려가기보다는 마침 그의 발밑에 나뒹굴고 있던 한 자루 검을 힘차게 차올린 것은.

"받아!"

장삼의 그 외침에 추괴와 우두머리 복면인의 시선이 동시에 쏠렸다.

순간 우두머리 복면인의 눈빛이 날카로운 빛을 발했다.

그러나 그는 그 한 자루 검이 추괴에게로 날아가는 것에 대해, 그리고 추괴가 황망 중에 그것을 받아 드는 것에 대해 아무런 움직임도 취하지 않았다.

"간다!"

복면인이 차가운 일성을 뱉으며 앞으로 쭉 미끄러져 나온 것은 다시 촌각이 지난 다음이었다.

그 두어 걸음의 진보(進步)만으로도 장삼은 복면인이 적어도 십 년 이상 검을 수련해 왔을 것이라고 새삼 짐작해 보았다.

복면인의 검은 상단세(上段勢)의 정점에서 곧장 일도양단(一刀兩斷)으로 추괴의 머리를 쪼개 내렸다.

추괴가 크게 당황하는 모습인 중에도 다급하게 검을 가로로 눕혀서 위로 치커들었다.

캉!

복면인의 눈빛에 약간의 당황이 떠올랐다.

다급하고 어설픈 중에도 능히 자신의 검을 가로막아 튕겨낸 상대의 놀라운 힘 때문이었다.

상대의 힘이 놀랍다는 것은 다시 그것이 결코 내공에 의한 것이 아닌, 다만 완력일 뿐이라는 점에서였다.

그럼으로써 좀 전에 수하 둘이 합공을 하고도 이 기괴하게 생긴 자를 어떻게 하지 못했던 이유가 확연해지는 순간이기도 했다.

"놈!"

우두머리 복면인이 차갑게 호통 치며 다시 검을 떨쳐냈다.

그러자 그의 검은 마치 살아 있는 것처럼 꿈틀거리며 추괴의 전신 요혈을 노려갔다.

추괴는 제자리에 못 박힌 듯이 한 발도 떼지 못한 채 다만 필사적으로 검을 휘둘러대는 것으로 대항했다.

챙!

채챙!

검끼리 부딪는 소리가 요란하게 터져 나왔다.

장삼은 저도 모르게 두 주먹을 꽉 틀어쥐었다.

역시 십팔자법이었다. 순간순간이 위태로운 와중에도 추괴는 끝까지 십팔자법을 놓지 않고 있는 중이었다.

그러나 장삼은 이내 알 수 있었다.

상대의 복면인이 추괴가 펼쳐내는 십팔자법과 역십팔자법의 단순한 배열에 대해 빠르게 익숙해지고 있다는 것을.

복면인이 은연중에 부리고 있는 여유가 그것을 말해주고 있었다.

그때 추괴는 마침내 한계에 도달하고 만 것 같았다.

문득 검을 멈추더니 추괴는 상대를 겨눌 힘마저도 없는 듯이 검을 아래로 축 늘어뜨리고 말았다.

복면인 또한 천천히 검을 멈추었다.

그러나 그에게서는 이제까지의 여유 대신에 돌연 차가운

살기가 서렸다.

"가랏!"

짤막한 호통과 함께 복면인은 쾌속하게 추괴의 인후를 찔러갔다.

검극에서 뿜어지는 추상같은 예기만으로도 이미 혼백이 달아나 버린 것일까? 추괴는 그대로 굳어버린 듯이 보였다.

순간 장삼은 극도의 긴장을 끌어올렸다.

그런데 그때 아무 쓸모도 없는 듯이 축 처져 있던 추괴의 검이 돌연 위로 튕겨 올랐다.

'역우사(逆右斜)?'

장삼이 반사적으로 떠올린 생각만큼의 속도로 추괴의 검은 비스듬히 공간을 거슬러 올라갔다.

복면인의 검이 멈칫하였다.

그러나 그것은 그야말로 찰나의 순간일 뿐이었으니, 실제로 복면인의 검은 계속 찔러 나가고 있었다. 그리고 그 검극이 이미 추괴의 목젖에 거의 닿고 있는 중이었다.

탱!

날카롭기 그지없는 쇳소리가 소스라치듯이 터져 나왔다.

순간 추괴의 검은 복면인의 검을 우악스럽게 튕겨냈고, 그러고도 여전히 본래의 궤적에서 크게 벗어나지 않고서 그대로 비스듬히 복면인의 얼굴을 쪼개갔다.

"어헛!"

　복면인이 다급한 경호성을 뱉어냈고, 동시이다시피 그의
몸은 꼿꼿한 채 그대로 뒤로 넘어갔다.

　그러나 다급한 와중에 복면인의 철판교의 수법은 완전하
게 펼쳐지지 못했으니, 그는 바닥에 등을 세차게 부딪치고 나
서야 그 반동을 빌려 다시 전력을 다해 옆으로 몸을 굴려 나
갔다.

　몇 바퀴를 더 구르고 나서야 복면인은 몸을 튕겨 일으켰고,
원래의 자리에 그대로 서 있는 추괴를 바라보며 격한 숨을 토
해냈다.

　그런 복면인의 눈빛에 아직도 다 추스르지 못한 경악의 기
색이 남아 있다고 생각하면서 장삼은 문득 한 가지 단정을 하
지 않을 수 없었다.

　'추괴가 아니다!'

　지금 높이 검을 쳐올린 자세 그대로 굳은 듯이 서 있는 추
괴의 모습은 결코 장삼이 알고 있는 추괴의 모습이 아니었다.

　뿐이랴.

　그 일검 '역우사!' 또한 장삼이 알고 있는 추괴라면 결코
그처럼 절묘하게 펼치지는 못했을 것이다.

　그것이 아무리 일심으로 고집스럽게 연습해 오던 것이라
고 하더라도 그처럼 절박한 순간에 감히 동귀어진의 수를 펼
쳐내는 냉정하고도 담대한 자가 어떻게 그 순박하고 우직하
기만 하던 추괴일 수 있단 말인가?

"쇠뇌를 쏴라!"

누군가의 외침에 장삼은 퍼뜩 정신을 차렸다.

그리고 복면인 중의 네다섯 명이 헛간 안쪽을 향해 쇠뇌를 겨누는 모습을 보는 순간, 장삼은 그대로 몸을 날렸다.

추괴의 팔을 낚아채고 이어 그대로 헛간의 반쯤 무너진 뒤쪽의 흙벽을 뛰어넘어 그 아래로 몸을 숨기기까지 장삼의 일련의 동작은 조금의 군더더기도 없었고, 그야말로 바람처럼 재빨랐다.

쉿!

쉬~ 쉿!

픽!

퍼퍼퍽!

쇠뇌가 잇달아 발사되었고, 십수 발의 화살이 흙벽에 틀어박혔다.

그런 중에 격한 호통이 잇달았다.

"뒤로 돌아가서 놈들에게 쇠뇌를 쏴라!"

"가차없이 죽여라!"

낭패였다.

"제기랄!"

입에 붙은 듯이 소리를 뱉어내며 장삼이 빠르게 사방의 상황을 훑었지만, 어떻게 움치고 뛸 방법은 없어 보였다.

그런데 그때였다.

"모두 멈춰라!"

바깥의 어둠 속 어디쯤에서 한소리 우렁찬 호통이 터져 나오며 사방의 밤공기를 일순 찌르르 흔들어놓았다.

9

십여 개의 그림자가 빠르게 어른거리더니 마당으로 들어섰는데, 횃불에 드러난 그들 십여 명은 하나같이 회색 무복 차림이었다.

장삼이 새로이 나타난 자들의 정체를 당장에는 짐작해 볼 수가 없었는데, 신속하게 복면인들과 대치하는 형국을 만들어가는 그들의 모습에서 우선은 안도할 수 있었다. 최소한 적은 아니라는 데 대해.

그때 추괴가 나직이 중얼거렸다.

"반회당."

"반회당이라고?"

장삼이 놀란 목소리로 반문할 때였다.

"둘 다 괜찮으냐?"

회의 무복 차림들, 반회당의 무사 중 하나가 성큼 다가서며 물었다.

그는 코 밑에 기른 팔자수염이 특징적이었는데, 수염의 모양이 반듯하고 깔끔하여 제법 멋들어진데다 윤기까지 자르르

흐른 듯하였으니, 필시 상당한 공을 들인 것이리라고 장삼은 짧게 생각해 보았다.

또한 장삼은 굵직한 저음의 목소리만으로도 그가 바로 좀 전에 한소리 우렁찬 호통만으로도 고수급의 풍모를 여실히 드러낸 인물이란 것을 어렵지 않게 짐작해 볼 수 있었다.

"무조. 조장!"

추괴가 다시 그의 귓전에다 대고 나직이 말해주었기에 장삼은 얼른 허리를 숙였다.

"저희들은 괜찮습니다. 만약 조장께서 조금만 더 늦게 오셨다면 이미 산목숨이 아닐 뻔하긴 했습니다만."

장삼의 대답에 무조 조장은 언뜻 이채를 띠며 새삼 장삼을 훑어보았다.

그러나 그는 이내 짐짓 흔쾌한 듯이 나직이 소리 내어 웃으며 말을 받아주었다.

"하하하! 그래, 미안하게 되었다! 내가 좀 늦은 모양이로구나!"

그때 뒤쪽에서 한소리 호통이 들렸다.

"비켜라!"

우두머리 복면인이었다. 그의 앞을 반회당의 무사들이 가로막고 있었다.

무조 조장이 성큼성큼 그쪽으로 걸어갔다.

장삼이 지켜보고 있자니, 무조 조장은 휘하의 무사들을 비켜서게 하고 우두머리 복면인과 일대일로 마주 섰는데 그 모습이 사뭇 여유있고도 당당해 보였다.

그런데 다음 순간 뜻밖에도 우두머리 복면인이 선뜻 복면을 벗었다.

장삼이 두 눈을 크게 떴는데, 하필이면 그자가 선 방향이 비스듬하게 등을 지는 방향이어서 그자의 옆모습밖에는 볼 수가 없었다.

"아니, 귀하는……?"

무조 조장이 놀란 소리를 토해내고 있었다.

그런 터에야 장삼이 그자의 얼굴을 제대로 확인하지 않을 수는 없어서 얼른 앞으로 나가고자 했다.

그러나 바로 그때 그자가 다시 복면을 써버렸기에 장삼은 쓰게 입맛만 다시고 말았다.

"잠시 나와 얘기 좀 합시다!"

우두머리 복면인의 사뭇 딱딱한 말에 무조 조장이 곧장 응했고, 두 사람은 멀찍이 떨어진 마당의 구석으로 자리를 옮겼다.

그리고 몇 마디 짧은 대화를 나누고 돌아온 무조 조장은 휘하의 무사들에게 대뜸 명령을 내렸다.

"길을 비켜 드려라!"

그 뜻밖의 명령에 장삼이 펄쩍 뛰다시피 반발했다.

"아니, 조장님! 저자들은 우리 용호장의 공물을……."

그러나 무조 조장은 장삼의 말을 단호히 잘라 버렸다.

"그만!"

그러고도 날카롭게 장삼을 쏘아보는 무조 조장의 눈에서는 반뜩이는 정광이 감돌았다.

무조 조장의 그런 모습은 좀 전에 쉽게 자신의 능청을 받아 주던 모습과는 확연히 다른 것이어서 장삼은 지레 움츠러들고 말았다.

그러는 와중에 복면인들은 어둠 속으로 자취를 감추었다.

"모두 철수한다!"

무조 조장의 명령에 반회당의 무사들이 일사불란하게 대형을 갖추는 것을 보면서 장삼은 허탈한 기색을 감추지 못하였다.

그때 추괴는 들고 있던 철검을 슬그머니 바닥에 내려놓았는데, 마치 자신이 아직까지 그 철검을 손에 들고 있었다는 사실을 그제야 문득 깨달았다는 듯이 사뭇 어색해하는 모습이다.

10

장으로 돌아가는 동안 장삼은 무조 조장에게 그간 일어난 일들에 관해 상세한 얘기를 다 했다.

그러나 별 반응 없이 다 듣고 난 무조 조장은 마치 미리 어떤 벽을 치는 듯이 말을 했다.

"너의 얘기는 충분히 알겠다. 그러나 이 안에는 너희들에게는 쉽게 말하지 못할 다소간의 사정이 포함되어 있으니…음, 어쨌든 이후의 일은 내가 상부에 보고하여 잘 처리할 것이니 너희들은 이 일에 대해 더 이상의 어떤 의문이나 관심도 가지지 않는 것이 좋겠다."

그렇지 않아도 그런 '쉽게 말하지 못할 다소간의 사정들'이 개입되어 있음을 이미 짐작하게 된 터였으니, 장삼은 순순히 고개를 끄덕이는 수밖에 없었다.

다만 장삼이 무조 조장 이하 무사들이 어떻게 알고 그곳 농가까지 왔는지에 대해서는 사뭇 궁금하였다.

그러나 잠시 생각해 보니 짐작을 못할 것도 아니어서 장삼은 굳이 무조 조장에게 묻지는 않았다.

그와 추괴를 위해 그런 조치를 해줄 사람이라야 한 사람뿐이었다. 다만 그때 한 번 상의를 한 이후로는 더 이상의 돌아가는 상황에 대해 얘기를 하지 않았거니와, 설령 무슨 눈치를 챘다고 하더라도 굳이 이런 일에, 더욱이 자청하여서는 결코 상관하지 않을 사람인 줄 알았더니 정말 뜻밖이었다.

11

"무슨 소리냐? 난 모르는 일이다!"

　장삼이 슬쩍 공치사를 했을 때, 장 노사는 큰일 날 뻔했다
면서도 자신은 전혀 몰랐던 일이라며 손사래를 쳤다.
　그러나 그런 것이야말로 또 장 노사만의 처세술일 것이기
에 장삼은 더 이상 따지고 들지 않았다. 굳이 그럴 이유도 없
는 것이었지만.

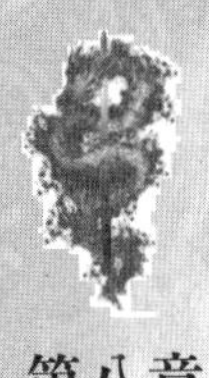

第八章
감찰(監察)

1

한동안이 지나도록 장(莊)에서는 윤석전 등의 비리 사건에 대한 아무런 동향이 없었다.

그러더니 보름여가 지나고 나서야 아마도 그것과 관련된 것이지 싶은 조치 하나가 취해졌다.

즉, 윤석전이 대도성에서 오백 리 떨어진 건천(健阡)이란 곳에 소재한 작은 연락소(連絡所)로 발령을 받은 것이다.

갑자기 변두리의 한직으로 옮겨가는 것이었으니 문책성의 좌천이라고 볼 수 있겠으나, 그 발령의 사유에 대해서는 아무런 언급도 없었다.

어쨌든 그것으로 사건은 유야무야 묻히고 마는 듯했다.

아니, 묻히고 말았다.

장삼 또한 그 사건을 묻었다.

돌이켜 보면 결국 장 노사의 말이 옳았던 것이다.

그러니 진작에 장 노사의 말을 들었다면 그나 추괴나 괜한 수고를 할 필요도 없었을 것이고, 더욱이 목숨마저 잃을 뻔한 아찔한 상황은 겪지 않아도 좋았을 것이다.

그러나 장삼은 피식 실소하고 말았다.

2

각 당 휘하의 국(局), 단(團)을 포함한 전(全) 단위 조직들에 대해 일괄적으로 감찰을 실시한다는 공표가 있었다.

그 같은 감찰이 갑작스러운 것은 아니었다.

연간 일 회는 장주가 직접 주관하고, 매 반기(半期) 단위로는 부장주가 주관하여 실시하도록 되어 있는 정기 감찰의 일환이었다.

"매번 하는 것이지만, 우리 쪽이야 특별히 감찰 받을 것도 없어! 그냥 형식적으로 휙 보고 지나갈 거니까 다른 건 신경 쓸 것 없고 청소나 깨끗하게 하도록 해!"

장 노사는 대수롭지 않게 말했다.

그리고 청소야 내일 아침 일찍 한 번 더 하면 충분할 것이기에 감찰 전날까지도 마방의 일상에는 별다를 것이 없었다.

심지어 양철과 조상간은 저녁을 먹은 뒤에 외출까지 나갔
는데, 장 노사가 은근히 못마땅하게 여기는 기색이면서도 딱
히 표시를 내지는 않았다.

그런데 밤이 제법 깊어 돌아온 양철과 조상간의 얼굴은 눈
두덩이며 볼때기 등이 사뭇 벌겋게 부어올라 있었다.

장 노사가 무슨 일이냐고 물은 데 대해 그들은 그냥 저들끼
리 감정 상하는 일이 있어서 조금 다툼이 있었다고 했다.

그런 데 대해 장 노사가 다시 따져 묻지 않았거니와; 장삼
역시도 가벼이 넘겨 버렸다.

그들 둘은 본래가 시전의 왈짜 출신들이니 제 버릇 개 못
준다고 또 무슨 시비가 생겼거니 여겨지는 것이었고, 어쨌든
안 보이는 데서야 저네들끼리 치고받든지 또 무슨 짓을 하든
지 굳이 상관할 필요는 없는 일이었다.

3

드디어 감찰 당일의 아침이 밝았다.

아무리 별것 아니라고 여유를 잡았지만 그래도 신경이 아
주 안 쓰일 수는 없었던지 아침 식전부터 장 노사는 직접 이
런저런 일들을 챙기는 모습이었다.

그런 중에 양철과 조상간이 감찰관들이 오기 전에 회랑 주
변의 마구간이라도 청소를 한 번 더 하겠다고 자청을 했다.

아마도 어젯밤의 일이 약간이나마 켕겼던 모양이다.

물론 어제 오후에 대대적으로 청소를 했으니 다시 유난을 떨 것은 없었다.

그러나 밤사이라고 말들이 똥을 안 싸대는 것은 아니어서 군데군데 마구간 바닥에는 벌써 한두 무더기씩의 말똥들이 보이긴 했고, 그런 정도야 마구간치고는 오히려 지나치게 청결한 것이라고 해야겠으나 두 사람이 굳이 자청을 하였고, 또한 어쨌든 감찰을 받는 날인 만큼 조금이라도 더 깨끗해서 안 좋을 것은 없을 일이다.

싱겁게 웃던 장 노사가 가볍게 고개를 끄덕여 주었다.

그리고 어쨌든 덕분으로 나머지 사람들은 감찰관들이 올 때까지의 시간을 사뭇 여유있게 기다릴 수 있었다.

4

드디어 감찰관 일행이 마방으로 들어섰다.

부장주 주연문(朱然文)을 필두로 내당 당주 국조일(菊朝一) 등의 감찰관이 대여섯 명, 다시 그 뒤로 수경단주 윤걸과 무사 십여 명이 호위 차 따라붙었으니 그 행렬이 제법 거창했다.

장 노사의 인사말은 듣는 마는 듯하더니 곧바로 감찰이 시작되었다.

그런데 감찰관들은 처음부터 전에 없이 엄격하고도 꼼꼼하게 점검 사항을 짚어 나갔고, 그에 빙그레 미소를 지으며 여유있는 모습이던 장 노사도 이내 바짝 긴장을 하고 마는 기색이었다.

감찰관들은 마구간 하나하나까지도 세세히 들여다보았고, 이런저런 자질구레한 지적 사항들을 잡아냈다.

그러더니 이윽고 한 마구간에 이르러서는 말의 상태가 좀 이상하다느니 하면서 본격적으로 트집을 잡기 시작했다.

장삼이 뜨악해한 것은 그 말이 하필이면 '그 말' 인 때문이었다.

아직까지도 추괴가 아니면 종종 말썽을 일으키곤 하는 그 고집불통의 수말 말이다.

장 노사도 걱정이 되지 않을 수는 없을 터라 노심초사하는 기색이 역력하였는데, 다행스러운 것은 그 수말의 기분이 오늘따라 몹시도 좋아 보인다는 점이었다.

그런데 장삼이 마구간 밖에서 조금 더 자세히 살펴보고 있자니 그 수말의 상태가 어째 좀 이상해 보이기는 했다. 그에게 말의 상태를 진단해 볼 재주야 없는 것이지만, 말이 연신 콧구멍을 크게 벌렁대는 모습이 기분 좋은 정도를 넘어서 왠지 너무 지나치게 들떠 보이는 것 같은 느낌이었다.

그때 마구간 밖에 서서 보고 있던 부장주가 성큼성큼 마구간으로 들어섰기에 장 노사가 얼른 따라붙었다.

"마방에 들어온 지 얼마 지나지 않은 놈이라 저희가 특별히 관리를 하고 있는 중인데, 별탈 없이 잘 적응해 가고 있습지요."

장 노사가 굽실거리며 부장주를 다른 곳으로 안내해 가려고 했다.

그러나 부장주는 장 노사의 말을 들은 체도 하지 않았기에 장 노사가 난감한 기색이 되고 말 때였다.

부르지도 않은 조상간이 불쑥 마구간 안으로 들어오더니 쪼르르 부장주의 한 발 뒤로 붙어서는 것이었다.

장 노사의 표정이 가볍게 찌푸려졌다.

그러나 장삼은 조상간의 '알랑거림' 이 그리 나쁘지는 않겠다는 생각을 했다. 어쨌든 명색이 '부장주파' 이니 어쩌면 조상간이 부장주의 비위를 그런 대로 맞춰서 적당히 넘어가는 수도 있지 않겠는가?

다만 그때 장삼은 언뜻 무슨 냄새를 맡은 것 같았다.

막 조상간이 앞을 지나간 뒤였으니 그가 풍겼을 것인데, 굳이 표현하자면 옅은 지린내 같은 냄새였다.

그런데 마구간에 배인 것이 말의 오줌똥 냄새이니 옅든 진하든 지린내가 나는 것은 당연하다고 해야 할 터이지만, 묘하게도 그 냄새에는 이미 코에 익숙해진 냄새들과는 무언가 다르다 싶은 그런 느낌이 있었다.

장삼이 설핏 고개를 갸웃거릴 때였다.

이히히힝!

말이 갑자기 앞발을 치켜들며 거세게 울어댔다.

그 수말의 체구가 원체 큰데다 치켜든 말발굽으로 금방이라도 머리를 짓밟을 듯이 거칠게 허공을 차대고 있었으니, 부장주가 기겁을 하고는 비명도 지르지 못하고서 그만 마구간 바닥에 철퍼덕 주저앉고 말았다.

갑작스러운 사태에 모두가 당황하여 어쩔 줄을 모르고 있는 중에, 가장 먼저 반응을 한 것은 추괴였다.

재빨리 마구간 안으로 뛰어 들어간 추괴는 바닥에 주저앉아 있는 부장주의 양 어깨를 잡아 번쩍 들다시피 하여 한쪽 옆으로 밀쳐 내고는 다시 잽싸게 말고삐를 낚아챘다.

"워~!"

추괴의 그 한소리 나직한 호통에 길길이 날뛰던 말이 대번에 얌전해졌다.

그때 장삼은 보았다.

추괴의 억센 챔질에 순한 모양이 되긴 했지만, 시뻘겋게 충혈된 말의 두 눈이 여전히 희번덕이고 있는 것을.

말은 여전히 크게 흥분해 있는 상태인 것이다.

그럼에도 무언가가 그 흥분을 단번에 억누르고 있는 것이다.

그리고 그 무언가는 어떤 극도의 두려움 같은 것일 거라고 장삼은 새삼 확신했다.

그러나 추괴로부터 비롯되었을 그 두려움의 실체에 대해서는 장삼은 여전히 어떤 짐작도 해볼 수가 없었다.

"괜찮으십니까, 부장주님?"

그제야 마구간 안으로 쫓아 들어온 윤걸이 얼른 부장주를 부축했다.

부장주는 여전히 놀람을 추스르지 못한 듯이 황망해하는 모습이었다.

마구간을 벗어나고 나서야 와락 화가 치미는지 부장주는 거칠게 윤걸의 팔을 뿌리쳤다.

"이거 놓게!"

윤걸이 언뜻 무색한 표정이 되고 말았다.

그러나 다음 순간 그는 돌연히 검을 뽑아 들고는 곧장 마구간으로 다시 들어섰다.

윤걸의 검은 곧장 말을 겨누었다.

아니, 그 겨눔의 범주 안에 말고삐를 잡은 채로 서 있는 추괴까지가 포함되었으니, 그는 그대로 말과 추괴를 한꺼번에 베어버릴 기세로 보였다.

그러나 추괴는 바로 눈앞에 겨누어진 검을 보고도 멀뚱히 서 있었다.

윤걸의 눈빛이 문득 날카롭게 번뜩였다.

"오호라! 이제 보니 혹시 네놈이 부장주님께 악심을 품고서 무슨 흉계를 꾸민 것이 아니더냐?"

난데없는 말에 추괴의 입술이 당혹스럽게 딸막거렸으나, 막상은 아무 소리도 내지 못하였다.

장삼과 장 노사가 황급히 마구간으로 쫓아 들어왔지만, 윤걸은 조금도 기세를 늦추지 않고서 휘하의 무사들에게 삼엄하게 지시를 내렸다.

"이 주변을 조사해라! 조그만 것이라도 놓치지 않도록 샅샅이 살펴야 할 것이다!"

즉시 수경단의 무사들이 주변 사방으로 흩어져 나갔다.

장 노사가 그제야 어느 정도 당황을 추슬렀는지 윤걸을 향해 급하게 따져 물었다.

"윤 단주! 지금 무엇을 하고 있는 거요? 도대체 악심은 무엇이고, 흉계를 꾸몄다는 건 또 무슨 해괴한 소리요?"

그러나 윤걸은 아주 작정을 한 듯이 마주 호통을 쳤다.

"해괴하다니? 가만히 있던 말이 갑자기 미쳐 날뛴 것이며, 그처럼 사납던 말이 여기 추괴 놈의 간단한 손짓 한 번에 대번에 양처럼 순해졌으니, 어찌 이상하지 않다고 할 것인가? 또한 그러한 광경을 여기에 있는 모두가 똑똑히 목격했거늘 무슨 말이 더 필요할까?"

장 노사가 황당하다는 표정을 감추지 못하며 당장에 반박했다.

"허! 말이 갑자기 날뛴 것은 그렇다고 쳐도, 추괴가 재빨리 말을 진정시켜 더 큰 사고로 이어지는 것을 막은 데 대해서는

크게 칭찬을 해주어야 할 일이지, 어떻게 그것을 악심이니 흉
계니 하고 몰아갈 수가 있단 말이오? 세상에 그런 터무니없는
억지가 어디 있소?"

윤걸이 더욱 위압적인 자세로 되며 거칠게 받았다.

"어허! 그래서 하는 말이야! 미쳐 날뛰는 말을 추괴 놈이
그렇게 간단히 다룰 수 있었다는 것은, 역으로 또한 그만큼
간단히 어떤 농간을 부릴 수도 있다는 것이 아닌가? 아니, 그
렇지 않고야 왜 멀쩡하던 말이 아무런 이유도 없이 갑자기 미
쳐 날뛰었다는 게야?"

그에 장 노사는 이윽고 두 눈을 부라리고 마는 모습이었다.

"에이, 여보시오! 그 무슨 말 같지도 않은 말을 늘어놓고 있
는 것이오?"

장 노사의 그런 모습은 평상시와 완연히 달랐거니와, 더욱
이 지금 중인(衆人)이 지켜보고 있는 데서 숫제 질타를 하는
것이라 윤걸이 대번에 분기탱천하는 모습으로 되고 마는데,
장 노사는 윤걸이 화를 터뜨릴 기회를 주지 않고서 홱 몸을
돌려 부장주를 향했다.

"부장주님! 마방에서 이런 예기치 못한 사고가 생긴 데 대
해서는 마방을 책임지고 있는 입장으로서 그저 송구할 따름
이며, 죄를 물으신다면 어떤 벌이라도 의당 감수할 것입니다!
그러나 지금 윤 단주의 억측은 천부당만부당한 것입니다! 아
니, 백번 양보해 다른 것은 다 모른다고 쳐도, 추괴가 누구인

지는 부장주님께서도 잘 아실 것이 아닙니까? 한데 그가 무슨 악심을 품고 흉계를 꾸몄다니요? 도대체 저 추괴가 무슨 흉계를 꾸밀 수 있기나 한 그런 인사이겠습니까?"

간곡히 해명하고 호소하는 말이었으나, 부장주는 잔뜩 못마땅하다는 기색이더니 슬쩍 장 노사를 외면하고 말았다.

그때 장삼은 추괴의 곁을 지키고 서 있는 중이었는데, 문득 추괴가 나직하게 중얼거렸다.

"암말. 오줌."

장삼은 급하게 생각을 돌렸다.

그러나 느닷없이 암말의 오줌이라니? 무슨 영문인지 짐작조차 되지 않았다.

그렇더라도 분명 무슨 의미가 있을 터였다. 말이 짧은 만큼 추괴가 허튼말을 하는 경우는 거의 없었다. 더욱이 지금과 같은 상황임에야.

"뭐? 암말의 오줌이라고?"

장삼이 뒤늦은 반문을 하면서 짐짓 소리까지 높인 것은 장 노사가 듣기를 바라서였는데, 과연 장 노사는 한 걸음이다시피 달려오며 급하게 물었다.

"방금 암말의 오줌이라고 했느냐?"

장삼과 추괴가 동시이다시피 고개를 끄덕였다.

그리고 추괴는 다시 마구간 한쪽 구석에 틀어박히듯이 서 있는 한 사람에게로 시선을 주었는데, 잔뜩 얼어붙은 듯한 그자는 바로 조상간이었다.

　사람들의 시선이 일시에 자신에게로 쏠리자 조상간은 흠칫 놀라며 급하게 마구간을 빠져나가려고 했다.

　그제야 장삼이 확실치는 않지만 뭔가 직감되는 것이 있었기에 재빨리 조상간의 앞을 막아섰다.

　이어 단걸음에 조상간에게로 다가선 장 노사가 이리저리 냄새를 맡아보더니 대뜸 그의 멱살을 와락 틀어잡으며 호통을 내질렀다.

　"이놈, 조가야! 네놈의 소매에 암말의 오줌이 왜 묻어 있는 것이냐?"

　조상간은 크게 당황하고 마는 기색이었다.

　그러나 힐끗 윤결 쪽을 한번 쳐다본 그는 이내 당황을 추스르며 거칠게 장 노사의 손을 뿌리쳤다. 그리고는 오히려 큰 소리로 항변했다.

　"암말의 오줌이 묻어 있다니, 대체 그게 무슨 소리요? 아니, 내가 무슨 할 짓이 없어서 멀쩡한 옷소매에다 말 오줌이나 묻히고 다닌단 말이오?"

　그러나 장 노사는 조금도 기세를 꺾지 않았다.

　"이놈! 마방에서만 십수 년을 보낸 나다! 그런 나를 감히 속일 수 있을 것 같으냐?"

　조상간이 또한 굴할 기세가 아니었다.

　"하여튼 간에 노사가 지금 무슨 소리를 하고 있는지 난 도통 모르겠소!"

"어허! 그래도 이놈이? 이놈아! 네놈 소매에서 지금도 발정 난 암말의 오줌 냄새가 나고 있는데도 시치미를 뗄 셈이냐? 그 냄새가 저 수말을 흥분시켜서 날뛰게 만든 것이란 말이다!"

그때 돌아가는 모양새를 지켜보고 있던 윤걸이 슬쩍 끼어들었다.

"노사의 말대로 여기 조상간의 소매에 암말의 오줌이 묻었다고 칩시다. 그러나 그가 마방 사람이니 일을 하다가 묻었을 수도 있는 것 아니겠소? 그리고 물론 말에 관한 한 노사만큼 잘 아는 사람도 드물 테지만… 만약 그런 이유만으로 저놈의 말이 그렇게 발광을 한 것이라면 앞으로 수말들은 절대로 암말 가까이에 가게 해서는 안 되겠구려? 그랬다가는 그때마다 이런 난리가 날 테니 말이오!"

윤걸의 말투가 좀 전과는 한결 달라진 데다가 더욱이 아주 틀린 말도 아니어서 장 노사는 오히려 약간의 당황을 비치고 말았다.

그때였다.

"단주님, 이상한 것을 찾았습니다!"

마구간 내부의 구석구석을 아예 쓸다시피 하며 살피던 무사 하나가 말 먹이통까지 뒤적거리던 중에 이윽고 무언가를 발견했는지 급히 윤걸에게로 가지고 왔다.

윤걸이 보니 말먹이로 쓰는 건초인데, 그중 일부에 하얀 가루가 묻어 있었다.

"일종의 홍분제 종류인 것 같습니다."

무사가 흘깃 장 노사를 쳐다보고는 윤걸에게 고했다.

"홍분제?"

윤걸의 목소리가 대번에 날카로워졌다.

"예! 따로 분석을 해봐야겠지만, 일단 냄새와 맛으로 볼 때는 십중팔구 그런 것 같습니다."

"음!"

윤걸이 짐짓 침음성을 흘리며 장 노사를 돌아보았다.

그때 장 노사는 크게 당황하고 있는 중이었다. 그 하얀 가루가 바로 말들을 교미시킬 때 쓰는 강력 홍분제라는 것을 그 또한 이미 알아본 다음이었다.

장 노사의 등줄기로 촉촉이 식은땀이 배어났다. 도대체 어떻게 된 일인지 도무지 짐작조차 못할 노릇이었다.

"이처럼 명백한 증거가 나왔는데도 계속 아니라고 하겠소?"

윤걸이 득의의 미소를 지으며 못을 박았다.

이어 부장주가 격분한 목소리로 외쳤다.

"이자들이 또 무슨 다른 짓거리들을 꾸미고 있었는지도 모르니 다시금 사방을 샅샅이 뒤져보아라!"

곧바로 수경단의 무사들이 일제히 흩어져 나가며 마방의

곳곳을 들쑤시기 시작했다.

그리고 잠시 후, 부장주의 앞에 한 무더기의 술병이 쌓였다.

장 노사가 빈 술병조차도 아까워서 버리지 못하고 어디 으슥한 곳에다 모아두었던 것을 찾아낸 모양이다.

장 노사가 차라리 허탈한 표정이더니, 이윽고는 고개를 떨구고 말았다.

"당장 이자들을 포박하여 내당으로 끌고 가라!"

부장주의 호통이 자못 삼엄하였다.

5

장 노사를 비롯해 마방 식구 다섯이 죄다 내당으로 끌려왔지만, 결국 감옥에 갇힌 것은 장삼과 추괴 둘뿐이었다.

아무리 부장주의 분노가 크더라도 차마 장 노사까지 가두기에는 주변의 말이 많았을 것이고, 양철과 조상간이야 처음부터 제 식구였으니 다시 말할 것이 없을 일이다.

그래도 어떻게 해명을 해볼 기회도 주지 않고서 다짜고짜 감옥에 집어넣기부터 하는 데 대해서는 장삼이 차라리 어이가 없는 심정이었다.

한편으로는 발단이 된 그 일련의 사태가 결코 우연이 아니라 필시 어떤 음모가 개입되었다는 점에 대해 새삼 확신이 되기도 했다.

"놈들이 미리 파놓은 함정에 우리가 꼼짝없이 걸려들고 만 거야. 하나하나 돌이켜 생각해 보니까, 감찰 전날 밤에 양철과 조상간이 누군가에게 얻어터진 모습으로 들어왔을 때부터 좀 이상하다는 생각을 해봐야 했어. 당일 놈들이 마구간 쪽을 맡겠다고 자청한 것도 그렇고. 그때 놈들이 말 먹이통에다 그 흥분제를 넣었던 거야. 그리고 조가 놈은 다시 제 소매에다 암말의 오줌을 묻혀 가지고 있다가 결정적인 순간에 수말을 흥분시켰던 것이지."

그러나 추괴가 시종 별다른 반응을 보이지 않고 있었기에 장삼은 격앙된 심정을 스스로 추스를 수밖에 없었다.

"제기랄! 아무리 그래도 기본적으로 먹고 마시게는 해줘야 하는 것 아냐? 사람을 아예 굶겨 죽이겠다는 거야, 뭐야?"

장삼이 괜히 투덜거리는 것은 아니었다.

어제 오전 나절에 갇혔으니 어쨌든 이미 이틀째였다.

그런데 그동안 그들은 밥 한 술, 물 한 모금도 먹고 마시지 못하였고, 가끔씩 간수들이 옥의 내부 순찰을 돌 때도 그들이 있는 방은 아예 들여다보지도 않았다.

6

"아, 그놈들 진짜 깐깐하게 구네! 지들이 나하고는 그렇게

까지 야박하게 대할 안면은 또 아닌데 말이야!"

짐짓 투덜대며 장 노사가 감옥에 나타난 것은 장삼과 추괴가 옥중에서 꼬박 사흘을 보내고 난 다음이었다.

장삼이 반가우면서도 한편으로 원망이 없을 수는 없어서 슬쩍 비틀었다.

"아이고! 공사다망하신 우리 노사님께서 어떻게 여기를 다 오셨습니까?"

그런 장삼의 마음을 능히 짐작한다는 듯이 장 노사는 너스레부터 떨었다.

"말 말게! 내 앞서 체면불구하고 윤걸을 찾아가 면회를 좀 하게 해달라고 부탁했더니 아, 글쎄, 조사가 끝날 때까지는 절대로 안 된다는 거야! 그래, 언제쯤 조사가 끝나느냐고 다시 물었더니, 이 고약한 인사가 조사란 게 해봐야 아는 거지, 언제 끝난다고 어떻게 미리 예정할 수가 있겠느냐며 구박이지 뭔가? 나 참, 더러워서!"

홀깃 장삼의 눈치를 살핀 다음에 장 노사가 다시 말을 이어갔다.

"그런 판에 나라고 당장 무슨 뾰족한 수가 있겠나? 그런데 방법들을 찾다가 보니 옥의 간수 중에 통하겠다 싶은 안면이 하나 있더라고! 이런저런 연줄을 통해 슬쩍슬쩍 다리를 놓아 보고 있었는데, 마침 오늘이 그자가 번의 책임을 맡는 날이라는 거지 뭔가? 그래, 일단 밀고 들어온 거지! 아! 그런데 이자가 또 보통 빡빡한 게 아니어서 첫마디부터가 어림도 없다고 딱 뻗치는 거야! 허허허! 그러나 노부 또한 아무 방책도 없이 온 건 아니라, 그동안 쌈짓돈 모아놓은 걸 그냥 주머니째로 안겨주고서야 겨우 들어올 수 있었네!"

장 노사가 그렇게까지 말하는 데야 장삼이 더는 원망을 비칠 수가 없었다.

더욱이 장 노사가 들고 온 작은 보따리를 푸는데, 그 안에 든 두 덩이의 주먹밥과 물병을 보는 순간 원망 같은 건 흔적도 없이 사라져 버리는 것이었다.

"자! 그동안 제대로 먹지도 못했을 텐데 우선 이것들부터 좀 들게!"

고맙다는 말을 할 겨를조차 없었다.

장삼이 우선 물병을 집어 들고 벌컥벌컥 반이나 들이켠 다음에 추괴에게 넘겨주었다.

추괴 또한 목젖을 들락거리며 물을 들이켰다.

이어 쉴 틈도 없이 주먹밥 하나씩을 입에다 쑤셔 넣는 두 사람을 장 노사가 안쓰럽게 바라보았다.

"힘들겠지만 조금만 더 참고 있게. 내가 무슨 수라도 써볼 테니까."

장 노사가 짐짓 힘주어 말했지만, 장삼은 그 말에 대해 큰 기대를 가지지는 않았다.

말이야 눈물겹도록 고맙지만, 장 노사에게 무슨 힘이 있다고 ‘무슨 수’ 를 써볼 것인가?

장삼이 그저 시늉으로 고개를 끄덕이자, 장 노사의 얘기는 실없이 마방이 지금 어떻게 돌아가고 있는지에 관한 것으로 옮겨갔다.

“어제저녁에 신입 역부 둘이 새로 들어왔네. 물론 나는 아는 바도 없이 그냥 위에서 떨어뜨린 건데… 나 참. 그러니 필요 없다고 다시 돌려보낼 수도 없는 일이고 말이야.”

장 노사는 짐짓 인상을 한번 썼다. 그러나 그는 이내 빙글거리는 표정으로 되며 말을 이었다.

“그런데 재미있는 건 말이야, 눈치를 보아 하니까, 그 신입들이 양가와 조가의 윗줄들 같더라고? 헐헐! 무슨 사정인지는 차차 알아지겠지만, 하여튼 이 신입들이 처음부터 슬슬 농땡이를 치는 것은 물론이고, 은근슬쩍 상전 노릇까지 하는 모양이라! 허허허! 조가와 양가 두 놈이 아주 죽을상을 하고 있는 중이지! 쩝! 그래서 세상 살아가는 이치가 다 뿌린 대로 거둔다고 하지 않는가? 제 놈들이 자초한 일인데 이제 와서 누구를 원망할까?”

장 노사는 사뭇 거창하게 ‘세상 살아가는 이치’ 까지 들먹여 가며 ‘통쾌하지 않느냐?’ 는 투였다.

그러나 장삼으로서는 배짱 편하게 장단을 맞추기는 어려운 심정이었다.

그와 추괴의 후임이 벌써 배정되었다는 것은 웃전에서 이미 모든 결정이 다 났다는 의미일 테니, 두 사람의 억울함이 풀어지리라는 기대는 더 이상 할 수 없게 되었다고 봐야 하는 것이다.

7

"뭐 이런 개 같은 경우가 다 있어 그래?"

장 노사가 돌아가자마자 장삼은 버럭 화를 터뜨렸다.

하지만 추괴가 묵묵하게만 있었기에 장삼은 다시금 괜한 역정을 더했다.

"이봐! 넌 억울하지도 않냐?"

그럼에도 묵묵하게만 있는 추괴에 대해 장삼이 와락 표정을 구겼다.

그러나 그는 애써 소리를 낮추었다.

"이대로 당하고 있을 수만은 없는 것 아냐? 장 노사가 애를 써본다고는 했지만, 제기랄! 솔직히 누가 우리 같은 처지들을 위해 발 벗고 나서주겠나 말이야. 그리고 돌아가는 분위기가 저쪽에서는 우리 둘에 대해 아주 단단히 작정을 한 모양인데, 자칫하다가 험한 꼴을 당하지 말란 법도 없는 거잖아? 안 그래?"

그리고 잠시의 침묵을 둔 후에 장삼은 문득 비장한 표정을 만들었다.

"이봐, 누구에게나 목숨은 하나뿐이야. 일단 살고 봐야 하는 거 아니겠어? 작정만 선다면 이까짓 썩은 나무로 된 감옥쯤 확 부수고 나가면 그만이니… 우리 도망치자."

그제야 추괴가 천천히 입을 열었다.

"난. 갈 수. 없다. 혼자. 가라."

"뭐야? 나 혼자 가라고? 그럼 넌?"

"배덕(背德). 할 수는. 없다."

장삼이 이윽고는 버럭 화를 토해내고 말았다.

"이런 제기랄! 일이 이렇게 된 마당에도 또 그놈의 은혜타령이냐? 아니, 당장에 개죽음을 당할지도 모르는 판에 무슨 배덕이니 뭐니 하는 걸 따지고 있어? 그런 것도 다 목숨이 붙어 있고 난 다음에야 따지든 말든 할 수 있는 거 아냐? 그리고 네가 이렇게 절절히 충정을 바친다고 해서 장주가 알아주기나 할 것 같아? 우리 따위가 감옥에 갇혀 있든 말든, 개죽음을 당하게 생겼든 말든 그런 높은 양반이야 더 중요한 다른 일들을 고민하느라 여념이 없을걸. 어떻게 하면 좀 더 이익을 늘릴 수 있을지, 혹은 조금이라도 더 손해를 줄일 수 있을지 하는 따위의 고민 말이다!"

추괴는 굳게 입을 다물어 버렸다.

그러나 장삼이 분통을 참지 못해 씩씩거리긴 했어도 혼자 도망갈 작정은 내지 못하였다.

기껏 길게 한숨을 내쉬는 것으로 화를 진정시키고 난 다음에 체념조로 되어 말한 것이 다였다.

"하여간 세상에 너 같은 숙맥은 또 없을 것이다."

8

오늘 아침, 장 노사가 감옥을 다녀갔다.

장 노사가 그동안에도 몇 차례나 다녀가기는 했다.

그러나 장삼과 추괴의 처분이 최종적으로 어떻게 될지에 대해서는 알아낸 것이 없어서 서로가 답답하기만 하더니, 오늘에야 장 노사는 아마도 두 사람이 반회당으로 가게 될 것 같다는 소식을 전하며, 믿을 만한 소식통으로부터 들은 얘기라고 슬쩍 강조를 하였다.

어쨌든 일단은 감옥을 나간다는 것이었으나, 장삼은 크게 반갑지는 않았다. 오히려 찜찜한 구석이 많았다.

장삼이 그동안 이런저런 경로를 통해 들은 바로 반회당이 세워진 본래의 취지부터가 그랬다.

즉, 반회당이 처음 세워질 때만 해도 장(莊)에서 죄를 짓거나 문제를 일으킨 자들을 모아 참회의 기회를 주도록 하는 것을 주된 설립 목적으로 삼았다고 했다.

그리하여 어떤 이유에서든 반회당에 입당하기 위해서는 먼저 이른바 '참회의 과정'을 거쳐야만 했는데, 그것이 상당히 '빡세서' 거의 징벌성이나 마찬가지였다는 것이다.

몇 달 동안을 내내 쉴 틈도 없이 정신교육과 훈련이 이어지니, 반회당으로 보내진 자들의 십중팔구는 견디지 못하여 중간에 포기를 하게 되고, 그것은 곧 장에서 방출되는 조치로 이어졌다고 했다.

게다가 참회의 과정을 어떻게 잘 견뎌낸 경우라도 이후에 그곳에서 무슨 일을 하게 되었는지, 받는 처우는 또 어떤지 등등에 대해서도 영 명확하지가 않았다.

물론 지금이야 반회당 자체가 불급불요(不急不要)의 조직으로 취급되고 있는 형편이니, 과거의 그런 일들이 여전하기야 할까 싶기는 했다.

그러나 어쨌든 그와 추괴가 느닷없이 반회당으로 보내진다니, '역시 방출을 위한 형식상의 과정일 뿐이 아닐까?' 하는 의심을 새삼 해보게 되는 것이었다.

한편 그런 와중에도 추괴는 역시 우직한 면모를 여실히 보여주었다. 장삼의 솔직한 심정으로는 우둔한 면모라고 하고 싶은 것이지만.

역시 장 노사가 슬쩍 던지고 간 말 때문일 것이다.

"두 사람에게 억울한 측면이 다분히 있다는 건 위에서도 판단하고 있는 것 같은데… 그러나 두 사람을 처벌해야 한다는 주장이 여전히 강하게 제기되고 있는 중이니 우선은 반회당으로 가 있도록 조치를 한 게 아닌가 싶으이."

장삼이 생각하기에 장 노사의 그런 말이야 어디까지나 장 노사 자신의 짐작이요, 추측일 뿐이었다.

　그런데도 추괴는 그저 감격해 마지않았으니, 마치 장주가
자신의 결백과 충정을 알아주기나 했다는 걸로 받아들이는
것 같았다.

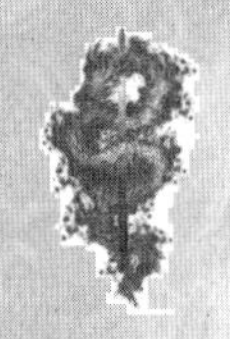

第九章
신참례(新參禮)

1

반회당의 첫인상은 역시 그다지 좋지가 않았다.

그러나 장삼이 이미 각오한 바였다.

장삼이 신경에 거슬리는 것은 따로 있었으니, 추괴가 지레 주눅이 든 듯이 내내 고개를 숙이고 있다는 데 대해서였다.

위엄이 넘치는 사각형의 얼굴로 지금 한 자(尺) 높이의 단상 위 의자에 앉아 아래를 굽어보고 있는 인물은 바로 반회당주였다.

단상 아래쪽의 좌우로는 두 명의 중년인이 서 있었다.

좌측에 선 코 밑에 기른 팔자수염이 특징적인 이는 장삼이 일전에 보았던 무조 조장이었다.

우측에 선 이는 그저 평범한 인상이었다.

무조 조장과 비교하니 상대적으로 더욱 그렇기도 했지만, 사실은 얼굴 생김새나 전반적인 모습이 두루 평범하여 어떻게 특징할 수 있는 첫인상을 찾아내기가 어려울 정도였다.

다만 그럼에도 굳이 특징을 짚어내라면, 내내 엷은 미소를 띠고 있는 듯한 인상이랄까?

장삼이 방금 전에 소개를 받은 바였으니, 그는 바로 반회당을 구성하고 있는 두 개의 조(組) 중 나머지 하나인 평조(平組)의 조장이었다.

다만 무조와 평조가 각기 어떤 일을 담당하고 있는지 등의 자세한 사항은 차차로 알게 되리라고 했다.

"각자 이름을 말하라!"

무조의 조장이 말했다. 본래 굵직한 저음이었지만, 지금은 더욱 위엄이 실린 듯했다.

"장삼입니다!"

장삼이 간단히 대답하였다.

그러나 추괴는 움찔 머뭇거릴 뿐 대답을 하지 못하였는데, 그런 모습에 대해 당주와 두 조장들은 별로 이상할 것도 없다는 듯한 기색들로 보였다.

오히려 순간적으로 뭔가 이상하고, 나아가 문득 가슴이 답답해지고 만 것은 장삼이었다.

"이쪽은 필괴입니다."

툭 뱉고 난 뒤 장삼은 곧바로 아차 싶었다. 그가 함부로 끼어들 자리가 아닌 것이다.

아니나 다를까, 무조 조장의 팔자수염이 꿈틀했다.

"네가 말하지 않아도 그가 누구란 것은 이미 잘 알고 있느니. 그보다도 너는 우선 그 버릇부터 고치는 것이 좋겠다. 아무 자리에서나 툭툭 튀어 나서는 버릇 말이다."

장삼이 움찔하면서도 내심 안도했다. 그가 생각없이 내뱉은 '필괴' 라는 이름에 대해 추가적으로 따지고 들지 않는 것만 해도 그나마 다행인 것이다.

"예, 시정하겠습니다!"

장삼은 얼른 허리를 숙였다.

그런데 그때였다.

"저는. 필괴. 입니다."

사뭇 쭈뼛거리는 기색이었으나, 분명한 목소리였다.

추괴였다.

장삼은 저도 모르게 피시시 미소를 떠올렸다.

실소는 아니었다.

다만 웃을 상황이 아님에도 미소를 금할 수 없기에 그런 웃음이 된 것이다.

그와 장 노사를 제외하고 추괴가 누구 앞에서 그처럼 분명히 자신의 말을 꺼낸 것은 처음이다.

그때 설핏 그와 눈을 마주치자 추괴의 표정도 슬며시 비틀어지고 있었다.

그것이 희미하게 웃는 것이라는 걸 장삼은 알았다.

장삼은 문득 뿌듯한 심정으로 되었다, 다른 사람들이 모르는 것을 그만은 안다는 사실에 대해.

그와 추괴는 이제 그런 정도의 사이는 된 것이다.

2

반회당주와 두 조장은 언뜻 놀라는 기색이었지만, 반회당주가 이내 근엄하게 표정을 고치며 추괴를 향해 말했다.

"무슨 내막이 있는지는 모르겠지만 내당의 인명부에 등록된 이름이 있는 이상, 그것을 임의로 바꿀 수는 없는 일이다. 즉, 너희들끼리야 뭐라고 부르든 상관이 없다고 하겠지만, 공식적으로 너는 어디까지나 추괴여야 한다는 말이다."

추괴는 다시 시선을 떨구고 있었다.

그 모습에 대해 장삼이 잠깐 인상을 그렸지만, 그 또한 묵묵히 듣고 있는 수밖에 없었다.

그때 반회당주가 문득 빙그레 웃음을 띠며 말했다.

"어쨌든 너희들을 환영한다!"

그 말에 대해 장삼은 짐짓 무표정하게 반응했다.

이제부터 어떤 상황을 감수해야 할지도 모르는 판에 기껏 환영한다는 말 한마디에 환하게 미소를 보일 수도 없는 노릇이 아닌가?

장삼의 그런 심정을 짐작하기라도 했는지 반회당주가 여전히 웃음을 머금은 채로 덧붙였다.

"그리고 너희 두 사람에게는 한 가지 특별한 혜택이 부여되었다."

그에 장삼이 성급히 묻지는 못하고 짐짓 두 눈을 크게 떠 보였다.

"알고 있는지 모르겠으나, 본래 우리 당에 들어오기 위해서는 소정의 과정을 거쳐야만 하도록 되어 있는데… 그러나 너희 두 사람이 여기까지 오게 된 데에 다소간의 억울한 사정이 있다는 것을 짐작하지 못한 것은 아니니, 내 특별히 장주께 품(稟)하여 너희 두 사람에게는 그 과정을 생략하도록 이미 재가를 받았느니라."

"아!"

장삼은 비로소 웃을 수 있었다. 감옥에 갇힌 후로 처음 받아보는 호의였다.

그러나 그때 반회당주가 다시 근엄한 기색으로 되었다.

"그러나 너희들이 반드시 거쳐야만 하는 한 가지 절차가 여전히 남았으니, 바로 신참례(新參禮)다."

"예?"

장삼이 별 생각 없이 다만 자신도 모르게 아주 약간의 불만이 비치도록 의문을 표시한 데 대해 무조 조장이 대번에 눈을 부라렸다.

그러나 반회당주가 눈짓으로 무조 조장을 제지하더니 다시 가볍게 실소하며 말했다.

"상세한 것은 여기 경(倞) 조장이 따로 설명을 해줄 것이다. 그러나 어쨌든 신참례를 통과하고 나야만 너희들은 비로소 본 당의 명부에 이름을 올릴 수 있다는 점을 명심하거라."

말을 하는 중에 반회당주의 시선이 잠시 무조 조장에게로 향했기에, 장삼은 그제야 무조 조장의 성이 경 씨(倞氏)라는 것을 알 수 있었다.

그에게 시선을 고정시키고 있는 무조 조장의 팔자수염에 여전히 빳빳하게 힘이 들어가 있는 것 같았지만, 장삼은 묻지 않을 수 없었다.

"만약 저희들이 그 신참례를 통과하지 못하면 어떻게 되는 겁니까?"

"무례하구나!"

경 조장이 이윽고는 나직이 노호를 터뜨렸다.

그러나 반회당주가 가볍게 손을 들어 다시 제지하며 말했다.

"이 두 사람이 그동안에 줄곧 역부로만 일해왔으니, 조직의 엄정한 규율과 기강에 대해서 제대로 알지 못하는 것은 어쩔 수 없는 측면이 있다고 해야 하지 않겠나? 그러니 이제부터라도 차근차근 가르쳐 나가야 하는 것이고 말이야."

이어 반회당주는 다시 장삼을 향하며 정색을 했다.

"신참례를 통과하지 못하는 경우라도 다시 특별한 잘못을 범하지만 않는다면 너희들은 계속 반회당에 남을 수 있을 것이다. 그러나 이미 말했듯이 신참례를 통과하지 못하면 우리 반회당에서 독자적으로 보유하고 있는 당원 명부에 이름을 올릴 수 없고, 그것은 곧 반회당의 일원으로 인정받지 못한다는 의미이다. 곧, 이 신참례는 어떤 공식적인 절차라기보다는, 너희들이 우리 반회당의 새로운 당원이 될 자격이 있음을 보이고, 그럼으로써 모두에게 인정받고 받아들여지기 위한 일종의 의식 같은 것이라고 보면 될 것이다."

장삼은 영 명쾌하지가 않았다. 그러나 눈에 불을 켜고 있는 경 조장 때문에라도 다시 묻기는 어려웠다.

'제길! 관부에서 새로 임관하는 관리들이 통과해야 하는 신참례가 있다는 소리는 들어봤지만, 일개 상단에 그런 게 있다는 소리는 아직까지 들어본 적이 없다. 더욱이 기껏 두 개 조로 이루어진 당 같지도 않은 당 주제에 신참례가 무슨 소용이란 말인가?

더하여 장삼은 내심의 각오를 세웠다.

'좋다. 어차피 이리된 것, 당신들이 웃으라면 웃고 울라면 우는 시늉 정도는 해주마. 그러나 너무 지나치게 나온다면… 나도 그리 만만한 사람은 아니란 것을 알게 해주리라.'

그러던 중에 장삼은 언뜻 그에게로 향하고 있는 시선 하나를 느꼈다.

여전히 그를 쏘아보고 있는 경 조장의 시선 말고 또 다른 시선 하나, 바로 평조 조장이었다.

시선이 마주치자 평조 조장은 언뜻 미소를 지어 보였다. 그의 인상 자체가 내내 엷은 미소를 띠고 있는 듯한 것이긴 하지만 조금 더 짙은 미소였다.

장삼은 문득 깨달았다, 평조 조장의 그 미소에 비로소 그의 얼굴이 좀 더 자세히 보이는 듯하다는 사실을. 마치 지금까지는 그의 얼굴을 그저 흘려만 본 것 같은 느낌이었다.

그때 경 조장의 굵은 목소리가 있었다.

"본 당의 전반적인 사항에 대해서는 신참례 이후에 설명을 들을 수 있을 것이다. 다시 말해, 너희들이 신참례를 통과하지 못한다면 그럴 필요조차 없다는 뜻이다."

장삼은 문득 궁금해졌다, 그 신참례란 것에 대해.

3

"이곳이다!"

대여섯 걸음이나 앞서서 성큼성큼 걸어가던 경 조장이 문득 멈추어 선 곳은 네 갈래 길이 한데 합쳐지면서 자연스레 작은 광장을 이루는 지점이었다.

"너희들이 해야 할 일은… 지금부터 한 시진 동안 이 깃발을 들고 이 자리를 지키는 것이다.”

그러면서 경 조장이 장삼에게 건넨 것은 돌돌 말린 깃발 한 개였다.

장삼이 받아서 슬쩍 펴보니 한 자(尺) 길이의 검은색 깃대에 삼각형의 깃발이 달려 있는데, 붉은 바탕의 깃발에는 청룡과 백호의 그림이 금방이라도 박차고 나올 듯이 자못 생동감 있게 그려져 있었다.

바로 용호장의 상징이었다.

다만 깃발의 오른쪽 하단 귀퉁이에는 작게 황금색의 글자 하나가 더해져 있었다.

반(反).

‘반회당을 표시하는 것인가?’

간단히 짐작해 보면서 장삼이 짐짓 싱겁게 물었다.

“그러니까, 이 깃발을 들고 그냥 가만히 서 있기만 하면 된다는 겁니까?”

장삼이 묻는 말에 경 조장은 언뜻 미간부터 좁혔다.

“간단한 조건 두 가지가 더 있다.”

‘그럼 그렇지.’

장삼이 내심 생각하고는 시큰둥하니 다시 물었다.

“뭡니까, 그 두 가지는 또?”

　"우선은 지금 너희들이 서 있는 그 자리를 중심으로 반경 일 장 밖으로는 벗어나지 말아야 한다는 것이다."

　이어 경 조장은 직접 걸음을 옮겨가면서 일 장 반경의 공간 경계를 보여주고는 다시 말했다.

　"나머지 한 가지는 반각(半刻)에 한 번씩 '신래(新來)!' 라고 외쳐야 한다는 것이다."

　장삼이 웬만하면 토를 달지 않기로 작정을 하고 있는 중이긴 하나, 그 말을 듣고는 또 참을 수가 없었다.

　"예? 백주에 사거리 한복판에서 시간 맞춰 소리를 질러대란 말입니까?"

　"그렇다. 백 보 밖의 사람도 들을 수 있을 만큼 크게 외쳐야 할 것이다."

　"아니, 도대체 그게 무슨……? 이제 보니 신참례라는 게 결국은… 멀쩡한 사람 바보 만들어서 기껏 창피나 주자는 것이었습니까?"

　그러자 경 조장은 곧장 정면으로 장삼과 눈길을 부딪쳐 왔다.

　그런데 이번에 경 조장의 눈빛은 노려보는 게 아니었다. 다만 깊숙이 가라앉은 채로 담담히 응시하는 눈빛이었다.

　그렇더라도 경 조장의 그 눈빛에는 추호의 가벼움도 담겨 있지 않았기에 장삼은 움찔 움츠리는 것으로도 모자라 시선을 아래로 떨구고 말았다.

그제야 눈빛을 거두어들이며 경 조장이 천천한 어조로 말했다.

"신참례의 의미는 결코 가벼운 것이 아니다. 반각마다 '신래!'를 외치는 것은, 대도성의 모든 사람들에게 너희들이 반회당의 새로운 식구가 된다는 사실을 당당하게 선포한다는 의미인 것이며, 한 시진 동안 무슨 일이 있더라도 깃발을 세우고 있는 것은 그 깃발이 곧 우리의 자부심이자 명예를 상징하기 때문이다."

물론 장삼은 경 조장의 엄숙함에 대해 크게 공감하지는 못했다. 그러나 선뜻 또 다른 이의를 제기할 엄두 또한 감히 내지 못하였다.

"자! 그럼 지금부터 너희 두 사람의 신참례를 시작한다!"

짐짓 엄숙하게 선언하더니 경 조장은 그대로 횅하니 가버렸다.

4

장삼은 추괴로부터 이 장쯤, 아니, 정확하게 이 장 떨어진 곳에 서 있었다. 그만큼이 그들 두 사람에게 허용된 공간 중에서 최대한으로 떨어질 수 있는 거리였다.

"신래!"

추괴가 크게 외쳤다.

마침 거리를 지나던 사람 서넛이 깜짝 놀랐다는 듯이 돌아보았다.

그러나 추괴는 깃발을 든 채로 묵묵히 앞만 바라보고 서 있었다.

그래도 추괴가 민망하거나 혹은 껄끄러워서 그러는 것은 아니리라고 장삼은 애써 여기고 있는 중이었다. 시간에 맞춰 느닷없이 외치는 역할을 솔직히 큰 고민도 없이 추괴에게 떠안긴 것에 대해 조금이라도 덜 미안해하기 위해.

시간은 어느덧 반 시진을 넘기고 있었다.

아직까지 별일은 없었다.

그런데 시각이 정오에 가까워질 무렵, 이제 절반도 남지 않은 나머지 시간만 때우면 되겠다 싶은 생각이 슬슬 드는데, 바로 그때부터 '별일'이 생기기 시작했다.

사거리라 처음부터도 지나는 사람들이 끊이지 않긴 했으나 그래도 기껏 하나둘씩, 많아도 서넛 정도씩의 왕래였는데, 정오로 접어들면서부터 갑자기 확연하도록 오가는 사람들의 수가 늘어난 것이다.

더욱이 난감한 것은, 추괴의 주변으로 하나둘씩 사람들이 모여들고 있다는 점이었다.

사실 이상한 일도 아니었다.

멀쩡히 있다가는 불쑥불쑥 뭔가를 외쳐대니 도대체 무슨 일인가 하고 궁금해하는 사람이 왜 없을 것이며, 구경하려는 사람은 왜 또 없을 것인가?

"신래!"

추괴가 다시 외쳤다. 어느새 또 반각이 지난 모양이었다.

그런데 그때 장삼은 저도 모르게 설핏 인상을 쓰고 말았다.

그런대로 덤덤해 보이던 이제까지와는 달리 이번에는 짧게 외치고 나서 그대로 고개를 푹 숙이고 마는 추괴의 모습 때문이었다.

장삼은 문득 추괴의 심정이 고스란히 전해져 오는 듯했다.

이렇게 사람들이 빈번히 오가는 장소 한가운데에 서 있어 보는 것이 추괴로서는 처음일 터였다. 더욱이 점차 사람들이 모여들고, 흥미 가득한 시선들이 온통 그에게로 모아지고 있음에야.

사람들이 모여드는 속도가 더욱 빨라졌고, 이윽고 추괴는 사람들에게 둥그렇게 둘러싸이고 말았다.

장삼 또한 어쩔 수 없이 그 원형의 벽 안에 갇히고 말았다. 반경 일 장의 공간 조건을 지키지 않을 수는 없었으므로.

'어쨌든 한 시진은 채운다. 그러나 나중에 분명히 따져볼 것이다. 이 지랄 맞은 짓거리가 과연 반회당의 새로운 식구가 됨을 당당하게 선포하는 짓인지, 과연 자부심과 명예를 세우는 게 맞는지를.'

그런데 장삼이 내심의 각오를 다지고 있을 때였다.

구경꾼들이 이루고 있는 원형의 벽 바같으로 새로이 십여 명이 나타났는데, 장삼은 대번에 그들에게로 눈길이 갔다. 그들이 같은 모양의 황색 무복을 입었고, 그들 중의 우두머리로 보이는 자 하나가 허리에 커다란 칼을 차고 있다는 이유만으로도.

장삼이 힐끔거리며 살피는 중에, 그 황색 무복의 사내들은 아예 대놓고서 추괴에게 손가락질을 하며 크게 웃기도 하고, 혹은 무엇이 흥겨운 듯이 저희들끼리 큰 소리로 얘기를 주고받는 모습들이었다.

"신래~!"

추괴가 다시금 크게 외쳤고, 이어 얼른 고개를 숙였다.

그런데 그때였다.

갑자기 황색 무복의 사내들이 추괴와 장삼을 둘러싸고 있는 사람들의 벽 속으로 파고들었다.

사람들 속에서 몇 마디의 불평 섞인 고함이 터져 나왔다.

그러나 사내 십여 명이 한데 뭉쳐 있는 것만으로도 보통의 사람들에게는 커다란 위압이 되는 것이니, 사람들이 이내 양옆으로 물러서며 길을 터주었다.

그런데 장삼은 언뜻 사람들 중의 다수가 황색 무복의 사내들에 대해 알고 있는 것 같다는 느낌을 받았다.

"어이, 애송이!"

성큼 나서며 추괴를 향해 거칠게 소리치는 자는 황색 무복의 사내들 중에서도 단연 돋보였다. 우선은 독두(禿頭), 곧 대머리 때문이었는데, 그자의 머리에는 정말로 한 오라기의 머리카락도 없었다.

독두의 사내를 돋보이게 하는 또 한 가지는 덩치였다. 사내는 보통의 키밖에 안 되는데도 어깨가 무척이나 넓었고, 또한 몸통과 목과 사지가 전부 굵어서 전체적으로 터질 듯이 땅땅해 보이는 체형이었다.

독두의 거한은 부리부리한 두 눈으로 추괴의 아래위를 쓱 한번 훑어보고 나서 다시 소리쳤다.

"네가 이처럼 간절하게 외쳐대고 있으니, 이 계통의 선배 된 입장으로서 약간이라도 성의를 표하지 않을 수가 없겠구나!"

이어 독두거한은 추괴를 향해 솥뚜껑 같은 손바닥을 불쑥 내밀었다.

"이리 줘보거라!"

장삼이 이미 추괴의 옆으로 다가와 있는 중이거니와, 영문은 모르겠지만 거한이 달라는 것은 바로 추괴가 들고 있는 깃발이었다.

'저까짓 깃발쯤 줘버려도 그만이다.'

독구거한의 사뭇 우락부락한 기세에, 더욱이 그 뒤에 버티고 선 자들이 그저 시시껄렁한 부랑배들 따위는 아닌 것 같다는 판단에서 장삼이 순간적으로 그런 생각이 들지 않는 건 아니었다.

사실 누구에게는 저 깃발이 자부심이자 명예를 상징하는 것일지 모르겠으나, 그와 추괴에게는 아닌 것이다. 아직까지는 말이다.

다만 아까운 것은 이제 반각여의 시간만 더 버티면 된다는 점이었다. 그래서 한 시진을 채우고 나면 까짓 깃발쯤 누가 달라고 하지 않아도 그들 스스로 내던져 버릴 수도 있는 문제였다. 이 지랄 같은 짓을 시킨 누구 보란 듯이.

그렇게 장삼의 염두가 바쁘게 돌아갈 때였다.

"불가(不可)!"

그 한소리 외침은 투박하였다.

그러나 단호했다.

적어도 장삼은 그렇게 느꼈다.

지금 숙이고 있던 고개를 들어 거한을 똑바로 마주 보고 있는 추괴의 모습에서는 예의 그 우직함, 혹은 우둔함이 여지없이 드러나고 있었다.

5

"이 애송이 놈이?"

어이없다는 듯이 뱉고 난 다음 독두거한은 다시 불같이 노해 소리쳤다.

"적당히 신참례 받는 흉내만 내고 대충 넘어가 주려고 했더니 이놈이 천지를 분간 못하고 감히 이 어르신에게 엉기려고 해?"

그런데 그때 장삼은 흠칫 놀라고 말았다.

추괴가 그를 향해 깃발을 던진 것이다.

장삼이 몸을 던지다시피 하여 겨우 깃발을 낚아챈 것과 거한이 득달같이 달려들어 와락 추괴의 멱살을 틀어잡은 것은 거의 동시였다.

그런데 상대적으로 왜소한 체구의 추괴였으니 독두거한의 손에 그대로 달랑 들렸어야 할 것인데 막상은 달랐다.

추괴가 자신의 멱살을 잡은 독두거한의 두 팔을 바깥에서 감싸 안듯이 하며 자세를 낮추어 버틴 것이다.

"어허? 이놈 좀 보소!"

독두거한이 짐짓 조소하고는 허리와 무릎을 살짝 굽혔다가 펴는 반동으로 썩은 나무둥치라도 뽑는 듯이 다시금 추괴의 멱살을 잡아 올렸다.

"끙!"

독두거한의 입에서 힘껏 용쓰는 소리가 저절로 새어 나왔다.

그러나 독두거한은 얼굴이 벌겋게 달아오르도록 용을 쓰고도 추괴를 들어 올리지 못하였다.

깡마른 듯한 추괴가 산만 한 덩치의 독두거한과 거의 대등하게 힘을 겨루는 광경에 자못 흥미가 돋는지 구경꾼들 사이에서 술렁거림이 일기 시작했다.

독두거한이 안 되겠던지 한순간 추괴의 멱살 잡았던 것을 획 뿌리쳤다.

그리고는 순간 휘청하니 끌려오는 추괴의 양 어깨를 다시 틀어잡으며 동시에 오른 무릎으로 추괴의 왼 옆구리를 찍어버렸다.

콱!

추괴의 몸이 크게 들썩였다.

"망할 놈의 자식! 오늘 아주 죽여주마!"

거칠게 외친 독두거한이 양 무릎을 연달아 놀려 추괴의 옆구리며 하체를 찍기 시작했다.

퍽!

퍽!

독두거한의 그런 몸놀림은 덩치에 비해 상당히 유연하고도 안정된 것이었고, 더욱이 추괴의 양 어깨를 여전히 틀어잡고 있는 중이어서 추괴는 타격이 가해질 때마다 온몸을 들썩이면서도 당장 어떻게 빠져나올 방법이 없어 보였다.

그런데 그때였다.

추괴가 오히려 독두거한의 품에 안기듯이 바짝 몸을 붙이고는 두 팔로 독두거한의 허리를 감았다.

순간 독두거한은 움찔 당황하는 모습이었다. 그러나 그는 곧바로 코웃음을 쳤다.

“흥!”

이어 독두거한은 자신 역시도 두 팔로 추괴의 허리를 감았
다.

“차앗!”

독두거한의 기합 소리가 우렁찼다.

독두거한과 추괴가 서로의 허리를 꺾으려 마주 힘을 쓰자,
구경꾼들 사이에서는 이윽고 환호성들이 터져 나왔다.

“와~!”

“와아~!”

장삼은 주먹을 꽉 쥐었다. 염려나 긴장이라기보다는 어쩔
수 없는 홍분 때문이었다. 그러고 보니 지금 정작으로 싸움에
임해 있는 추괴가 오히려 차분한 모습 같았다.

그런데 두 사람이 힘을 겨루기 시작한 지 얼마 지나지 않아
사방이 돌연 조용해졌다.

독두거한의 허리가 서서히 뒤로 꺾이기 시작했고, 그 놀라
운 광경에 모두가 숨을 죽이고 만 것이다.

온통 땀으로 번들거리는 독두거한의 얼굴에는 급박한 당
황이 떠올라 있었다.

그리고 한순간, 독두거한은 추괴의 허리에 감고 있던 팔을
재빨리 풀고는 추괴의 얼굴과 가슴을 밀어내려고 했다.

그러나 추괴는 독두거한을 놓아주지 않았다.

우두둑!

독두거한의 허리 어림에서 뼈마디 부딪는 소리가 울렸고, 그는 급기야 다급한 비명을 토해냈다.

"으윽!"

이윽고 독두거한의 온몸에서 스르르 힘이 풀렸고, 그제야 추괴는 상대를 조이던 두 팔을 풀었다.

풀썩!

독두거한이 허물어지듯이 그 자리에 주저앉고 말 때, 장삼은 재빨리 추괴의 곁으로 다가갔다.

그러나 장삼은 추괴보다는 오히려 독두거한의 상태를 먼저 살폈다.

독두거한은 일시 강한 충격을 받긴 했으되, 다행히도 척추가 부러지는 등의 중상을 입은 것 같지는 않았다.

"와아!"

그제서야 터져 나오는 구경꾼들의 환호성에 대해 장삼은 괜스레 어깨를 한번 으쓱했다.

그러다 장삼은 문득 움찔하고 말았다. 그를 향해, 아니, 추괴를 향해 거친 기세로 다가들고 있는 자들 때문이었다.

황색 무복의 사내들이었다.

장삼의 시선은 그들 중의 우두머리로 보이는 자에게로 향해 있었다. 보다 정확하게는, 허리에 차고 있는 커다란 칼의 손잡이에 가 닿아 있는 그자의 손을 보고 있었다.

그러나 그때 장삼의 시선은 언뜻 또 다른 곳으로 향했다.

다른 방향에서 또 한 사람이 성큼성큼 큰 걸음으로 이쪽을 향해 다가오고 있었기 때문이다.

그 사람은 장삼이 아는 인물이었다.

코 밑에 멋들어지게 팔자수염을 기른 그는 바로 반회당의 무조 조장 경 조장이었다.

그때 장삼은 경 조장의 팔자수염이 정말로 멋져 보인다는 생각을 처음으로 해보았다.

6

경 조장은 우선 장삼과 추괴를 향해 싱긋 웃어 보인 다음에 천천히 몸을 돌려서 그들 황색 무복의 십여 명과 마주 섰다.

그 중년인은 키가 꽤 큰 편에 호리호리한 체구였는데, 머리를 묶어서 위로 틀어 올린 모습에서는 단정해 보이면서도 무언지 모를 날카로운 기세 같은 것을 풍기고 있었다.

그리고 그것만으로도 그 중년인은 자신이 황색 무복 사내들의 우두머리임을 무언으로 웅변하는 데가 있었다.

"서 향주, 오랜만이올시다!"

경 조장은 그 중년인과 면식이 있는 듯했다.

중년인 서 향주는 다만 희미하게 웃는 것으로 인사를 대신했다.

그런 모습에서 서 향주가 경 조장에 대해 어느 정도의 우월

감 같은 것을 가지고 있는 듯하다고 장삼은 언뜻 짐작해 보았다. 이를테면 서로 소속이 다름에도 상대적인 지위나 위상 같은 것에서 말이다.

그러나 경 조장은 장삼의 그런 짐작이 무색하도록 사뭇 여유있는 투로 다시 말을 건네고 있었다.

"여기 두 사람은 우리 반회당의 신입인데, 보시다시피 신참례를 치르고 있는 중이올시다. 한데 이렇게 마침 서 향주와 안면을 익힐 귀한 기회를 가지게 되었으니 소생이 부탁을 드리지 않을 수는 없겠소이다. 하하하! 모쪼록 앞으로 이 두 사람을 잘 이끌어주시오!"

그러자 서 향주의 뒤쪽으로 늘어선 황색 무복의 사내들 중에서는 당장에 거친 말들이 터져 나왔다.

"사람을 저렇게 만들어놓은 마당에 부탁이라니?"

"지금 우리를 우롱하자는 것인가?"

그러나 그때 서 향주가 가볍게 한 손을 들었고, 사내들은 즉시 입을 닫았다.

그리고 서 향주가 다시금 가볍게 손짓하자, 사내들은 일제히 서너 걸음씩 뒤로 물러섰다.

그런 모습에서 서 향주는 자신들의 기강이 엄하다는 것을 은근히 과시하는 느낌이었다.

"요즘의 신입치고는 제법 강골을 구한 것 같소. 그리 똑똑해 보이지는 않지만."

서 향주가 힐끗 추괴를 스쳐보면서 처음으로 입을 열었는데, 차분한 목소리였다.

경 조장이 버릇인 듯이 미소를 떠올리며 받았다.

"우직한 면은 좀 있는데 이 바닥에 대해서는 아는 게 하나도 없는, 그야말로 생 초짜올시다."

"그리 말하지 않아도 앞뒤 없이 설쳐대는 모습은 이미 충분히 감상을 한 터요."

"아, 그것이야……."

경 조장이 여전히 미소를 거두지 않은 채로 슬쩍 눙치며 말을 받으려 할 때였다.

"어쨌든!"

단번에 말을 끊으며 서 향주의 눈빛이 문득 날카로워졌다.

"이미 벌어진 상황에 대해서는 서로에 다시 긴말을 나눌 필요가 없을 것이오."

경 조장이 그제야 얼굴의 미소를 지우며 말을 받았다.

"귀 방의 사람이 다친 것은 크게 유감이올시다. 그러나 그것이 어디까지나 우발적으로 벌어진 일이고, 더욱이 그들 양자(兩者)가 일대일로 승부를 겨루었다는 점을 충분히 고려해 주시길 바라겠소이다."

"경위야 어찌 되었든 결과를 놓고 볼 때 그쪽의 처사가 지나치지 않았다고 하지는 못할 것 아니오? 그러니 우리로서도 아무런 조치를 취하지 않고 그냥 넘어갈 수는 없소."

　서 향주의 어조가 사뭇 강경한 데 대해, 경 조장은 짐짓 당혹스럽다는 표정이 되었다.

　"어허, 이거 참! 그렇다면 우리가 지금 뭘 어떻게 하면 되겠소이까?"

　서 향주가 힐끗 경 조장을 쏘아보았다.

　그러나 그는 이내 애써 마음을 추스른 듯이 차분한 투로 되며 답했다.

　"어쨌든… 두 사람이 싸움을 벌이다가 일이 벌어진 것은 사실이고, 더욱이 그쪽의 신참례 자리인데 우리가 여기에서 당장에 무슨 조치를 취한다는 것도 그리 보기 좋은 모습은 아닐 것이오."

　경 조장이 언뜻 이채를 떠올릴 때였다.

　경 조장의 어깨너머로 추괴에게 눈길을 주며 서 향주가 다시 말을 이었다.

　"이렇게 합시다. 오늘은 일단 넘어가기로 할 터이니 대신 저 친구 말이오. 조만간에 적당한 자리를 만들어서 따로 한번 인사를 치르는 것으로 합시다."

　"그 말씀은……?"

　경 조장이 설핏 미간을 모으며 말꼬리를 늘인 것에 대해 서 향주가 대답 대신 차갑게 반문했다.

　"받은 만큼 돌려주어야 하지 않겠소?"

　경 조장은 가볍게 놀라는 기색이었다. 그러나 그는 이내 담담한 표정으로 되더니 선뜻 고개를 끄덕였다.

"서 향주의 뜻이 정히 그렇다면… 따르는 도리밖에 없겠지요. 뭐, 그럽시다. 언제든 시간을 정해서 그렇게 해보도록 합시다."

순간 서 향주는 얼떨떨한 기색이 되고 말았다.

그러나 그는 이내 차갑게 얼굴을 굳혔다.

"그럼 약조한 걸로 알겠소."

서 향주가 매섭게 내뱉고는 경 조장의 대답을 기다리지도 않고 홱 돌아섰다.

"모두 가자!"

나직한 명령에 진작부터 제 힘으로 일어서 있던 독두거한을 비롯한 황색 무복의 사내들이 급히 서 향주의 뒤를 따랐다.

"살펴들 가시오!"

벌써 저만치 멀어지고 있는 그들의 등 뒤에다 대고 뒤늦은 배웅의 말을 뱉는 경 조장의 표정이 묘하게 일그러지고 있었다.

그러더니 이윽고는 얼굴색까지 붉어지는 걸 보면 경 조장은 마치 억지로 무언가를 참아내고 있는 듯하였다.

뭔가 크게 잘못된 것이라도 있나 찜찜하기도 해서 장삼이 슬쩍 물었다.

"그런데… 저들은 대체 뭣하는 자들입니까?"

"어? 아, 저자들?"

반문하며 경 조장은 얼굴이 한층 더 붉어지더니 힘겹게 덧붙였다.

"장복방(長福幇)… 이지."

그 한마디를 겨우 뱉더니 경 조장은 마침내 애써 참고 있던 것이 터지고야 만 모양이었다.

"푸하하하하!"

침까지 튀겨가며 웃어젖히기 시작하더니, 경 조장은 그 돌발적인 웃음을 쉽사리 멈출 수가 없는 듯 보였다.

"크으흐흐~ 흐흐흐!"

웃는 건지 우는 건지 한동안을 그러더니 이윽고 눈물까지 찍어내고 나서야 경 조장은 겨우 웃음을 멈추었다.

"잘했다, 잘했어!"

추괴의 어깨를 두드리는 경 조장의 얼굴에 다시금 한껏 기분 좋은 함박웃음이 걸렸다.

7

장삼과 추괴는 정식으로 반회당의 명부에 이름을 올리게 되었다.

작은 탁자 위에 명부와 필묵(筆墨)이 가지런히 놓였고, 그 옆의 다른 탁자 위에는 술병과 몇 개의 술잔까지 준비되어 있었지만 장삼과 추괴, 그리고 당주 외의 배석자는 오늘도 두 명의 조장뿐이었다.

명부의 기입은 당주가 직접 하려는 듯했다.

그런데 당주가 막 붓에다 먹물을 묻혀 들더니 문득 무엇을 떠올렸는지 추괴를 보고 물었다.

"그때… 이름이 뭐라고 했지?"

추괴가 언뜻 당혹스러워하며 시선을 맞추어왔을 때, 장삼은 가만히 고개를 끄덕여 주었다.

"필괴. 입니다."

추괴의 대답은 제법 분명하였다.

"좋아! 필괴!"

당주가 흔쾌한 얼굴로 짐짓 크게 고개를 끄덕이고는 붓을 놀렸다.

붓 자루의 움직임만으로도 장삼은 당주가 정말로 '필괴'라고 써 넣었음을 알 수 있었다.

이어 장삼의 이름까지 명부에 써넣은 당주가 붓을 내려놓고는 밝게 웃으며 말했다.

"신참례의 목적은 너희가 진정으로 우리의 동료가 될 자질과 각오가 되어 있는지를 보기 위함이었는데, 너희들은 결코 쉽지 않은 각오와 용기를 발휘하여 아주 훌륭히 보여주었다."

이어 당주는 엄숙하게 선언하였다.

"필괴, 그리고 장삼, 이제부터 너희 두 사람은 자랑스러운 반회당의 일원이다. 곧 우리의 동료요, 형제가 된 것이다."

때맞추어 경 조장이 분위기를 살렸다.

"자! 모두 잔을 듭시다! 장삼을 위하여! 필괴를 위하여! 그리고 반회당을 위하여! 건배~!"

술잔을 비우며 장삼은 슬쩍 필괴를 보았다.

필괴는 사뭇 감격해하고 있는 눈치였다.

왜 아니 그렇겠는가? 그는 이제 정말로 필괴가 된 것이다.

이제부터는 적어도 반회당에서만큼은 누구도 그를 추괴라고 부르지 않을 것이다.

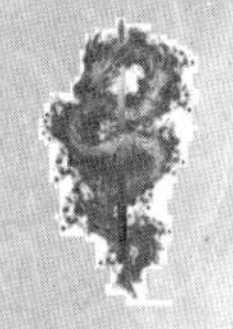

第十章
종횡검(從橫劍)

1

장삼과 추괴, 아니, 필괴에게 한 벌씩의 무복이 지급되었
다.

평범한 회색의 무복이었다.

그러나 필괴에게는 그것이 결코 평범할 수는 없는 모양이
어서, 그는 크게 감회에 젖는 모습이었다.

장삼은 그런 필괴의 심정을 이해할 것 같았다.

필괴에게 그 무복은 처음으로 입어보는 제복(制服)이리라.

필괴의 손가락이 무복의 왼쪽 가슴 어림을 가만히 더듬고
있었다.

눈으로 보이는 것 외에 장삼은 문득 필괴의 손가락 촉감이

자신에게도 느껴지는 것만 같았다.

그곳 회색 무복의 왼쪽 가슴 어림에 도드라진 약간의 무늬가 새겨져 있다는 것을 장삼은 처음에는 알지 못했다.

무복과 똑같은 회색의 무늬이기에 언뜻 보아서는 잘 구분이 되지 않는 그 무늬는 장삼도 이미 알고 있는 것이었다.

지난번 신참례 때 그와 필괴가 지켜냈던 깃발에 새겨져 있는 바로 그것이었다.

청룡과 백호의 무늬.

그리고 '반(反)' 이라는 한 글자.

다만 붉은 바탕과 황금색 글자가 아니라 모든 것이 회색으로만 되어 있다는 것이 다를 뿐이었다.

유심히 보지 않으면 눈에 잘 띄지도 않는 그 무늬에 대해 그 옷을 입는 사람들은 오히려 자부심을 가지고 있는 것 같았다. 그들 반회당만이 가지는 특별한 표식이라는 점만으로도.

2

장삼과 추괴는 숙소에서 무료한 시간을 보내고 있는 중이었다.

당주로부터 곧바로 실무에 배치해도 되겠다는 칭찬 겸의 말까지 들었건만, 아직까지 아무런 지침도 내려지지 않고 있었다.

"두 사람은 지금 바로 연무장으로 가도록 하게!"

장한 하나가 와서 말을 전한 것은 다시 얼마간의 시간이 지루하게 흘러간 다음이었다.

그런데 장삼은 저도 모르게 피식 실소를 그리고 말았다.

분명 처음 보는 얼굴임에도 장한이 크게 낯설다는 생각이 들지 않는다는 데 대해서였다.

장한의 평범하고 수더분한 인상에서 언뜻 호감이 느껴지기도 했겠지만, 그런 것 이전에 장한의 회색 무복 왼쪽 가슴 어림에 '눈에 잘 띄지도 않는 예의 그 무늬' 가 새겨져 있다는 사실만으로도 이미 상당한 익숙함 내지는 나아가 어떤 친근함까지를 느끼게 된 것은 아닐까 하는 생각을 장삼은 언뜻 해보게 되었다.

3

연무장은 말 그대로 손바닥만 했다.

용호장에는 대연무장 외에 몇 개의 중소 규모 연무장이 있었지만, 이곳은 소연무장으로도 분류되지 않은, 그냥 조금 큰 마당 정도였다.

게다가 사방이 높다란 담장으로 둘러쳐져 있었고, 나무 한 그루, 한 뼘의 초지조차 없었으니 답답한데다 삭막하기까지 하였다.

연무장의 안쪽에 서 있던 한 사람이 장삼과 필괴를 맞았다.

삼십대 중반쯤 되었을까?

사각으로 각이 진 얼굴에다 굵직굵직한 오관 때문인지 나이보다는 사뭇 고지식하고 엄격해 보이는 분위기의 그 사람은 덤덤하게 첫마디를 건넸다.

"나는 너희들의 기초 실무 교육을 맡은 교두(敎頭) 평조의 노일(盧逸)이다."

의문을 참지 못하고 장삼이 곧바로 물었다.

"당주께서 저희들은 곧 실무에 배치될 거라고 하셨는데, 갑자기 웬 기초 실무 교육인지요?"

그러나 노일은 성급하다 타박하는 기색 없이 여전히 덤덤하게 대답했다.

"무조 조장께서 당주님께 다시 건의를 올리셨다고 들었다. 너희들을 실무에 바로 배치하기에는 아무래도 기본적인 부분이 많이 부족하니 먼저 간단한 실무 교육을 받도록 하는 게 좋겠다고 말이다."

"경 조장께서요?"

장삼은 문득 배신감 같은 것을 느끼지 않을 수 없었다. 언제는 잘했다고 아주 눈물까지 찍어내며 난리를 치더니, 이제 와서 기본이 부족하다느니 하는 소리는 또 뭔가 말이다.

그러나 배신감을 느낀들 어떻게 하랴, 이미 그렇게 결정이 되었다면 하라는 대로 하는 수밖에는.

노일은 장삼의 기분 따위에는 전혀 관심이 없는 듯이 자신이 미리 정해놓은 순서에만 충실하겠다는 기색이었다.

장삼 역시도 노일의 교육 내용에 대해 처음부터 별로 관심이 안 생기는 것은 마찬가지였다.

어쨌거나 노일이 맨 먼저 풀어놓은 얘기는 반회당에 관한 것이었는데, 역시나 그 대부분의 내용은 장삼이 이미 알고 있는 것들이었다.

비록 그중의 많은 부분에 대해서는 장삼 역시도 모종의 경로를 통해 최근에야 알게 된 것이기는 하지만.

4

반회당이 경호 용역 사업을 준비해 오고는 있으나, 아직까지 이렇다 할 실적을 내지는 못하고 있다는 사실은 장삼도 이미 알고 있는 얘기였다.

노일은 반회당이 경호 용역 사업 분야로의 진출을 꽤나 오랫동안 착실히 준비해 왔으며, 이제 본격적으로 진출할 때가 도래하고 있다고 했다.

아울러 그는 경호 용역 사업의 전망에 대해 상당히 긍정적인 쪽으로 얘기를 했다.

즉, 대도성의 많은 상인과 거부들의 개인 신변 경호에 대한 수요가 원래부터 많았던 데다, 최근에는 각종의 점포들과 저

택이나 시설물 등, 보다 광범위한 의미의 경호 수요가 신규로
대폭 생겨나고 있다는 것이었다.

그러나 장삼은 또한 알고 있었다.

그 부분이 노일의 얘기처럼 긍정적인 것은 결코 아니란 사
실을.

대도성 내 경호 용역 사업의 시장이 커지고 있다고는 하나,
다수의 쟁쟁한 기존 사업자들이 이미 치열한 경쟁을 펼치고
있는 중인 것이다.

그중에서도 시장에서 가장 강력한 우위를 점유하고 있는
곳은 바로 장복방이었다.

그런데 그들이 용호장과는 안 그래도 전체 상단 규모 수위
자리를 놓고 각축을 벌이고 있는 중에, 자신들이 절대적인 우
위를 선점하고 있는 사업 분야로 용호장이 신규 진출하려는
움직임을 그냥 보고만 있을 리는 만무했다.

곧, 벌써부터 기존의 사업자들과 공동으로 연계하여 강력
한 진입 차단막을 쳐 놓고 있는 중이었으니, 노일이 말한 '꽤
오랫동안의 준비'가 이미 십 년 가까이나 되어감에도 반회당
이 아직껏 본격적으로 사업을 시작조차 하지 못하고 있는 데
는 기실 그런 이유가 있는 것이었다.

뿐이랴?

반회당이 자체적으로 안고 있는 문제점도 분명히 있었으
니, 부장주파가 불급불요(不急不要)의 조직이라고 공공연히

비판하는 것이 괜한 트집만은 아니었다.

대표적으로는 반회당의 인력 규모에 대한 타당성과 효율성의 측면을 짚어보지 않을 수 없었다.

언뜻 보기에 반회당이 기껏 두 개 조(組)를 두고 있을 뿐이니 당(堂)치고는 그 규모가 작은 것 같지만, 막상 그 실상을 들여다보면 아주 딴판이었다.

무조가 오십여 명에 평조가 다시 오십여 명이니, 도합 백여 명이나 되는 인력이었다.

그러니 장의 주축인 용호당에 비해서도 결코 작은 규모가 아닌 것이다.

아니, 아직껏 아무 실적도 내지 못하고 있는 걸 놓고 보자면 비효율도 그런 비효율이 없을 일이었다.

그런데 다시 평조만 놓고 보면 문제는 더욱 심각하다 못해 차라리 이상하다고 해야 할 정도였다.

무조의 오십여 명은 대부분 무사이니, 사업을 아예 포기하지 않는 이상에는 언제라도 활용해야만 할 즉시 가용 인력이라는 명분이라도 내세울 수 있는 문제였지만, 평조는 다만 지원 업무를 수행하기 위한 조직임에도 무조와 똑같은 규모의 인력을 계속 유지하고 있었으니 말이다.

물론 평조가 그처럼 이상하달 정도로 비대하게 된 사정을 알고 보면 또 고개를 끄덕일 만하기는 했다.

즉, 처음 반회당이 생겼을 때 장 내에서 자천타천(自薦他薦)

문제 인물로 분류된 인원은 상당수가 되었는데, 그들을 일단 수용해 놓고는 막상 퇴출시키는 인원은 거의 없이 계속 끌어 안고 오다 보니 지금처럼 되고 말았다는 것이다.

그러나 어쨌든 용호장의 본분이 이익을 추구하는 상단인 이상, 아직 본격적으로 돌아가지도 않는 사업을 위해 그만한 인력을 계속 유지하고 있을 필요에 대해서는 누구라도 쉽게 이해하지 못할 일이었다.

당연히 사업을 포기하고 그 인력과 역량을 다른 주력 분야로 돌리라는 비판과 압력이 진작부터 제기되어 왔었다.

그럼에도 불구하고 반회당이 아직껏 꿋꿋하게 버텨올 수 있었던 것은 결국 장주의 일관된 지지와 비호 덕분이었다.

장주는 반회당을 자신의 직할로 두면서까지 누구도 반회당만큼은 건드리지 못하게 엄호해 왔던 것이다.

5

"혹시 정식으로 무공을 배워본 적이 있나?"

노일의 물음에 장삼이 즉시로 고개를 저었고, 필괴가 또한 천천히 고개를 가로저었다.

노일이 그럴 줄 이미 짐작하고 있었다는 듯이 고개를 끄덕이고는 짐짓 엄숙한 투로 말했다.

"너희들은 이제부터 몇 가지 기초적인 무공을 배우게 될 것이다. 그러나 비록 기초적이라고는 해도 실전에서 아주 요긴하게 쓰일 재간들임과 동시에 상승 무공의 근간이 되는 것들이니, 배움에 있어 추호도 가볍게 생각함이 없이 최선을 다해야만 할 것이다."

그런데 이번에도 장삼은 즉시로 고개를 가로저었다.

그때문에 생각없이 고개를 끄덕이려던 필괴가 주춤 멈추며 설핏 당황한 기색이 되고 마는 모습이었다.

"저는 굳이 무공을 배울 필요를 느끼지 못하겠습니다."

사뭇 단호하기까지 한 장삼의 말에 노일이 언뜻 정색을 하였다.

"무공을 배울 필요를 못 느끼다니, 그게 무슨 소리인가?"

"사실이 그렇지 않습니까? 무공을 배운다고 해서 이제 와 정식으로 무사가 되겠습니까, 뭐가 되겠습니까? 무사가 되고 싶은 마음도 없지만서도요."

노일이 약간 당황한 듯이 잠시 생각하다가는 천천히 말을 꺼냈다.

"혹시 이번 신참례 때의 일로 자만하는 마음을 가진 것이라면… 그것은 실로 오산이라고 할 것이다."

"무슨 말씀이신지……?"

장삼의 시큰둥한 반문에서 약간의 반발이 묻어났으나, 노일은 개의치 않고 오히려 엷은 미소를 떠올리며 대답했다.

"신참례에는 대도성의 다른 상단 사람들에게 너희들을 선

보인다는 의미도 있었다. 곧, 서로 경쟁할 수밖에 없는 입장이지만 같은 직종에 몸을 담고 있는 처지로서 향후에 혹시 충돌이 있을 경우라도 최소한의 사정은 봐주기를 바란다는 부탁의 의미가 들어 있는 것이다. 그리고 그날 장복방 측이 시비를 크게 확대시키지 않고 적당한 선에서 일단 봉합한 것도 역시 그런 맥락의 일환이라고 봐주어야 하는 것이다."

노일이 슬쩍 장삼의 반응을 보고는 언뜻 다시 정색으로 되며 덧붙였다.

"그러나 조만간 우리 당의 사업이 본격적으로 시작되면 경쟁 조직들과 첨예하게 맞서야 하는 상황이 빈번하게 생길 테고, 극단적으로는 정말로 살의를 가지고 서로에게 검을 겨누는 경우가 발생할 수도 있는 것이다. 뿐만 아니라, 황색지대나 적색지대에서 임무를 수행해야 할 경우도 생기지 않는다고는 못할 것인데, 그처럼 험악한 환경에서 지금 너희들의 능력으로는 솔직히 주어진 임무를 능히 수행하기는커녕, 너희들 스스로의 안위조차도 지키기 어렵다고 해야 할 것이다. 그래서 이제부터라도 기초적인 무공이라도 진지하게 배우라는 것이다. 실전에서는 아주 작고 사소한 재주 하나로도 생과 사가 갈리는 법이니 말이다."

장삼이 묵묵히 듣고 있더니 문득 가벼운 호기심을 비치며 물었다.

"그런데… 그 황색지대니 적색지대니 하는 것들은 또 뭡니까?"

그 물음에 대해서 노일은 가볍게 미간을 찌푸렸다.

"대도성의 삼색지대에 대해 아직까지 들어보지 못했단 말이냐?"

장삼이 슬쩍 어깨를 으쓱해 보이는 것으로 대답을 대신했다.

그런데 장삼의 그 가벼운 어깻짓에는 노일이라는 사람에 대해 이제 막 생기기 시작한 약간의 친근감 같은 것이 녹아 있기도 했다.

노일이 장삼의 무지와 그 가벼운 무례에 대해 설핏 어이없다는 표정이 되었지만, 막상은 제법 자세한 설명을 늘어놓기 시작했다.

노일의 설명을 간단히 요약하자면 이러했다.

삼색지대란 대도성의 상단 사이에서 통용되는 말로, 관부의 치안력이 미치지 못하는 소위 위험 지대를 의미한다.

즉, 주로 성의 외곽 지대에 위치한 유흥가와 빈민가 중에는 대도성에 속해 있되 대도성의 법이 아닌, 소위 흑도(黑道)의 법이 지배하는 별개의 세상이 존재하고 있다.

그리고 삼색은 그 위험의 정도를 나타내는 것으로, 녹색과 황색, 그리고 적색으로 갈수록 그 위험도가 더해진다.

6

제법 긴 설명을 끝낸 노일은 저도 모르게 나직이 한숨을 불어냈다.

훈계와 한바탕의 설명을 성의껏 한다고는 했지만, 사실은 그가 객관적으로 보기에도 장삼과 필괴는 둘 다 무공과는 영 거리가 멀어 보이는 것이다.

무공의 기초를 가르치라는 윗선의 지침에 대해서는 그의 생각 역시도 장삼의 다분히 부정적인 견해와 사실은 크게 다르지 않았다.

그러나 그는 충직한 사람이었으니, 일단 자신에게 주어진 임무인 이상에는 충실하게 이행하고 봐야 한다는 생각이었다.

그리고 그는 이제쯤 두 사람의 성격 내지는 성정을 대강 파악할 수가 있었다.

우선 장삼은 눈치가 빠르고 영민해 보이지만 진중하지 못하고 끈기가 부족하여 무엇을 함에 있어서 대충대충 건성으로 하려는 경향이 있는 게 흠으로 보였다.

그런 점에서 필괴는 사뭇 대조적이어서, 영민함에 있어서는 장삼과 비교할 바가 못 되나 대신 우직하고 충직한 데가 있어 보였다.

노일이 가르치는 입장에서 그러지 않으려고 노력은 하지만, 아무래도 장삼보다는 필괴에게 약간이라도 더 관심이 가는 것은 어쩔 수가 없었다.

사실은 당주에게서 필괴에게 보다 각별한 주의를 기울이라는 지시를 받은 바도 있다.

당주는 필괴의 자질에 대해 자세히 살펴보라고 했고, 그에 따라 노일은 이미 육안으로는 필괴의 체형과 근골에 대해 꼼꼼하게 살펴본 뒤였다.

물론 필괴에게는 이렇다 할 만한 것이 없었다. 체형도, 근골도.

7

"우선 수련할 것은 마보(馬步)다!"

노일의 말에 대해 장삼이 짐짓 투정이라도 하는 것처럼 투덜댔다.

"아니, 교두님! 실전에서 아주 요긴하게 써먹을 재간을 가르쳐 주신다더니 그게 기껏 마보였습니까?"

노일이 흘깃 노려보는 체를 했으나, 사실은 질책할 작정까지는 아니란 것을 재빠르게 눈치챈 듯이 장삼은 아예 너스레를 떨었다.

"아니 할 말로 촌구석에 사는 애들도 한 번씩은 해본다는 것이 바로 마보 아닙니까? 그런데 우리가 이제 와서 마보를 익힌다고 그걸 대체 어디에 써먹는단 말입니까?"

노일이 가볍게 한숨을 내쉬고는 차라리 빙그레 웃는 얼굴로 말을 받아주었다.

"네 말이 옳다. 마보는 다만 몸을 만드는 가장 기초적인 수련이지 그 자체를 무슨 재간이라고 할 수는 없을 것이다."

장삼이 짐짓 두 눈을 크게 떠 보일 때 노일이 천천히 말을 이었다.

"그러나 네 말은 또한 옳지 않다. 아무리 뛰어난 무공 재간을 익혔다고 해도 몸이 따라주지 못한다면 그 재간은 결코 빛을 발하지 못할 것이다. 곧, 마보는 가장 기초이되 동시에 가장 중요한 수련인 것이다. 나아가 마보는 내가(內家)의 수련과도 결코 무관하지 않으니, 오랜 기간을 두고 꾸준히 익힌다면 기격(氣擊)의 능력을 얻을 수도 있는 것이다."

이어 노일은 장삼과 필괴를 다섯 걸음 떨어져서 서로 마주 보고 서게 했다.

"자! 각자 마보를 취해보거라!"

"쩝!"

장삼이 시큰둥해하며 입맛을 다셨으나, 노일은 모른 체했다.

그리고 장삼이 내키지 않는 체를 하면서도 막상은 단번에 제법 그럴듯하게 자세를 잡았기에 노일은 장삼이 한때 마보깨나 수련해 보았다는 점을 어느 정도는 인정해 주기로 했다.

그러나 필괴는 장삼과는 전혀 딴판이었다. 장삼이 하는 모

양을 곁눈질로 보면서 주춤주춤 자세를 잡는 것이 영 서툴고
어색해서 그가 이전에 한 번도 마보를 취해본 적이 없음을 대
번에 알아볼 수 있을 정도였다.

노일은 장삼을 아예 제쳐 두고서 필괴에게로 붙었다.

"발을 어깨넓이보다 조금 더 넓게 벌린다!"

"천천히 무릎을 구부리고 앉는다!"

"양발은 벌어지지 않게 평행을 유지한다!"

노일이 한 동작씩 끊어가며 자세를 잡아주었지만, 필괴는
영 어정쩡하기만 하여 좀처럼 제대로 된 자세가 나오지를 않
았다.

그때였다.

"말을 탔다 생각하고 자세를 잡아보라고."

장삼이었다. 무덤덤하게 지켜보고 있더니 지나가는 말처
럼 슬쩍 던진 것이다.

그런데 그 말 한마디에 필괴의 자세가 한결 나아지는 것이
었다.

노일이 쓴웃음을 지었으나, 다시금 엄하게 호통을 쳤다.

"더 낮게!"

"허벅지가 무릎보다 더 아래로 내려가도록!"

"허리는 똑바로 세우고!"

"체중은 최대한 뒤로!"

"중심을 잡아야지!"

“버텨라! 발가락으로 땅을 움켜잡듯이 해보라고!”

연무장에는 노일의 호통 소리만 울렸다.

8

필괴의 이마와 콧등에 작은 땀방울이 송송 맺히기 시작했다.

그러나 노일은 조금도 늦춰주지 않고 계속 독려했다.

“가장 중요한 것은 자세를 변동시키지 않고 최대한 오랫동안 버티는 것이다. 그렇게 함으로써 신경과 관절의 유연성과 강인성이 키워지는 것이다!”

와중에 노일이 힐끗 장삼에게로 눈길을 주었지만, 그때 장삼은 대충 흉내만 내는 자세인 채로 아예 지그시 두 눈을 감고 있는 중이었다.

그러나 노일은 장삼에 대해 굳이 질책을 가하지 않고 다시금 필괴에게 집중했다.

그러다 노일은 슬쩍 필괴의 손목을 잡았는데, 필괴의 자세를 바로잡아 주려는 것이 아니라 사실은 필괴의 맥문을 취한 것이었다.

그런데 한 가닥의 가늘고 부드러운 진기를 필괴의 내부로 흘려 넣어 혈맥을 차근차근 살펴나가던 중에 노일은 그만 아연해지고 말았다.

‘괴이하다!’

기감(氣感)으로 느껴지는 필괴의 혈맥 상태는 참으로 괴이하기 짝이 없었다.

뭐랄까? 마치 나무토막이나 돌로 이루어져 있기라도 한 것처럼 조금의 탄력도 없이 딱딱하기만 한 느낌이랄까?

노일이 비록 내가(內家) 방면으로의 견문이나 견식이 높다고 자신할 바는 아니지만, 그래도 강호의 밥을 제법 먹었다고 자부는 하는 터에 여태껏 이런 체질에 대해서는 들어본 적이 없었다.

그러나 어쨌든 필괴의 그런 상태가 결코 좋은 쪽이 아니란 점은 분명할 것이다.

무공의 관점에서만 보더라도 그처럼 딱딱하게 굳은 혈맥으로는 진기를 소통시키는 것이 불가능할 터이니, 적어도 내가의 무공은 결코 익히지 못할 체질인 것이다.

그쯤에서 노일은 천천히 진기를 거두어들였다. 더 살펴볼 것도 없이 이미 결론은 난 것이다.

“그만!”

마보를 풀게 한 다음 노일은 필괴에게 물었다.

“무공 중에서 특별히 관심 있는 분야가 따로 있느냐?”

“예?”

얼굴의 땀을 훔치던 필괴가 짧게 반문했다. 아마도 노일의 질문을 이해하지 못한 모양이다.

"이를테면 장권(掌拳)이라든지, 각퇴(脚腿)라든지, 그도 아
니면……."

노일이 떠오르는 대로 예를 드는데, 그제야 질문을 이해했
다는 듯이 필괴가 선뜻 대답했다.

"검. 입니다."

그런데 필괴의 그 대답이 어눌하면서도 상당히 독특한 투
이기도 했지만, 그보다는 조금의 주저함도 없이 내놓는 것이
마치 평상시에 늘 생각하고 있던 말 같다는 점에서 노일은 차
라리 약간의 당황을 비치고 말았다.

"그래? 검에 관심이 있다?"

노일이 혼잣말처럼 중얼거리며 반문했다.

9

다음날.

"자, 네게 주는 것이다."

노일은 준비해 온 검 한 자루를 필괴에게 내밀었다.

그러나 필괴가 선뜻 받지 못하고 주춤거렸기에 노일이 의
아해하며 물었다.

"검을 배우고 싶다고 하지 않았느냐?

필괴가 잠시간 더 머뭇거리다가는 겨우 입을 뗐다.

"저는. 진검은. 아직."

필괴가 어눌하게 자신의 생각을 말하는 도중에, 노일은 단호하게 끊어버렸다.

"아니다!"

이어 노일은 사뭇 위엄을 세우며 말을 이었다.

"지금 네게 필요한 것은 단 한 가지라도 어쨌든 실전에서 바로 쓰일 수 있는 공부여야만 한다. 다시 말해, 목검을 들고 검의 기초부터 배워갈 여유는 없는 형편이니 곧바로 진검을 들고 그것으로 상대를 죽일 것인지, 아니면 네가 상대의 검에 죽을 것인지 하는 비장한 각오로 실전의 검을 배워야 한다는 말이다. 무슨 뜻인지 알겠느냐?"

"예……."

필괴가 어정쩡하게 대답하며 검을 받았는데, 노일이 위엄을 거두지 않은 채로 채근하듯이 말했다.

"뽑아보거라!"

스륵!

가죽 검집에서 뽑혀 나오는 검신(劍身)에서는 약간의 거무튀튀한 색이 비쳐 다소간 투박해 보였다.

'그렇게 좋은 검 축에는 못 드는군.'

그렇게 평가하면서도 장삼은 짐짓 고개를 끄덕였다.

그래도 검인(劍刃)만큼은 잘 벼려져 있어서 제법 서늘한 예기가 서려 있었던 것이다.

그러나 필괴는 그러한 검의 예기가 두려운 듯이 어색하게 두 손으로 검 자루를 잡은 채 제대로 세우지도 못하고서 땅바닥을 향해 늘어뜨리고 있었다.

'쯧! 심약한 놈이로다!'

노일은 내심 혀를 찼다.

그러나 그는 이내 자신의 맡은 바 직무에만 충실하기로 다시 한 번 마음을 다잡았다.

10

노일은 이제 장삼을 완전히 제쳐 버린 듯이 아예 신경을 쓰지 않다시피 하고 있는 중이었다.

사실은 장삼도 바라는 바였으니, 아예 한옆으로 떨어져서 관심 없는 체 딴청을 피웠다. 물론 그렇더라도 내내 그쪽을 흘깃거리고 있었지만.

"지금부터 네게 가르치려는 것은, 반회당의 무사라면 누구나 익히는 노호검법(怒虎劍法)이란 것이다. 이 검법의 구성은 비교적 간단한 세 개의 연환 초식이 전부여서 익히기에 그리 어렵지는 않을 것이다. 물론 그렇다고 해서 그 위력이 간단하다는 것은 결코 아니다. 특히 일대일보다는 다 대 다(多對多)의 접전 상황에서 상당히 효과적인 위력을 발휘할 수가 있다. 그러나 요는 역시 숙련의 정도에 달려 있는 것이니, 너는 성의를 다해 배우도록 하고, 앞으로도 꾸준히 연습하여 완전한

네 것으로 숙달시키도록 하거라!"

필괴가 공손하게 고개를 숙였고, 그 모습에 노일은 저도 모르게 빙그레 미소를 떠올렸다가는 얼른 지워냈다.

이어 노일은 필괴에게서 검을 건네받았다.

"자! 그럼 시범을 보일 테니 잘 보거라!"

노일이 전후좌우로 움직이기 시작했는데, 장삼이 유심히 지켜보고 있자니 노일의 보법은 가볍고도 유연하여 끊김이 없었고, 그런 중에 찌르고 베고 후리는 한바탕의 검초는 날카로움과 빠름과 격렬함을 넘나드는 것이 제법 볼 만하였다.

세 번을 연속하여 시범을 보인 후 노일은 다시 검법을 세 단계로 나누어서 보여주었다.

그리고 마지막으로 그 첫 단계만을 다시 세 번을 더 보여준 노일이 이번에는 필괴더러 첫 번째 단계를 한번 펼쳐 보라고 했다.

그리고 필괴가 제대로 구현해 내지 못하거나 혹은 잘못된 동작에 대해서는 세세히 지도하고 고쳐 주면서 만족스러운 동작이 나올 때까지 몇 차례나 반복하게 하였다.

그런 모습에서 장삼은 노일이 제법 노련한 교관이라고 나름의 평가를 해주었다.

다만 그 같은 평가는 노일이 무공의 고수이거나 혹은 하수인 것과는 무관했다.

고수라고 해서 꼭 잘 가르치라는 법이 없듯이, 하수라고 해도 남을 가르치는 일에는 능한 사람도 있는 법이다. 게다가 그것이 기초이고 기본일수록 더욱 그렇다.

두 번째, 세 번째 단계의 동작에 대해서도 같은 과정이 이어졌다.

노일이 처음에 언급했던 것처럼 노호검법은 과연 익히기에 그다지 어렵지 않았다.

더하여 노일의 가르침이 훌륭하였으니, 장삼은 구경꾼처럼 한옆에서 건성건성 따라 해보는 와중에 어느새 검법의 전체 동작을 익힐 수 있었다.

필괴 또한 처음에는 영 어색해하고 어려워하는 모습이더니 시간이 지날수록 그 동작들이 제법 그럴듯해져 가고 있었다.

11

"좋다! 아주 잘했다!"

노일이 연습을 마치도록 한 것은 한나절이 꼬박 지나 저녁 무렵이 다 되어서였다.

그리고 노일은 조금 뜻밖의 소리를 했다.

"내가 너희에게 가르칠 것은 마보와 함께 노호검법이 전부다!"

"아! 그럼 이것으로 훈련은 끝입니까?"

장삼이 설핏 반기는 기색으로 되며 물은 데 대해, 노일은
어쩔 수 없이 쓴웃음을 떠올리며 고개를 가로저었다.

"별도의 지시가 내려올 때까지는 아니다. 다만 내일부터
나는 아침저녁으로만 여기에 들러 간단히 너희들의 훈련 상
황만 점검할 것이다."

"우리끼리만 훈련을 하란 말입니까?"

노일이 가볍게 고개를 끄덕이고는 문득 목소리를 낮추어
슬쩍 물었다.

"혹시 요령을 피울 생각이냐?"

그리고는 장삼이 당황할 틈도 주지 않고서 노일이 다시 덧
붙였다.

"요령을 피우든 열심히 하든 내가 크게 상관할 바는 아니
다. 너희들이 이곳에서 보내는 시간과 노력의 결과에 대해서
는 어차피 너희들 스스로가 감수해야만 하는 것이니 말이
다."

장삼이 괜스레 찜찜한 기색이 되고 마는데, 노일이 크게 소
리 내어 웃었다.

"하하하!"

그리고 노일은 성큼성큼 큰 걸음으로 연무장을 빠져나갔
다.

12

아침에 연무장에 나온 노일은 잠깐 필괴의 노호검법을 지켜보다가 몇 가지 간단한 교정만 해주고는 곧바로 가버렸고, 그리하여 연무장에는 정말로 장삼과 필괴 두 사람만이 남게 되었다.

장삼은 자율적으로 훈련할 마음이 조금도 없었다. 당연히.

그러나 필괴가 그의 요령 피우기에 전혀 동참해 주지 않고 내내 노호검법 수련에만 열중하고 있는지라 달리 할 일이 있는 것도 아닌 장삼이 혼자서 한동안 빈둥거리고 있자니 금세 무료해지는 것이었다.

장삼이 그나마 시간 때울 거리로 삼은 것은 결국 필괴를 구경하는 일이었다.

필괴가 노호검법을 수련하는 모습이 그다지 재미있는 구경거리는 아닌 터에, 장삼이 문득 흥미를 느낄 만한 상황을 보게 된 것은 시간이 정오를 훌쩍 넘겨갈 무렵이었다.

그때 장삼은 필괴의 노호검법이 왠지 흐트러지기 시작한다는 느낌을 받은 것이다.

어쩌면 그것이 어느 정도 노호검법에 익숙해진 필괴가 어떤 새로운 변화를 응용해 보려는 시도를 하는 것쯤으로 추측해 볼 수도 있을 터이지만, 그런 점에 대해서라면 장삼은 또 확신할 수 있었다. 필괴가 그렇게 의욕적이거나 도전적인 성격은 결코 못 된다는 사실에 대해.

그런데 필괴의 그러한 흐트러짐은 점점 확연해져 가고 있었다.

마치 무언가 봉인되어 있던 것들이 툭툭 튀어나오기라도 하는 듯이 노호검법과는 전혀 무관한 형태들이 지금 필괴의 검에 섞여들고 있는 것만 같았다.

실로 놀랍고도 흥미진진한 광경이었다.

장삼이 온통 신경을 집중시키고 있는 중에, 이윽고 필괴의 검은 더 이상 노호검법이라고 할 수 없는 지경까지 변질되고 말았다.

"이런!"

한순간 장삼은 저도 모르게 나직한 탄식을 뱉어내고 말았다.

그는 문득 깨달은 것이었다.

필괴의 검이 결국에는 무엇을 지향해 가고 있는지를!

바로 십팔자법이었다.

필괴의 노호검법은 일련의 흐트러짐과 변질을 거쳐 결국은 십팔자법의 변화로 회귀하고 있는 중이었다.

다만 십팔자법으로의 완전한 회귀라고 할 수는 없었다.

노호검법의 기본 검초에 십팔자법과 역십팔자법의 여덟 가지 검로가 일정한 규칙도 없이 불쑥불쑥 뒤섞이고 있는 중이었다.

그런데 장삼이 좀 더 보고 있자니 다시금 애매해지는 게 있었다.

필괴의 검초가 분명 십팔자법의 범주로 귀결되어 가고 있는 것 같으면서도, 묘하게도 또 아닌 것 같기도 해지는 것이었다.

그리고 장삼은 다시 얼마 지나지 않아서 자신의 그러한 애매함이 주로는 무엇으로부터 비롯되었는지를 알게 되었다.

바로 필괴의 자세였다.

구체적으로는 하체의 움직임이었다.

지금껏 장삼이 보아온 필괴의 십팔자법은 두 다리를 단단히 버티고 선 채 상체로만 펼치는 것이었다.

그런데 지금 필괴는 발을 움직이고 있었다.

보법이라고 하기에는 영 어색하고도 부족한 것이었지만, 어쨌든 하체를 움직이면서 검을 펼치고 있다는 것만으로도 필괴의 검은 이전에 비해 사뭇 자유로워 보였다.

그런데 장삼은 이내 다시 불안해졌다.

필괴의 검이 그 잠시간의 자유로움을 이어 나가지 못하고 금세 혼란스러워지고 마는 듯하였기 때문이다.

그러더니 필괴는 그예 스스로를 다치게 만들겠다 싶을 정도로 위태로운 지경으로 빠져들었다.

"그만!"

더는 두고 보지 못하여 장삼이 호통을 쳤다.

그런데 필괴는 멈추기는커녕 장삼의 호통에 반발이라도

하듯이 소리를 내질렀다.

"와~ 아아~ 앗!"

필괴의 그 소리는 기합 소리 같기도 하고, 힘겹게 억지로 쥐어 짜내는 소리 같기도 했다.

그리고 필괴의 움직임은 더욱 격렬해졌다. 아니, 필사적이기까지 해서 마치 보이지 않는 어떤 적과 필사의 싸움을 벌이는 것만 같았다.

"멈춰!"

장삼의 일성(一聲) 호통이 연무장의 공기를 찌르르 울렸고, 그제야 멈칫하며 우뚝 멈춰 선 필괴가 힘없이 검을 아래로 늘어뜨렸다.

얼굴과 온몸이 온통 땀에 젖은 채로 멍하니 허공에다 망연한 시선을 던져 두고 있는 필괴를 보며 장삼은 길게 숨을 불어 내쉬었다.

"휴우~!"

안도의 한숨이었다.

13

'마치 주화입마 같지 않던가?'

장삼은 낮에 필괴가 맞닥뜨렸던, 사뭇 위험스러워 보였던 상황에 대해 곰곰 되짚어 생각해 보고 있는 중이었다.

'노호검법에는 딱히 문제가 있을 것이 없겠고… 그렇다면 십팔자법에서부터 어떤 파탄이 생긴 것인가? 하긴… 너무 대충 만들었으니 제대로 운용하기에는 미비한 점이 많다고 해야겠지.'

생각이 결국 그런 데까지 이르고 보자, 장삼은 필괴에 대해 일말의 미안함마저 생기고 마는 것이었다.

14

"내가 보기에 노호검법은 영 아닌 것 같아. 역시 네겐 십팔자법만큼 잘 맞는 게 없는 것 같다."

장삼은 필괴에게 노호검법의 수련을 중지하고 차라리 십팔자법을 연습하도록 권했다.

그런데 필괴의 평소 우직함으로 볼 때는, 노일의 허락도 받지 않은 상태에서 즉흥적으로 권하는 장삼의 말을 따르려 하지는 않을 법한데도 의외로 필괴는 순순히 고개를 끄덕였다.

그런 데 대해 장삼은 다른 건 몰라도 십팔자법이야말로 필괴가 오랜 시간 동안 몸에 익혀온, 그야말로 가장 익숙하고 또한 가장 편안한 행위이기 때문일 것이라고 짐작해 보았다.

더하여 어제 겪었던 그 일련의 파탄에 대해서 필괴 역시도 충격이 제법 컸던 모양이고.

아침저녁으로 노일이 연무장에 들르는 시간은 거의 정확하게 정해져 있었다.

오늘 아침도 예외는 아니었지만, 다만 노일은 고개를 갸웃거렸다.

필괴가 멀뚱히 서서 구경만 하고 있는 중에 장삼 혼자서 한창 노호검법을 연습하고 있었으니, 두 사람의 모습이 평소와는 완전히 거꾸로 된 것이다.

그러나 노일은 잠시간 묵묵히 장삼의 노호검법을 지켜보았고, 딱히 지적할 만한 점이 없었기에 이내 자리를 떴다.

그런데 노일이 떠나자마자 장삼과 필괴의 모습은 그대로 뒤바뀌었다.

필괴는 곧바로 십팔자법을 펼치는 데 열중했고, 장삼은 유심히 필괴의 움직임을 지켜보았다.

그러는 중에 장삼이 간혹 손가락으로 허공에다 뭔가를 그리는 시늉을 하다가는 다시 골똘히 생각에 잠기기도 했다.

사실 장삼은 필괴를 위한 새로운 검법 하나를 구상해 보는 중이었다.

물론 그가 감히 무슨 검법씩이나 창안해 보겠다는 건 도무지 말이 안 되는 노릇이겠고, 설령 그럴듯한 검법을 하나 만들어낸다고 쳐도 노호검법처럼 기초적이고 간단한 검법조차도 제대로 익혀내지 못하는 필괴이니 또한 무용지물이 될 게 뻔했다.

그리하여 장삼은 필괴에게 이미 익숙한 기존의 십팔자법과 역십팔자법에 그대로 기반을 두고서, 다만 검법으로서의 기본적인 체계를 갖추도록 다듬고 보완하는 정도로만 한번 시도를 해볼 참이었다.

16

"그냥 구경이나 하고 있으려 했더니 이건 뭐… 답답해서 도저히 안 되겠군."

지난 며칠간 내내 구경꾼 노릇만 하고 있던 장삼이 이윽고 나서며 필괴의 십팔자법을 중지시켰다.

"그렇게 마구잡이로 휘두르기만 해서는 십 년이 아니라 백 년이 가도 아무것도 되질 않겠어! 무릇 검에는 형과 식이 있어야 하는 법인데, 바로 초식이라는 거야! 그런데 지금 너의 십팔자법에는 그런 초식의 개념이 아예 없어! 내가 말이야, 귀찮고 번거로울 것 같아서 그냥 모른 체하려고 했는데, 그래도 명색이 친구 사인데 네가 아무런 소득도 없는 짓을 계속하게 내버려 둘 수는 없는 노릇이잖아? 흠! 이건 말이야, 널 위해 내가 잠깐 구상을 해본 건데 말이야……."

잔뜩 미간을 좁히며 짧게 생각을 정리하는 시늉을 하고 다

시 어깨를 으쓱해 보이고 난 다음에야 장삼은 말을 계속해 나
갔다.

"그래, 종횡검(從橫劍)이라고 이름을 붙이면 어울리겠군.
아아, 이름만 듣고 벌써부터 그렇게 감격스러운 표정을 지을
것까진 없고. 이게 결국은 십팔자법이거든. 다만 조금 더 모
양새가 나도록 약간 손을 본 것뿐이야. 그리고 십팔자법이라
고 하니까 부르기도 이상하고 영 검법 같지가 않잖아? 그래서
좀 그럴듯하게 이름을 붙여본 거지. 종횡검! 어때, 꽤 괜찮게
들리지 않아?"

17

제일초, 종횡일관(縱從一貫)!
십팔자법과 역십팔자법의 여덟 가지 검로, 즉 팔로(八路)를
말 그대로 한 번에 꿰듯이 연속적으로 펼치는 초식이다.
거기에다 장삼은 진퇴와 간단한 선회만으로 이루어지는
가장 기본적인 형태의 보법을 가미했다.
그리고 다시 기본적인 강약과 완급의 이치도 녹여 넣었다.
물론 이치라고 해서 거창할 것은 없고, 어디까지나 장삼 나름
의 것일 뿐이었지만.
제이초, 종횡역관(縱從逆貫)!
이름 그대로 종횡일관을 역(逆)으로 펼치는 초식이다.

제삼초, 종횡천하(縱從天下)!

종횡일관과 종횡역관을 번갈아가며 펼치는 것으로, 단순 반복하는 것이나 반복하는 횟수가 늘어날수록 관성을 붙여 점점 위력을 배가시켜 나가는 것이 관건이다.

한번 막히지도 않고 종횡검 삼초까지의 설명을 단숨에 끝낸 장삼은 다시금 어깨를 으쓱댔다.

"어허! 오늘따라 영감이 팍팍 솟는 것이 초식 하나가 더 떠오르기는 하는데… 흠! 어찌해야 할꼬? 무릇 과욕은 불행을 초래하는 법이라. 사람은 자신의 그릇에 맞는 만큼만 담아야 하는 것일진대……."

장삼이 사설을 풀면서 슬쩍 보니 필괴의 눈빛이 그야말로 별빛처럼 반짝이고 있었다.

그 눈빛에 감탄과 존경, 그리고 특히 아쉬움이 진하게 떠돌고 있음을 흐뭇하게 확신한 장삼은 짐짓 목소리를 깔며 다시 말을 이어냈다.

"이런! 그런데 이게 아주… 상승의 검리(劍理)란 말이야? 네게는 전혀 해당이 되지 않는다는 거지. 허! 그러나 어렵게 떠올린 절초(絶招)를 그냥 사장시킬 수도 없는 노릇이니… 참으로 안타까운 일이다."

짐짓 잠시의 고민 끝에 장삼은 큰 결단이라도 낸다는 듯이 덧붙였다.

"좋다! 하필이면 내 머리에 떠올라 준 절초에 대한 예의로라도 나는 일단 그 요체를 입 밖으로 내놓을 것이다. 하니, 필괴 너는 세상에 다시없을 그 검리를 그저 잠시간 귀에 담을 수 있다는 것만으로도 천운(天運)에 감사해야 할 것이다.”

그런데 장황하고 과장된 일련의 사설 끝에 장삼은 그만 스스로의 말에 심취되는 느낌으로 되었다.

“종횡무적(縱從無敵)! 마음이 일어나니 일 검으로 능히 만물을 제압한다! 아아! 이보다 더 명쾌한 궁극의 검이 또 있으랴? 이 일 검 앞에 감히 대항할 자 천하에 누가 있을 것인가?”

장삼이 찰나간의 도취에서 언뜻 깨고 보니, 필괴가 아주 넋을 놓은 채로 그를 바라보고 있는 중이었다.

그에 장삼이 겸연쩍기도 하여 잔뜩 들어가 있던 목과 어깨의 힘을 슬그머니 빼며 물었다.

“종횡검이 결국은 십팔자법으로부터 나온 것이고, 너야말로 그것에 가장 익숙한 사람이니, 내가 굳이 시범까지 보일 필요는 없겠지?”

필괴가 멍한 듯한 모습 그대로 고개를 끄덕였다.

은연중에 안도하며 장삼은 느긋한 미소를 떠올렸다.

장삼이 사실은 자신이 시연해 주는 종횡검은 무언지 모르게 어색할 것만 같았다.

곧, 필괴를 위해 만든 것이니, 처음부터 필괴 자신만의 색깔로 만들어갈 때만이 진정한 종횡검이 나올 것 같았다.

그가 종횡검의 요체를 얼마나 구현해 낼지, 혹은 얼마나 변질시켜 버릴지는 알 수 없는 일이지만 말이다.
　어쨌거나 장삼은 목소리를 높였다.
　"자! 오늘은 여기까지! 내일부터는 본격적인 연습에 들어
가 보자고!"

第十一章
비조(備組)

1

해거름 무렵.

양철과 조상간은 대문 옆의 작은 쪽문을 통해 용호장을 벗어났다.

"니미랄! 확 돌아버리겠네, 진짜로!"

조상간이 씹어 뱉었다.

"조형, 일단 참는 데까지 참아봅시다. 본디 양지가 음지 되고 음지가 양지 되는 법이라고 하지 않소? 그러니 언젠가는 놈들에게 열 배, 백 배로 갚아줄 날이 꼭 올 것이오!"

양철의 목소리에서도 결기가 배어 나왔다.

둘은 지금 술심부름을 가는 중이었다.

　장삼과 필괴 대신으로 마방에는 두 명의 신입이 들어왔는데, 용호장에 들어오기 전에 어느 바닥에서 놀던 물건들인지 그 거칠고 포악한 성질머리들이 정말로 보통내기들이 아니었다.

　장 노사 앞에서는 제법 성실한 것처럼 번드르르하게 말과 행동을 하고, 장 노사가 보지 않는 곳에서는 금세 본색을 드러내어 요령을 피우는 것까지야 조상간이나 양철로서도 딱히 뭐라고 할 것까지는 아니었다.

　그러나 아직 서른도 안 된 놈들이 서른 중반 줄을 넘긴 고참들에게 은근슬쩍 말을 터가며 기어오르더니, 날이 갈수록 아예 두 사람의 머리 위로 기어올라 이제는 완전히 상전 노릇을 하고 있는 중이었다.

　그런데 못돼먹은 성질머리로야 또한 보통내기는 아닌 조상간과 양철이, 그 같은 신입들의 행태를 순순히 받아들이고 있을 수밖에 없는 결정적인 이유가 있었다.

　단적으로 말해 줄 때문이었다.

　바로 놈들이 수경단주 윤걸의 든든한 줄을 타고 들어온 때문이었다.

　조상간과 양철이 영 못 견딜 노릇으로 된 것은 한 달쯤 지났을 무렵부터였다.

　놈들이 약삭빠르게도 이전에 장삼이 하던 역할을 대신하기 시작한 것인데, 곧 장 노사에게 술을 대주는 일이었다.

그럼으로써 놈들은 본격적으로 마방의 실세로서 행세하기 시작한 것이다.

장 노사는 모른 체했다.

그가 본래 아랫사람들 간의 시비 같은 것에는 아예 얽히지 않으려 하는 까닭도 있겠지만, 아마도 자신들이 신입들에게 당하는 것을 은근히 고소해하는 마음도 있으리라는 짐작은 양철과 조상간도 해보았다.

그러나 어찌하랴? 사실은 자업자득인 측면이 없다고는 하지 못할 노릇이 아니던가?

어쨌든 그리하여 조상간과 양철은 며칠에 한 번씩 번갈아 가며 술심부름을 하게 된 것이다.

그리고 오늘은 원래 양철의 차례였지만, 조상간이 혼자 남아서 놈들의 눈꼴사나운 짓거리를 보는 것은 견디지 못하겠다고 하여서 나중에 분명히 무슨 트집을 잡힐 것을 감수하고라도 두 사람이 함께 용호장을 나선 길이었다.

"성질 더러운 새끼들이, 하여간에 입맛까지도 더럽게 까다롭지. 제깟 놈들 주제에 아무 술이나 처마시면 될 것이지 굳이 그 멀리까지 가서 꼭 그 주루의 술을 사 오라는 건 또 뭐냔 말이야?"

조상간이 새삼 울화가 치민다는 듯이 분통을 터뜨렸다.

2

장삼과 필괴는 노일을 따라 용호장 밖으로 나와 있었다.

회색 무복을 갖춰 입은 데다 허리에 검 한 자루씩을 차고 보니, 노일이야 두말할 것도 없고 장삼과 필괴도 꽤나 그럴듯해 보였다.

오늘로써 마침내 장삼과 필괴의 교육 과정이 완전히 끝나게 되었는데, 노일이 마지막으로 녹색지대를 한번 견학시켜주겠다며 둘을 데리고 나선 길이었다.

일부러 저녁 시간을 택한 것은 녹색지대의 분위기를 제대로 느껴보게 해주려는 것이었고, 무복에다 검까지 갖춰 차게 한 것은 반회당의 일원으로서 당당한 자부심을 한번 가져보라는 취지에서였다.

"어깨를 쭉 펴라! 눈은 정면으로! 너희들의 가슴에는 반회당의 상징이 새겨져 있다! 그 상징에 부끄럽지 않게 당당한 모습으로 걸어라!"

노일이 비슷한 말을 세 번째나 하고 있었기에 장삼이 시큰둥한 체 받았다.

"여긴 뭐 별로 볼 것도 없는 것 같은데요? 기왕 나온 김에 황색지대와 적색지대도 둘러보죠?"

그러자 노일이 잠깐 어이없다는 기색이더니, 이내 정색을 하며 꾸짖듯이 말했다.

"황색과 적색지대가 너희들 놀이터라도 되는 줄 아느냐?

너희뿐만 아니라 나 역시도 그 두 곳만큼은 임의로 출입하지 못한다."

그에 장삼이 슬쩍 노일의 눈치를 보면서 다시 물었다.

"그냥 둘러만 보는 것도 안 된다는 말입니까? 그럼… 그곳을 출입하려면 대체 어떻게 해야 하는 겁니까?"

노일이 언뜻 미간을 좁혔으나, 어쩔 수 없다는 듯이 다시 풀며 대답을 해주었다.

"당주급 이상의 허락이 있어야만 한다."

3

조상간과 양철은 가지고 갈 술 한 병을 주문해 놓고 계산대 근처에서 기다리고 있는 중이었다.

초저녁일 뿐인데도 술집은 이미 빈자리를 찾을 수 없을 만큼 만원이었다.

와자지껄!

시끌벅적!

사람들은 탁자마다 모여앉아 큰 소리로 건배하고, 웃고 떠들고, 혹은 저마다 무슨 얘긴가에 열중해 있는 모습들이었다.

꿀꺽!

조상간의 목젖이 크게 도드라졌다가 다시 원래대로 내려갔다.

이런 분위기에서 술꾼이라면, 게다가 기분까지 착잡하다면 한잔 생각이 나지 않을 수는 없었다.

그때 마침 바로 옆자리의 탁자가 비기에 조상간과 양철이 눈 맞춤 한 번으로 간단히 이심전심을 이루었다.

"딱 한 병만 마시는 거요?"

와중에도 양철이 다짐을 한번 두기는 했다.

"여기 화주 한 병!"

이 바닥 사람들이 가장 흔히 찾는 술이라 그런지 기다릴 것도 없이 즉시 술 한 병이 탁자 위에 놓여졌다.

"크으~!"

안주도 없이 털어 넣은 독주의 화끈한 흐름이 목구멍에서 위장까지 뜨겁게 타고 내려가는 느낌에 조상간은 부르르 몸서리를 쳤다.

그때 진작에 주문해 두었던 술이 나왔기에 두 사람은 빠르게 잔을 채웠고, 몇 잔 만에 화주 한 병은 금방 바닥을 드러내고 말았다.

"제기랄! 이래서야 어디 안 마신 것만 못하지 않나? 한 병만 더하지?"

양철은 언뜻 미간을 좁혔다.

화주는 독주였다. 오로지 취하기 위한 싸구려 독주.

'딱 한 병만!' 이라고 그가 이미 다짐을 둔 바도 있거니와, 여기에서 한 병을 더 마시면 취하게 된다.

그러나 양철이 조상간의 기분을 모르지 않았고, 사실은 그의 기분 또한 크게 다르지 않았다.

'돌아가는 중에 술기운을 깨면 될 일이다.'

그렇게 마음을 정했으나 양철은 짐짓 정색을 했다.

"그럼… 진짜로 딱 한 병만 더 마시는 거요?"

조상간 또한 양철이 걱정하는 바를 모를 리 없었으니 흔쾌히 장담했다.

"물론이지! 다시 더 마시자고 하면 앞으로는 내가 자네 동생 함세!"

양철이 짐짓 쓰게 웃고 나서 점소이를 불러 화주 한 병을 더 시켰다. 여전히 안주는 빼고.

조상간은 다시금 빠르게 잔을 비워냈다.

다만 양철은 자신이라도 좀 자제를 해야겠다 싶은 생각이 들기에, 조상간이 두 잔 마실 동안에 한 잔 꼴로만 마셨다.

"뺏지 않을 테니 좀 천천히 마시시오!"

양철이 웃으며 하는 말을 못 들은 체하며 조상간은 잇달아서 입속으로 술을 털어 넣었다.

그러다 보니 술병은 어느새 바닥을 보였다.

조상간이 마지막 한 잔을 가득 채우기는 했으나, 차마 냉큼 털어 넣지는 못하고서 물끄러미 바라만 보고 있던 중에, 이윽고는 잔뜩 억눌린 울화를 내뱉고야 말았다.

"제기랄!"

가슴 밑바닥이 온통 펄펄 끓는 것만 같았다.

4

주루의 입구 쪽이 문득 소란스럽더니 한 무리의 사람들이 왁자하니 안으로 들어서고 있었다.

양철이 힐끗 패거리들을 보니 웃고 떠들며 흐트러진 꼴들이 이미 다른 곳에서 잔뜩 퍼 마신 뒤 그리고도 아쉬워서 한 잔을 더하려고 이곳 주루로 들어오는 모양새들이었다.

그런데 주루는 양철과 조상간이 처음 들어왔을 때보다 더욱 붐벼서 여덟씩이나 되는 그 패거리가 앉을 자리를 마련할 방도는 도무지 없을 듯했다.

그때였다.

패거리 중의 하나가 앞장서서 주루 안을 한 바퀴 돌아보던 중에 양철과 언뜻 눈길이 마주쳤는데, 순간 그자의 인상이 슬쩍 바뀌는 것이었다.

양철 역시도 설핏 이마를 찡그리고 말았다. 그자의 오른쪽 어깨 부위에 푸른색으로 수놓아진 '복(福)' 자를 본 때문이었다.

장복방이었다.

그러나 양철이 대번에 긴장하고 만 것은 아니었다.

패거리들의 어깨에 새겨진 복 자가 하나같이 청색이었으

니, 그것은 그들이 장복방에서 기껏 허드렛일이나 하는 역부 내지는 하인들임을 의미하였다.

비록 장복방과 용호장이 대도성의 상단 서열 일이 위를 놓고 사뭇 치열하게 다투는 사이로 서로를 견원지간처럼 경원시하는 분위기가 없지는 않다지만, 그것이야 어디까지나 높으신 윗줄이나 무사들 간에나 그런 것이지 밑바닥 처지들끼리야 굳이 그럴 필요가 무에 있으랴?

다만 패거리들이 지금 이쪽을 자꾸 힐끗거리며 수군거리는 모양새에서 짐작하건대, 아마도 둘이서 탁자 하나를 차지하고 있는 이 자리를 어떻게 차지할 수 없을까 궁리들을 하는 것 같았다.

물론 양철은 선선히 자리를 비켜줄 마음이 있었다.

어쩌면 저들 역시 오늘 저녁 기분을 풀어야 할 무슨 일이 있는지도 모를 일이었고, 안 그래도 어차피 일어서야 될 때가 되었으니 그런 정도의 호의쯤이야 기꺼이 베풀 용의가 있는 것이었다.

양철이 그쪽을 향해 가볍게 고개를 까딱여 보이자, 이심전심으로 패거리도 사뭇 호의적인 반응들을 보이며 설렁설렁 이쪽을 향해 다가왔다.

양철이 그제야 힐끗 조상간을 보니 술잔을 바라보며 뭐라고 혼잣말을 중얼거리고 있었는데, 그 마지막 한 잔을 홀짝 비워 버리기가 퍽이나 안타까운 모양이었다.

“자, 조형. 이제 그만 일어납시다!”

양철이 먼저 자리에서 일어나며 조상간을 일깨웠다.

그러자 조상간은 이마부터 찡그렸다.

“가자고? 아직 술이 남았는데?”

그러면서도 조상간은 막상 술잔을 비울 기색은 아니었다.

그런데 그때 장복방의 패거리가 이미 가까이 다가와 탁자 주변으로 둘러섰기에 양철은 조금 곤란하기도 하고 또 급한 마음이 되기도 했다.

“자자, 조형! 일단 일어납시다!”

양철이 재촉하는 뜻에서 가볍게 조상간의 소매를 잡아당겼다.

그런데 그게 조상간의 기분을 슬쩍 건드린 모양이었다.

“왜 이래? 가더라도 막잔은 마시고 가야 할 거 아냐?”

조상간이 툭 양철의 손을 떨치며 사뭇 신경질적으로 뱉었다.

양철이 흠칫 당황하고 마는 중에 조상간이 힐끗 주변을 살폈고, 그제야 탁자 주변을 둘러싸다시피 하고 있는 장복방의 패거리를 본 모양이다.

그런데 웬만하면 여덟이나 되는 상대의 숫자에 위축될 만도 하건만, 조상간은 대뜸 표정을 험하게 만들며 자리를 박차고 일어섰다.

“뭐야? 지금 이 작자들 때문에 그러는 거야?”

양철의 얼굴이 움찔 굳어지고 말았다. 조상간의 주사를 모르지 않는 것이다.

"조형, 그런 게 아니고……."

양철이 얼른 조상간을 달래보려 하는데, 장복방 패거리 중의 하나가 툭 나서며 기분 나쁘다는 투로 조상간의 말을 걸고 넘어졌다.

"작자들이라니? 거, 서로 초면에 입이 거칠군?"

양철이 얼른 머리부터 숙였다.

"미안하오! 우리 일행이 술이 좀 과해서 그러는 것이니 양해를 좀 해주시오!"

그러나 그때 조상간이 그제야 상대들의 정체를 알아보았다는 듯이 큰소리를 쳤다.

"오호! 이제 봤더니 바로 장복방의 하인 놈들이었구나!"

말이 그렇게까지 나오고 보니 장복방 패거리 중에서도 곧바로 거친 반응이 터져 나왔다.

"이런 미친놈을 봤나?"

"아주 겁 대가리를 상실한 놈이로세!"

"이놈아! 네놈이 아무래도 뭐 못 먹을 걸 훔쳐 먹은 모양이로구나?"

사태가 촉발의 형태로 가고 마는지라 양철이 다급하게 조상간의 앞을 가로막아서는데, 뒤에서 조상간이 양철의 어깨를 확 밀치고 나오더니 그대로 주먹을 날렸다.

퍽!

"아이쿠!"

된소리의 비명과 함께 패거리 중의 하나가 코를 감싸 쥐고 뒤로 나가떨어졌다.

조상간이 기세가 등등하여 외쳤다.

"야, 이 새끼들아! 내가 누군지 알아? 내가 바로 조상간이다! 조상간이란 말이다, 새끼들아!"

그러나 거기까지였다.

"저 새끼, 밟아버려!"

패거리들이 순식간에 우르르 덤벼들어서는 조상간과 양철을 가리지 않고 마구 치고 차고 밟아댔다.

숫자에서 워낙 열세인지라 양철과 조상간은 대항할 엄두도 내보지 못한 채로 꼼짝없이 몰매를 당했다.

곧바로 주루의 점소이 대여섯이 달려왔다.

그러나 그들은 험악하게 돌아가고 있는 싸움판에 감히 끼어들지는 못하고서 분주히 소리만 질러댔다.

"멈추시오!"

"관병(官兵)을 부르겠소!"

그러나 그런 외침들이 아무런 소용이 없다는 것은 외치고 있는 점소이들이 가장 잘 알았다.

관부는 멀었고, 힘들게 뛰어가 고한다고 한들 관병이 출동하리라는 보장은 없었다.

아니, 관병들이 출동하지 않을 가능성이 훨씬 컸다. 이곳 지역이 지역이니만큼 저녁 시간대의 이런 싸움은 일상사처럼 벌어지는데, 관부의 제한된 병력으로 일일이 대응을 할 수 없다는 것은 이 바닥의 누구나 아는 사실인 것이다.

그때였다.

점소이들의 뒤로 뒤늦게 다가온 한 사람이 외쳤다.

"멈추시오! 그렇지 않으면 지금 당장 장복방으로 사람을 보내겠소! 장복방주께 엄중히 항의하고, 당신들로 인해 발생된 영업 손실에 대해 공식적으로 보상을 청구하겠다는 뜻이오!"

사뭇 침착한 모습의 그는 주루의 장방(帳房)이었다. 그리고 그의 외침은 대번에 효과를 나타냈다.

패거리가 멈칫거리더니 이내 주춤주춤 뒤로 물러선 것이다.

그리고 바닥에는 양철과 조상간이 널브러진 채로 꿈틀거리고 있었다.

장방이 다시 차갑게 외쳤다.

"모두 여기서 나가주시오! 지금 당장!"

그러자 패거리 중의 하나가 숨을 가다듬으며 나직이 외쳤다.

"이 두 놈을 끌고 나가자!"

즉시로 넷이 달라붙어 양철과 조상간을 일으켜 세웠고, 이어 패거리는 우르르 주루에서 몰려나갔다.

5

"저쪽에 무슨 일이지?"

오른쪽으로 꺾어져 들어가는 골목 안으로부터 한바탕의 소란스러운 기척이 일고 있었기에 장삼이 무슨 구경거리나 있나 하고 그쪽으로 가보려는 것을 노일이 나직이 주의를 주었다.

"어허! 상관없는 일에는 신경 쓰지 말라고 누차 주의를 주었거늘!"

그 서슬을 감히 거역하지는 못하면서도 장삼이 여전히 궁금하다는 듯이 눈길로나마 소란이 있는 쪽을 보는 유심히 살폈다.

그런 중에 장삼은 뭔가 놀랄 만한 것을 발견한 듯했다.

"어?"

나직한 외침을 뱉은 장삼이 곧장 골목 안으로 달려갔다.

"저 친구가 정말……!"

노일이 버럭 화를 냈으나, 그때 필괴마저도 잰걸음으로 장삼을 쫓아갔기에 그 또한 서둘러 둘을 뒤쫓아갈 수밖에 없었다.

골목 안쪽에서는 지금 십여 명이나 되는 사내가 한데 엉켜 있는 중이었다.

그러나 사실은 바닥에 쓰러진 두 명을 가운데다 두고 나머지 무리가 몰매를 가하고 있는 중이었다.

더욱이 몰매를 당하고 있는 그 둘이 바로 양철과 조상간이란 사실을 발견했기에 장삼이 앞뒤 가릴 틈도 없이 곧장 달려온 것이었다.

비록 한때는 앙숙지간이었다고는 하나, 그 이전에 용호장의 식구인 것이다.

장삼은 곧장 무리 속으로 뛰어들었다.

그리고 뒤따라온 필괴 역시 상황을 따져볼 겨를도 없이 그대로 뛰어들었다.

"어, 어?"

노일이 잠시 당황하는 사이에 장삼과 필괴는 곧바로 한바탕의 난투극에 휘말려 들고 말았다.

그리고 그제야 바닥에 널브러져 있는 두 사람에게서 용호장의 표식을 발견한 노일은 틈을 보아서 재빨리 그들부터 밖으로 빼냈고, 다시 조금 떨어진 곳으로 옮겨 골목 담장에 기대앉도록 했다.

두 사람의 얼굴은 온통 피투성이인데다 터지고 부어서 이목구비를 제대로 분간하기 어려울 정도였고, 잔뜩 일그러진 표정에서는 그들이 호소하는 고통을 짐작할 수 있었다.

그러나 둘에게서 어디가 부러지거나 심각한 증상이 있어

보이지는 않았고, 더욱이 두 사람 모두 짙은 술 냄새를 풍겼기에 노일은 자초지종을 물어보려던 것을 일단 미루고 우선은 당장의 싸움의 형편부터 살피기로 했다.

물론 자신까지 개입할 필요는 없겠다는 판단은 노일이 진작부터 하고 있는 중이었다.

그리고 장삼과 필괴가 경솔하게 검부터 뽑아 들고 설치지는 않고 있다는 점에서도 노일은 잠시간 지켜봐도 되겠다는 여유를 가질 수 있었다.

서로 얽혀서 마구잡이로 치고받는 양상인데, 노일이 우선 주목한 것은 장삼이었다.

장삼은 와중에도 상대가 여럿이서 몰려 덤빌 때는 잽싸게 요리조리 피해 다니다가, 순간적으로 일대일의 상황을 맞았다 싶으면 곧바로 되치고 나가 깨는 식으로, 제법 요령껏 싸움판을 헤집고 다니는 모습이었다.

필괴는 처음에는 사뭇 당황하는 것처럼 보였다. 그러나 그는 이내 나름의 묘한 방식으로 싸움을 치러내고 있는 중이었다.

필괴의 묘한 방식이란, 주먹을 휘두른다기보다는 팔을 통째로 휘두르는 것인데, 즉 그는 지금 한 팔을 마치 검 대신이라도 되는 듯이 휘둘러 대고 있는 중이었다.

그런데 필괴의 그런 모습은 기묘할 뿐더러, 지켜보고 있는 사람까지 괜스레 어색하고 불편하게 만드는 데가 있었다.

다만 그럼에도 필괴의 그런 방식은 제법 빠르고 억센 데가 있어서 얕잡아보고 마구잡이로 밀고 들어오던 상대들은 어깨며 얼굴을 호되게 얻어맞고서 주춤주춤 물러났다.

"허!"

노일은 저도 모르게 탄식 겸 감탄을 뱉고 말았다.

어쨌든 필괴와 장삼 둘 다 노일이 생각했던 것 이상의 능력을 보여주고 있었다. 그러나 상대의 무리가 장복방에 소속된 자들임을 알아본 이상, 마냥 두고 볼 수만은 없었다.

"모두 멈추시오!"

노일의 그 외침은 나직하였으나, 무언지 모르게 사람을 위압하는 듯한 강한 힘이 녹아 있었다.

때문인지 자못 치열하게 돌아가던 싸움판이 일순 멈칫거리더니 이내 양측으로 갈리며 주춤주춤 거리를 벌렸다.

그런 중에 노일이 보니, 장복방 무리 가운데 서넛의 얼굴은 보기에도 확연할 정도로 터지고 깨진 모양새였다.

그런데 그때 무리 중에서 하나가 슬금슬금 뒷걸음질을 치는 듯하더니 갑자기 냅다 뛰는 것을 보고는 노일의 미간이 설핏 좁혀졌다.

그러나 노일은 묵묵히 지켜만 보았고, 그자가 골목 안쪽으로 사라지고 난 다음에야 천천히 장복방 무리에게로 다가섰다.

"아마도 서로 간에 무슨 오해가 있었던 모양인데, 어쨌든 다행히도 양측에 크게 다친 사람은 없는 듯하고, 더욱이 이미 밤이 깊었으니 각자 돌아들 가도록 합시다!"

노일의 말투가 점잖았고, 더욱이 일을 더 이상 확대시키지 말았으면 하는 뜻을 완곡하게 비추었다는 데서 장복방 무리는 오히려 새삼 분기가 치솟는 모양이었다.

"우리는 장복방에서 기껏 허드렛일이나 하는 하찮은 역부일 뿐인데, 그쪽 용호장에서는 칼 찬 무사들이 셋씩이나 달려들어 이처럼 개 패듯이 사람들을 패 놓았으니 우리는 그저 억울하고 원통할 뿐이오!"

장삼이 성큼 앞으로 나서며 뾰족하게 받았다.

"이자들이 지금 무슨 억지소리를 지껄이는 것이야? 그럼 그쪽에서 먼저 우리 용호장의 두 사람에게 몰매를 가한 일에 대해서는 뭐라고 할 것인가?"

장삼이 그대로 내쳐 달려들 기세이자 장복방 무리가 움찔하고 마는데, 노일이 나직이 호통 쳤다.

"그만해라, 장삼!"

이어 노일이 다시 장복방 무리를 향해 차분하게 말했다.

"어쨌든 오늘은 이만들 돌아가도록 하시오. 그리고 혹시 나중에라도 이 일로 인해 무슨 용무가 생기거든 그때는 이 사람 용호장의 노일에게 연락을 주시오."

차분하였으되 노일의 목소리에서는 문득 위엄이 서렸으므로 장복방 무리가 감히 더는 뭐라 대꾸하지 못하였다.

그런데 그때였다.

저쪽 골목의 어둠 속에서 다시 일단의 무리가 모습을 드러내고 있었다.

노일은 언뜻 긴장하지 않을 수 없었다. 그 무리의 수가 못 잡아도 이십여 명은 되는 데다가 하나같이 도검을 지니고 있는 까닭이었다.

장삼 또한 긴장을 떠올렸다가 언뜻 필괴를 돌아보고는 차라리 피식 실소하고 말았다. 이런 순간에도 무표정할 수 있는 건 역시 필괴뿐이었다.

6

"그쪽은 용호장의 누구요?"

갈색 장삼을 걸친 그 중년인의 목소리는 냉랭한 가운데 은은한 내력이 배어 있었다.

그것만으로도 노일은 상대가 자신보다는 적어도 한두 수쯤 윗줄에 있는 고수라고 인정하지 않을 수 없었다.

그리고 그런 정도의 고수라면 필시 장복방의 간부급에 드는 인물일 것이다.

노일은 애써 긴장을 추스르며 대답했다.

"소생은 용호장 반회당 소속의 노일이라고 합니다."

"음! 반회당이라면, 그… 육도반(陸度磐) 당주의 휘하인가?"

갈의 중년인의 말투가 대뜸 하대로 바뀌었지만, 노일은 차라리 반갑게 대답했다.

"그렇습니다. 바로 저희 당주님이십니다."

갈의 중년인이 가볍게 고개를 끄덕이고 나서 다시 말했다.

"나는 장복방의 순찰당주를 맡고 있는 금사덕(金思德)일세."

"아, 금 당주님이셨군요."

노일이 얼른 포권하며 예를 갖췄다.

그러나 금사덕은 딱히 답례를 하지 않았고, 여전히 냉랭한 투로 물었다.

"한데 자네들이 우리 방의 사람들을 크게 상하게 만들었다고 하던데, 도대체 어찌 된 일인가?"

그때, 골목 한쪽에서 상황의 추이를 지켜보고 있던 장복방의 역부들이 크게 외쳐 댔다.

"당주님! 억울하고 분합니다!"

"저희들의 복수를 해주십시오!"

힐끗 그쪽을 돌아보고 나서 다시 노일에게로 향하는 금사덕의 얼굴은 한층 더 차갑게 굳어 있었다.

"당주님, 이 안에는 그럴 만한 사정이……."

노일이 얼른 전후 사정을 설명하고자 했으나, 금사덕은 가볍게 손을 드는 것으로 간단히 노일의 말을 끊어버렸다.

"지금 벌어져 있는 상황만으로도 이미 모든 사실이 확연한

데, 무슨 구차한 변명을 하겠다는 것인가?"

금사덕의 얼굴에서 이윽고 분노의 기색이 뚜렷해졌다.

노일의 얼굴 또한 딱딱하게 굳고 말았는데, 그러나 장삼은 그런 노일의 얼굴에서 긴장이나 낭패보다는 문득 결기(決氣) 같은 것이 서리는 느낌을 받았다.

"소생은 용호장의 무사로서 곤란한 상황에 처했다고 구차한 변명이나 하는 사람은 아니올시다."

일변한 노일의 태도에 대해 금사덕이 오히려 당황스러운 기색이 되는 듯 보였다.

"뭐라?"

"그리고 일방의 당주쯤 되시는 분이라면 어떠한 상황에서든 먼저 최소한의 사리 분별을 따져 보려는 노력을 해봄이 당연하거늘, 어찌 이리도 쉽게 감정에 휘둘린단 말입니까?"

"어허! 이놈이… 이제 보니 말로 해서는 도저히 안 될 종자로구나!"

금사덕이 이윽고는 분기탱천하였지만, 노일 또한 막나가기로 작심을 한 사람 같았다.

노일이 문득 가라앉은 눈빛으로 금사덕을 직시하며 차분하게 물었다.

"하면, 당주께서는 어찌하겠다는 것입니까?"

그에 금사덕이 두 눈에 번뜩이는 정광을 떠올리며 차갑게 뱉었다.

"마음 같아서는 네놈을 당장 베어버리고 싶다만… 그러나 네놈 말마따나 일을 감정으로 처리할 수는 없는 법! 일단은 네놈들을 본 방으로 압송하여 본 방 사람들을 상하게 한 경위와 나아가 네놈들에게 또 다른 불측한 의도가 있는지를 조사할 것이다. 특히 네놈은 본 당주가 직접 취조를 할 것이니… 미리 말해두지만, 네놈은 사실 그대로를 불지 않고는 결코 배기지 못할 것이다."

그러나 노일은 조금도 흔들리지 않았고, 오히려 더욱 차분해졌다.

"당주의 그 말씀은, 조금만 살펴도 다만 우발적으로 일어났다는 것을 확연히 알 수 있는 이 문제에 대해 굳이 왜곡하여 확대시키겠다는 말씀으로 들리는데, 과연 그런 것입니까?"

금사덕이 차가운 미소를 떠올리며 노일에게 한 걸음을 더 다가섰다. 그리고 속삭이듯이 말했다.

"그럴지도 모르겠다."

이어 금사덕은 차갑게 호통 쳤다.

"놈! 더 할 말이 있으면 본 방의 취조실에서 하거라!"

그에 노일이 크게 외쳐 맞받았다.

"그리는 못하겠습니다! 사리를 따져 보더라도 소생이 당주의 일방적인 처사에 따라야 할 이유는 조금도 없으니, 정히 소생 등을 압송하시려거든 적합한 형식을 갖춰 먼저 우리 용호장의 허락부터 받도록 하시지요!"

장삼은 두 눈을 크게 뜨고 노일을 보고 있는 중이었다.

노일의 지금과 같은 모습은 지금까지 본 적이 없을 뿐더러, 상상조차 해보지 못했던 것이다.

"이놈이 끝까지? 여봐라! 이놈들을 제압하라!"

금사덕이 날카롭게 외쳤고, 즉시로 장복방의 무사들이 일제히 도검을 뽑아 들었다.

차창!

차차창!

이십여 자루의 도검이 일제히 뽑히는 서슬은 참으로 대단하여서 대번에 주변의 밤공기가 차갑게 얼어붙고 마는 듯했다.

"먼저 검을 뽑은 것은 당신들이오!"

노일이 우렁차게 외쳤다. 그리고 천천히 검을 뽑았다.

"제길!"

장삼이 나지막하게 투덜거렸다. 그러나 막상은 망설임 없이 검을 뽑았고, 그를 따라 필괴 또한 조심스럽게 검을 뽑아 들었다.

장복방의 무사들이 서서히 주변을 포위하며 다가들었기에 장삼은 필괴의 옷깃을 잡아끌어 재빨리 노일에게로 다가섰다.

"장삼! 필괴! 용호장의 무사답게 당당하게 싸우는 거다!"

세 사람이 자연스럽게 등을 맞댄 중에 노일이 결기를 담아 나직이 외쳤다.

장삼은 대답하는 대신에 힘주어 검자루를 고쳐 잡았다. 그리고 고개를 돌려 보지는 않았지만 필괴 또한 검자루를 고쳐 잡았다는 것을 느낄 수 있었다.

그사이 장복방의 무사들은 벌써 네다섯 걸음 가까이까지 접근해 들었다.

숨소리들이 빠르게 거칠어지기 시작했고, 상대를 겨누는 검극이 치열함을 더하면서 미세하게 떨렸다.

7

"멈춰라!"

골목 저쪽에서 한 소리 무거운 위엄이 담긴 호통이 터진 것은 그야말로 촉발 직전의 순간이었다.

어둠을 헤치며 다섯 사람이 이쪽을 향해 속보로 걸어오고 있는 중이었다.

장삼은 눈에 힘을 주고 바라보았다.

그리고 새로이 등장한 그들 다섯 명 중 선두에 선 중년인의 얼굴 윤곽을 확인하는 순간, 장삼은 가만히 숨을 불어 내쉬었다. 안도의 한숨이었다.

다만 그때 노일은 설핏 애매하다는 빛으로 되었다.

그러나 가볍게 스치듯이 시선을 마주친 평조 조장 사공
승(土供勝)이 그를 향해 엷은 미소를 보냈기에 노일은 흠칫
애매함을 거두고 얼른 앞으로 맞아 나가며 깊숙이 허리를
숙였다.

8

"누가 감히 용호장의 사람들을 핍박하는가?"
사공승의 호통은 나직했지만 자못 삼엄한 위엄이 서려 있
었다.
수하들이 주춤거리는 기색들이자, 잠시 지켜보고 있던 금
사덕이 가볍게 손짓을 해 일단 수하들을 한 발 뒤로 물렸다.
사공승이 노일의 앞으로 성큼 나섰다.
"이제 보니 장복방의 금 당주이셨군요!"
금사덕이 새삼스럽게 사공승의 아래위를 한번 훑어보고
나서 짐짓 느긋하게 물었다.
"그대는 용호장의 누군가?"
금사덕은 대뜸 하대를 했다.
용호장의 당주급 이상이라면 대부분 일면식이라도 있었거
니와, 그저 평범하기만 한 상대의 모습에서 그가 결코 용호장
의 요직에 있는 인물은 아니라는 판단에서였다.
과연 상대는 특별히 거부감을 표시하지 않고서 그저 담담

한 투로 대답했다.

"여기 이 세 사람은 소생의 수하들이올시다. 그러니 혹시 이 세 사람과 가릴 시비가 있다면 이제부터는 소생에게 따져도 좋을 것입니다."

금사덕은 언뜻 인상을 찡그렸다.

상대의 태도는 온순하였지만, 막상 그 말에서는 사뭇 오연(傲然)한 느낌이 풍긴 때문이었다.

"그같이 말하는 걸 보니 그대는 아마도 용호장의 간부 직위에 있는 것 같은데, 본 당주의 안목이 넓지 못한 까닭에 누구인지 여전히 알아보지 못하겠으니 참으로 유감이군."

상대가 신분을 밝히지 않은 것에 대해 금사덕은 언짢은 기분을 굳이 숨기지 않았다.

그러나 상대는 여전히 담담한 미소를 떠올리고 있을 뿐이어서, 금사덕이 이윽고는 안색을 냉랭하게 굳히며 차갑게 뱉었다.

"그대가 과연 용호장에서 어떤 위치에 있는지는 잠시 후에 다시 따져 보기로 하고… 그대는 좀 전에 우리가 용호장의 사람들을 핍박하고 있다는 듯이 말을 하였는데, 그대의 수하들이 먼저 본 방의 사람 여럿을 다치게 하였다는 사실을 알기나 하고 감히 그런 말을 한 것인가?"

사공승이 고개를 돌려 시선을 주었기에 노일이 얼른 나서며 자초지종을 말하였다.

"금 당주의 말씀은 사실과 많이 다릅니다. 사실은 처음에 장복방 측의 하인들이 다수로써 우리 장의 역부 둘에게 몰매를 가하고 있는 것을 저희 세 사람이 우연히 목격하고서 두 사람을 구해낸 것입니다. 그리고 일단의 상황이 마무리된 후에 금 당주께서 대거 수하들을 대동하고 오셔서는 일의 전후 사정을 다 살피시지도 않고서……."

노일의 말이 빠르게 이어지려는데, 사공승이 가볍게 손을 들어 제지하였다. 그리고 다시 금사덕을 향했다.

"간단히만 들어봐도 이 시비의 곡절은 어느 한쪽에만 일방적으로 책임을 물을 만큼 간단치는 않은 것 같소이다. 그리고… 아랫사람들 간에 이러한 시비가 벌어졌다면 일단은 시비를 멈추게 한 다음에 다시 합당한 절차를 밟아서 그 시시비비를 규명토록 하는 것이 윗사람으로서의 의당한 처사일 것입니다. 한데도 당주께서는 이처럼 장복방의 무사들을 대거 동원하여 불문곡직으로 소생의 수하들을 몰아세우기부터 하셨으니, 소생이 그것에 대해 핍박이라고 한 것이 크게 잘못된 말은 아니지 않겠소이까?"

사공승이 차근차근히 따지고 들었다.

"호! 그대의 혓바닥은 제법 매끄럽군. 그래, 그대의 말처럼 본 당주가 지금 그대들을 핍박하고 있는 것이라고 해두지. 그래서? 그래서 뭐가 어떻다는 것인가?"

금사덕이 불쑥 분노를 터뜨려 냈다.

그때 장삼은 사공승의―물론 그는 아직까지 사공승의 이름까지는 알지 못하고 있는 것이지만―얼굴에 문득 희미한 미소가 그려진다고 생각했다.

"그렇다면 소생은 수하들이 핍박받는 상황을 결코 좌시하지 않을 것이오!"

사공승의 표정과 말투는 처음과 크게 달라지지 않았지만, 지금 그의 대답은 사뭇 단호한 느낌이었다.

"흐흐흐! 결코 용납하지 않겠다? 과연 그럴 만한 능력은 되고?"

금사덕이 차갑게 뱉었고, 그에 대해 사공승의 미소는 좀 더 짙어졌다.

"적어도 수하에 대해 책임질 만큼은 되오!"

사공승의 천천한 말투에서는 문득 은연중의 오만함이 느껴졌고, 그러한 느낌을 받는 순간 금사덕은 반사적이다시피 검자루를 움켜잡아 갔다.

그때였다.

"당주께 두 가지의 제안을 드리겠소!"

사공승은 조금도 담담함을 잃지 않고 차분한 모습이었다.

더욱이 그때 사공승의 두 눈에 문득 감돌기 시작하는 은은한 정광은 그를 지금까지와는 확연히 다른 기도로 보이게 하는 데가 있어서 금사덕은 내심의 격동을 일단 억누르고 보지 않을 수 없었다.

"첫 번째 제안은, 지금 이 자리에서 양측을 대표하여 소생과 당주의 일대일 승부로 모든 시비를 가리자는 것이오! 사내답게! 무인답게 말이오!"

순간 금사덕은 저도 모르게 흠칫 당황하고 말았다.

"분명히 말하건대, 이 제안에 대해서 소생은 목숨을 걸겠소. 곧, 이 일의 모든 과정은 물론 이후에 벌어지는 모든 결과에 대해서도 목숨으로 책임을 지겠다는 말이오. 그렇듯이 금 당주 또한 이 제안을 받아들이려 한다면 마찬가지의 각오와 다짐을 분명히 밝혀야만 할 것이오! 이 자리에서의 승부의 결과로 모든 것을 종결시킬 것이며, 결코 어떤 식으로든 연계 또는 확대시키지 않겠다고 말이오!"

금사덕의 얼굴이 딱딱하게 굳어졌다.

"두 번째의 제안은… 소생과 금 당주가 이쯤에서 각자 돌아가 사실 그대로의 상황을 보고함으로써 양쪽의 책임 있는 결정자로 하여금 이 사태에 대해 합당한 판단을 내리도록 하자는 것이오!"

"음!"

"자! 금 당주는 두 가지 안 중 어느 쪽을 택하시겠소?"

당황하여 어물쩍하는 사이에 기세의 주도권을 빼앗기고 말았을 뿐만 아니라, 이윽고 상대에게 강요를 당한다는 느낌을 받는 순간 금사덕은 내부에 억눌러 두고 있던 것이 한꺼번에 폭발하고 말았다.

"이놈! 네놈이 감히 지금 나를 우롱하는 것이냐?"

짓씹어 뱉는 노호와 함께 한줄기의 검광이 번뜩였다.

스릉!

검이 집을 벗어나는 가벼운 마찰음은 뒤늦게 들렸다.

그것이 도화선이 되었다.

장복방의 무사들이 또한 일제히 도검을 뽑아 들며 사공승 등을 향해 겨누었다.

"결진(結陣)!"

동시이다시피 사공승의 나직한 명령이 있었고, 그때까지 미동도 없이 서 있기만 하던 네 명의 회색 무복의 무사가 사공승의 앞으로 미끄러져 나오더니 재빨리 사방의 방위를 점하고 섰다.

단순한 사방검진(四方劍陣)이었다.

그러나 그 네 명의 무사가 방위를 완성하며 검을 뽑아 드는 순간, 돌연한 예기가 주변으로 확 퍼져 나갔다.

검진 가까이의 장복방의 무사들이 움찔거리며 주춤주춤 두세 걸음씩을 뒤로 물러났다.

노일은 새삼 그 네 명의 무사를 자세히 보지 않을 수 없었다.

노일 자신과 같이 평조에 속해 있는 자들이었다.

그러나 안면은 있으되 서로 교분은 나누지 않는 사이였고, 평소 있는 듯 없는 듯한, 좋게 말하면 과묵하고 나쁘게 말하면 늘 뒤로만 빠져 있는 그런 자들이었다.

그때 사공승이 다시 명령을 내렸다.

"노일! 너희들은 후방을 맡으라!"

노일이 즉시로 움직여서 먼저 위치를 잡았고, 다시 눈짓으로 장삼과 필괴의 위치를 정해주었다.

전방에서는 사방검진이 날카로운 예기를 뿜어냈고, 중간에는 사공승이 위엄스럽게 중심을 점하였으며, 다시 노일 등이 삼각진의 형태로 후방을 지키는 형세였으니, 그럼으로써 제법 탄탄해 보이는 연쇄진 하나가 갖추어진 것이다.

"귀하는 누구인가?"

금사덕이 검을 겨눈 채로 무겁게 물었다.

그때 금사덕은 어느 정도 격동을 추스르고 평정을 되찾은 것처럼 보였고, 더불어 사공승에 대한 평가 또한 사뭇 달라졌음을 엿볼 수 있었다.

사공승이 희미하게 웃으며 대답했다.

"나는 용호장의 반회당 휘하 평조 조장 사공승(士供勝)이오!"

"반회당 휘하의 평조?"

모호한 금사덕의 반문에서는 그가 평조와 사공승이란 이름에 대해 사뭇 낯설어한다는 느낌이 그대로 녹아 있었다.

다시 찰나의 시간이 치열하게 흐를 때, 그 첨예한 침묵을 깬 것은 금사덕이었다.

스룽!

탁!

천천히 검을 거두어들인 금사덕이 차갑게 말했다.

"이 자리에서 더 이상 귀 측의 잘못을 추궁하지는 않기로 하겠다! 다만 이 일에 대한 시시비비는 우리 장복방 차원에서 다시금 세세히 따져 볼 것이며, 연후에 용호장으로 책임있는 시정 조치를 공식 요구하게 될 것이다!"

그에 사공승이 추호의 이의도 없다는 듯이 곧바로 고개를 숙여 보였다.

"금 당주의 결단에 감사드리오! 그리고 당주의 말씀은 소생이 장에 돌아가는 즉시 웃전에다 전해 올리도록 하겠소!'"

금사덕이 잠시 무표정하게 사공승을 응시하더니 이내 뒤돌아서며 나직이 명령했다.

"모두 돌아간다."

장복방의 무사들이 일제히 물러나기 시작했고, 멀찍이 떨어져 지켜보고 있던 장복방의 하인들 또한 서둘러서 그 뒤를 따랐다.

"그런데 어떻게 아시고 여기까지?"

장복방의 무리가 모두 사라지기를 기다렸다가 사뭇 조심스럽게 묻는 노일의 말에, 사공승은 대답하는 대신 희미한 미소만 지어 보였다.

아침에 노일이 와서는 오늘이야말로 장삼과 필괴가 어느 조로 배치가 될지 결정이 날 것 같다고 슬쩍 말을 비추었다.

장삼은 일단 무조(務組)는 피했으면 하고 바랐다.

무조라면 아무래도 여러 가지 일을 맡아서 바빠질 것이고, 더욱이 그 일이란 게 대개는 거칠고 살벌한 것이기 쉬우리라는 짐작에서였다.

사실 말이지, 그나 필괴나 마방의 역부로 있다가 어쩌다 보니 이곳까지 흘러들게 된 처지에서 무슨 대단한 출세와 영화를 바라볼 것인가?

역시 그저 몸 편하고 맘 편한 보직이 최고인 것이다.

그런 점에서 굳이 선택을 하라면 역시 평조였다.

다만 어젯밤 평조의 조장 사공승이 보여준, 아무래도 평조의 조장답지는 않다 싶은 사뭇 의외의 면모에 대해서는 아직까지도 뭔가 애매하기는 했다.

그렇게 장삼이 잠시 염두를 굴리는 모습에서 노일도 대강의 짐작을 한 모양이었다.

"하하하! 혹시 평조로 배치되기를 바라고 있다면 크게 기대하지 않는 게 좋을 것이다."

"예? 왜요?"

"평조는 안 그래도 유휴 인력이 넘쳐나는 곳이고… 더욱이 너희들은 특별히 실무 교육까지 받았으니 일단 평조는 아닐 것이라고 봐야 하지 않겠느냐?"

"그래도 무조로 가는 것은 싫습니다!"

장삼이 짐짓 막무가내로 되는 것에 대해 노일은 어쩔 수 없이 피식 실소하고 말았다.

"글쎄다. 그게 너희가 가고 싶다고 해서 가고 가기 싫다고 해서 안 가는 것은 아니질 않겠느냐? 아무튼 내 생각에는… 너희들은 아무래도 무조로 배치되기가 쉬울 것이다. 무조야말로 조만간에 가장 바빠질 곳이니 말이다."

그에 장삼이 어깨를 축 늘어뜨리며 짐짓 실망하는 모습을 보였는데, 그것이 그저 시늉이란 걸 알면서도 노일은 괜스레 미안한 마음이 되어 슬그머니 웃음기를 거두었다.

10

저녁 무렵에는 사공승이 노일과 함께 왔다.

어젯밤의 강렬했던 인상이 아직도 남아서인지 장삼에게 사공승의 모습은 새삼 달라 보였다.

별 특징 없이 평범함 모습에 또한 별 표정이 없는 얼굴이었으나, 그 무표정한 얼굴 중에 전과는 달리 무언가 위엄스러운 느낌이랄까, 혹은 어떤 깊고 차가운 기도 같은 것이 숨어 있는 것만 같았다.

“이제부터 너희 둘은 비조(備組) 소속이다!”

사공승이 불쑥 꺼낸 그 말에 대해 장삼이 언뜻 의아해하며 반문했다.

“예? 비조요?”

노일 또한 전혀 짐작하지 못한 듯이 놀라고 의아한 기색이 되어 있었다.

사공승이 싱긋 웃으며 노일을 보았다.

“그리고 노일!”

“예, 조장님!”

“자네도 이번에 비조로 편입되었네.”

“예?”

반문하는 노일은 차라리 얼떨떨해 보였다.

그리고 노일이 이내 다시 애매한 표정이 되는 것에 대해 사공승이 그의 내심을 읽은 듯이 담담히 말했다.

“비조는 이미 활동 중일세. 어젯밤에 자네가 보았던 네 명도 사실은 비조의 조원들이지.”

순간 노일은 그제야 한 가지의 추가적인 사실을 눈치채고는 크게 놀라며 물었다.

“그렇다면 조장님께서……?”

사공승이 천천히 고개를 끄덕였다.

“그렇다네. 내가 바로 비조 조장일세.”

“아!”

노일은 벌린 입을 다물지 못했다.

그리고 노일이 그렇게 넋을 놓는 모습을 장삼은 처음으로 보았다.

11

"비조가 뭐하는 곳입니까?"

장삼의 질문에 노일은 언뜻 당황스럽지 않을 수 없었다.

사실은 그로서도 비조에 대해서는 아직까지 설명해 줄 말이 그리 많지가 않았다.

방금 전까지만 해도 그 역시 반회당에 조만간 하나의 조가 더 만들어질 예정이라고만 알고 있었으니, 아직까지 어떤 역할을 맡을지도 딱히 정해진 바 없고, 그러니 당연히 그 조장과 조원조차도 정해지지 않은, 그래서 그 이름도 임시로 비조(備組)라고 붙여 놓았다는 그런 정도에 불과했다.

그런데 그 비조가 이미 활동을 하고 있는 중이라고 하고, 더욱이 그 조장이 바로 그가 평조 소속으로서 조장으로 모셔 온 사공승이라니!

노일은 새삼 혼란스러워지고 말았다.

第十二章
초대

1

이레마다 있는 확대 간부회의가 열리는 중이라 용호장의 대의사청(大議事廳)에는 지금 당주급 이상의 간부들과 각 당 예하의 국주(局主), 단주(團主), 그리고 조장(組長)들까지 모두 모여 있었다.

"국(菊) 당주, 달리 공지할 사항이나 토의에 붙여야 할 사안이 더 있소?"

의례적인 안건들이 논의되고 난 후, 장주 서량이 내당 당주 국조일을 향해 물었다.

"예, 장주님. 안 그래도 보고 겸 논의에 붙여야 할 것으로 판단되는 사안이 한 가지 있습니다."

국조일이 말끝에 눈치를 보듯이 슬쩍 부장주 주연문을 보았기에, 좌중의 시선이 일시 그에게로 쏠렸다.

주연문이 설핏 이마를 찡그리고는 가볍게 국조일을 흘겼다.

주연문의 그런 모습에서 좌중의 대부분은 대충이나마 짐작해 볼 수 있었다. 그가 이미 국조일이 말하려는 내용을 알고 있으며, 나아가 그 내용에 대해 상당히 못마땅해하고 있다는 사실을 은연중에 내비치고 있음을.

"사실은 회의에 들어오기 전에 장복방의 총당(總堂) 당주가 저희 내당으로 내방을 했습니다."

이어진 국조일의 말에 대해 서량이 설핏 관심을 보였다.

"그래요?"

국조일이 서량을 향해 고개를 숙여 보인 후에 다시 말을 계속했다.

"닷새 후쯤에 그쪽 순찰당에서 신참례를 할 예정인데, 거기에 우리 장의 몇몇 사람을 초대하고 싶다고 했습니다."

순간 반회당주 육도반은 지그시 이마를 찌푸려 보였다. 무조 조장 경대우가 흠칫한 표정인 채로 급한 시선을 보내온 데 대해서였다.

"신참례에 우리 쪽의 사람을 초대하고 싶다?"

서량이 가볍게 고개를 갸웃하며 반문했다.

"예! 그쪽에서 얘기하기를, 우리 쪽 반회당의 실무 선과는 이미 그런 데 대해 대강의 합의가 있었다고 합니다.”

“호오?”

서량이 힐끗 육도반 쪽을 돌아보았다.

그러나 육도반이 표정을 굳힌 채로 입을 열겠다는 기색이 아닌지라, 그는 다시 국조일을 향하며 물었다.

“그래, 그쪽에서 초대하고 싶다는 우리 쪽 사람이 누구누구요?”

국조일이 또한 힐끗 육도반 쪽을 보고 나서 대답했다.

“반회당의 경대우 조장과 사공승 조장, 그리고 노일과 필괴, 장삼입니다.”

“흠! 반회당의 조장과 조원들이라……. 한데 필괴와 장삼이라면……?”

“예! 얘기를 듣고 보니 필괴는 추괴를 말하는 것이었는데, 추괴가 얼마 전에 반회당으로 소속을 옮기면서 반회당 자체적으로 그렇게 부르고 있는 것을 저쪽에서도 그렇게 안 모양입니다. 그리고 장삼은 추괴와 함께 마방에서 역부로 근무하다가 이번에 같이 반회당으로 적을 옮긴 자입니다.”

“그렇군. 한데, 저들이 자신들의 신참례를 하면서 왜 우리 사람들을 초대하겠다는 것이오? 더욱이… 반회당의 조장들을 특별히 초대하려는 것까지는 또 그렇다고 쳐도, 노일 등의 조원들까지 굳이 지목하여 초대하겠다는 것을 보면 필시 무슨 까닭이 있을 법한데?”

서량의 그 물음에 대해서는 국조일이 다시금 육도반 쪽을 흘깃 보고 나서 대답을 했다.

"저쪽의 얘기를 들어보니, 근자에 우리 반회당과 저쪽 순찰당 사이에 두어 번의 사건이 있었던 모양입니다."

"사건?"

"예. 그런데 저쪽의 주장으로는, 그 사건 모두 전적으로 우리 쪽에서 원인 제공을 하였다는 것이고, 그로 인해 저쪽 무사들의 감정이 상당히 격앙되어 있는 중이라고 합니다."

그때 육도반이 더는 참지 못하겠다는 듯이 불쑥 입을 열었다.

"양측 간에 사소한 말썽이 있긴 했으나, 저희 쪽에서 전적으로 원인 제공을 하였다는 것은 전혀 사실과 다릅니다. 오히려 그쪽에서 먼저 도발을 한 측면이 강합니다."

그때였다.

"어허!"

누군가 뱉어낸 강한 질책성의 호통에 육도반이 흠칫하며 고개를 돌려보니 바로 부장주 주연문이었다.

그리고 쏘아보는 듯한 주연문의 눈빛에서 못마땅하다는 기색이 역력하였기에 육도반이 설핏 당혹스러운 기색이 되고 마는데, 그때 국조일이 눈치껏 끼어들었다.

"어쨌든 저쪽에서 표명하기로는… 일의 시시비비를 따지기 이전에, 양측 간의 긴장과 갈등의 소지를 이대로 방치해

두었다가는 자칫 더 심각한 상황으로 진전될 가능성을 배제
할 수 없으니, 그러한 상황을 미연에 방지해 보자는 취지에서
이번 자신들의 신참례가 있는 김에 우리 쪽의 사건 관련자들
을 초대하는 것이라고 했습니다. 즉, 그러한 자리를 빌려서
양측의 갈등이 자연스럽게 풀어지기를 기대한다는 것이지
요.”

그리고 국조일이 잠깐 숨을 돌리려는데, 육도반이 잔뜩 미
간을 찌푸린 채로 말을 하고 나섰다.

“그건 말이 되지 않는 소립니다. 저들에게 정말로 그런 뜻
이 있다면 사건과 직접 관련된 양측의 당주급 정도가 따로 만
나서 서로의 입장과 의견을 조율하고 해결책을 강구하는 것
이 옳은 방법이지, 이처럼 갑작스럽고도 엉뚱한 초대로, 더욱
이 우리 당의 말단 조원들까지 굳이 부르겠다는 것은 도무지
사리에 맞지가 않습니다. 짐작해 보건대, 초대를 핑계 삼아서
일전에 당했던 수모를 어떻게 한번 갚아보겠다는 유치한 수
작일 수도 있다는 생각마저 듭니다.”

국조일이 슬쩍 미간을 좁히며 말을 받았다.

“그러나… 저쪽의 말로는 추괴… 필괴야말로 지난 두 번의
사건 모두에서 중심이 되는 위치에 있었으니 꼭 이번 초대에
응해주기를 바란다고 특히 강조를 하였소.”

그에 육도반이 버럭 목소리를 키웠다.

“아니, 국 당주는 지금 필괴가 누구인지 몰라서 하는 말씀

이오? 불과 얼마 전까지만 해도 마방의 역부로 있던 처지가 아니오? 그런 아이더러 무슨 사건의 중심이니 뭐니 하는 소리가 도대체 가당키나 하다고 생각하시오?"

사뭇 거칠게 따지고 드는 육도반에 대해 국조일이 곤혹스러워하며 쓴웃음을 지을 때였다.

"육 당주, 당신이야말로 지금 큰소리칠 입장이라고 생각하시오? 당신 말대로 저쪽에서 유치한 수작을 부리려 한다고 칩시다. 그러나 당신이 평소 수하들에 대한 관리를 잘했다면 이런 분란 자체가 없었을 것 아니오?"

부장주 주연문이었다.

면전에다 대고 하는 힐난에 육도반의 얼굴이 대번에 벌겋게 달아올랐다.

"그렇지 않소? 그 추괴인지 필괴인지 하는 자는 품행이 불량하여 징계 차 반회당으로 보내진 것인데, 그렇다면 좀 더 유의하여 계도를 했어야지, 도대체 수하 관리를 어떻게 했기에 이런 분란을 일으키도록 만든 것이오?"

내친김이라는 듯이 주연문이 더욱 매몰차게 몰아붙일 때였다.

묵묵히 지켜보던 장주 서량이 주연문을 향해 가볍게 고개를 끄덕여 일단 만류하며, 다시 조금 겸연쩍다는 기색으로 되며 입을 열었다.

"생각해 보니… 일전에 육 당주에게 이와 관련한 보고를 받은 적이 있긴 한데… 그때는 나도 별로 대수롭지 않다 여겨 그냥 흘려 버리고 만 것 같소.”

주연문이 곧바로 무슨 말인가를 하고 싶어하는 것을 못 본 체하며 서량은 짐짓 좌중을 추슬렀다.

“자자! 우리 내부의 공과(功過)는 나중에 다시 따져 보기로 하고, 우선은 기왕에 벌어진 상황에 대한 대처 방안부터 논의를 해보도록 합시다. 육 당주.”

“예, 장주님!”

자리에서 벌떡 일어서며 대답하는 육도반에 대해, 서량이 입가에 슬쩍 엷은 미소를 흘렸다.

“이 상황에 대해 어떻게 대처하는 게 좋을지 육 당주의 생각부터 한번 들어봅시다.”

그에 육도반이 고개부터 숙이고 난 다음에 무겁게 입을 뗐다.

“먼저 저의 불찰로 인해 이러한 분란이 벌어진 데 대해 송구하기 그지없습니다. 그러나 어쨌든 일이 이렇게 되었고, 또한 저쪽에서 저희 반회당을 지목하였으니 믿고 맡겨주신다면 책임지고 만반의 조치를 하도록 하겠습니다!”

잔뜩 쏘아보고 있던 주연문이 대번에 목소리를 높였다.

“책임지고 조치하겠으니 그저 믿고 맡겨달라? 이거 참! 그러니까, 도대체 어떻게 조치를 하겠다는 얘기요?”

육도반이 애써 차분하게 대답했다.

"어쨌든 저쪽에서 직접 찾아와 협조를 구하는 형식을 취했으니, 이번에는 제가 가서 저쪽의 순찰당주나 총당주를 만나겠습니다. 물론 초대에 응할 의사가 없음을 분명히 밝히고 돌아올 것입니다."

"허허! 그래서? 그렇게 찾아가서 당당하게 거절하고 돌아오면 다 끝나는 거요? 모든 것이 깨끗하게 해결되는 거냔 말이오? 허허, 참!"

주연문이 실소를 섞어가며 반문한 데 대해, 육도반의 눈빛이 문득 서늘한 빛을 띠었다.

그러나 힐끗 서량 쪽을 스쳐 보고, 마침 자신을 보고 있는 장주의 담담한 눈길과 마주치고 나서 육도반은 이내 눈빛의 냉기를 누그러뜨렸다.

짧은 순간 육도반의 그런 변화는 전혀 알아채지 못하고서 주연문은 여전히 강한 어조로 말을 뱉었다.

"육 당주, 지금 혹시 당신 혼자의 자존심만 세우면 되고, 우리 장의 명예나 공익 따위는 어떻게 되어도 상관없다고 생각하는 것은 아니오?"

순간 육도반의 표정이 다시금 설핏 굳어들었다. 그러나 그는 이번에도 애써 표정을 바로 하였다.

"그럴 리가 있겠소이까? 이 육도반, 지금껏 장의 명예나 공익에 앞서 제 개인의 자존심을 세운 적은 맹세컨대 단 한 번도 없소이다!"

주연문의 목소리가 더욱 날카로워졌다.

"호, 그래요? 그렇다면 기왕 저쪽을 찾아가는 김에 사과를 하고 오는 것은 어떠시오?"

"사과라니요? 잘못한 것이 없는데 무엇에 대해 사과를 하라는 것입니까?"

육도반의 목소리는 차라리 담담해졌다.

그리고 그것에 대해 주연문은 이윽고 울화가 폭발하고 만 듯했다.

"어허! 이렇게 말이 안 통해서야, 원! 이게 육 당주가 책임을 지겠다고 해서 간단히 책임을 질 수 있는 일이 아니란 걸 그렇게도 모르겠소? 나, 참! 그래, 그런 것이야 또 모른다고 칩시다. 그렇더라도 육 당주 개인의 자존심보다 장의 명예와 공익을 우선한다고 방금 전에 스스로의 입으로 말하지 않았소? 바로 그때문에라도 사과를 하라는 거요. 육 당주가 잘못한 것이 없더라도, 실무 차원에서 저쪽에 대해 사과를 하는 것이야말로 바로 장의 명예와 공익을 지키는 일이 된다는 말이오. 그래도 모르겠소? 허허! 다시 말해, 그 사과로 인해 육 당주 개인의 체면은 다소간 깎일지 모르겠으되, 우리 장 차원에서는 오히려 대범하다는 평가를 들었으면 들었지 결코 체면이 깎이거나 손해를 볼 일은 없을 거라는 말이오. 이제 내 말뜻을 좀 알겠소?"

빠르게 쏘아붙인 끝에 주연문은 스스로의 흥분을 추스르

기 힘들었던지 잠시 숨을 가다듬었다.

그 틈을 타서 국조일이 슬쩍 끼어들었다.

"제 생각도 부장주님과 같습니다. 사실 이번 상황 자체는 그리 크게 문제가 될 것은 없어 보입니다만… 어쨌거나 좋은 게 좋다고 가능하면 탈 없이 원만히 수습하는 쪽으로 가닥을 잡아가는 게 좋지 않겠습니까? 그리고 반회당과 저쪽 순찰당 간에 벌어진 예의 사건들에서… 어쨌든 우리 쪽에도 전혀 잘못이 없다고 할 수는 없는 노릇이고, 또 그걸 저쪽 입장에서 보자면 감정이 격해질 여지가 있을 수도 있음이니…….

그쯤에서 국조일이 슬쩍 주연문과 서량을 살폈는데, 마치 그들이 자신의 말에 대해 이의를 가지는 기색인지를 살피는 것처럼 보였다.

그리고 국조일은 좀 더 여유있는 투가 되었다.

"어쨌거나 저쪽에서 먼저 명분을 세워 초대를 해왔으니만큼 우리 쪽에서도 초대에 응할 것까지는 아니더라도… 실무선에서 적당히 형식을 갖추어 유감의 뜻 정도는 표하는 게 무난해 보입니다. 그리고 부장주님께서 적시하셨다시피 그런 것이 비록 표면적으로는 우리 쪽에서 숙이는 모양새가 될지 몰라도 실상은 오히려 통 큰 배포와 관용의 모습을 보이는 것이니, 길게 봐서는 손해보다는 분명히 이익이 될 것입니다."

그때였다.

"내 생각은 다르오!"

육도반이 불쑥 말을 받고 나섰는데, 그 기색에서부터 단호한 의지를 읽을 수 있었다.

국조일이 설핏 곤혹스러운 표정이 되고 말 때였다.

"토의를 통해 타당한 방안이 도출되었으면 당연히 따라야 하는 것이지, 생각이 다르긴 뭐가 다르단 것이며, 다르다면 또 뭘 어떻게 하자는 거야? 하여간에 무인들이란……! 어째 매사에 되지도 않은 똥고집들만 내세우는지, 원!"

주연문이었다.

그런데 잔뜩 날이 선 주연문의 그 말에는, 서열상 감히 논의에는 끼지 못하고 참관만 하고 있다가 졸지에 같은 범주로 매도당하고 만 수경단주 윤걸이며, 용호당의 근행단주와 외행단주, 그리고 반회당의 경대우와 사공승 등, 소위 '무인' 들의 안색이 일순 죄다 굳어지고 말았다.

그때, 육도반은 주연문을 향해 시선을 고정시키며 가만히 응시하는 모습이었는데, 육도반의 그런 모양이 아주 확연하였기에 주연문 또한 마주 육도반을 노려보았다.

서량의 미간이 슬며시 찌푸려졌다.

그러나 그는 무슨 뜻에선지 그 두 사람의 날카로운 대치를 굳이 제지하려고 하지는 않았다.

한순간 육도반의 눈빛 깊숙한 곳에서 삼엄한 정광이 번뜩였고, 주연문은 감히 버티지 못하여 급하게 시선을 돌려 버리고 말았다. 그것이야말로 방금 그가 간단히 매도해 버린 바

있는 바로 무인의 눈빛이었다.

곧바로 안광을 갈무리한 육도반이 좌중을 향해 차분하게 입을 열었다.

"저희 반회당은 그동안 준비해 온 신 사업의 본격적인 진출을 목전에 두고 있습니다. 다들 아시다시피 경호 용역 사업입니다. 그리고 그 사업에서 가장 중심적인 역할을 해야 할 이들은 당연히 저희 당의 무사들입니다."

육도반이 잠시 말을 멈추고 천천히 좌중을 돌아보았다.

그러나 누구도 당장에는 그의 말에 토를 달고 나서려는 이가 없었으며, 주연문 또한 굳은 표정인 채 시선을 바닥으로 떨궈놓고 있는 중이었다.

"무사들에게 무엇보다 중요한 것은 바로 사기라고 할 것입니다. 그런데 사업을 시작도 하기 전에, 그것도 이제부터 서로 치열한 경쟁을 펼쳐 나가야 할 장복방에 대해 머리를 숙이는 모습부터 보인다면 향후 우리 무사들에게 주어진 임무를 당당히 수행하라고 어떻게 독려할 수 있겠습니까? 그리고… 무인들의 사기란 한번 꺾이고 나면 다시 살리기가 몹시 어려운 것입니다."

육도반이 말을 맺기를 기다렸다가 서량이 좌중을 향해 말했다.

"자! 육 당주와 부장주, 그리고 국 당주의 의견은 들어보았고, 또 다른 의견이 있으면 말씀들 해보시오!"

그러나 아무도 나서려는 사람이 없었기에 서량은 곧바로 상황 정리에 들어갔다.

"개진된 의견들 각각에 나름의 일리가 있다고 하겠소! 그러니 이렇게 결론을 냅시다! 육 당주!"

장주의 부름에 대해 육도반이 다시 자리에서 일어서는 것으로 대답을 대신했다.

"본 건에 대해서는 육 당주가 주관하여 대응 조치를 하도록 하시오!"

"예, 장주님!"

육도반이 즉시 복명했다.

주연문은 불만스럽다는 기색이었으나, 장주가 결정하여 내리는 지시에 대해 토를 달지는 못했다.

서량이 좌중을 한번 돌아본 다음에 다시 육도반을 향하며 덧붙였다.

"다만 육 당주는 오늘 논의에서 나온 의견들에 대해 충분히 숙고하고 반영할 것은 반영하여야 할 것이오!"

"예, 장주님!"

육도반이 이번에도 조금의 주저함도 없이 복명했고, 서량의 입가에는 언뜻 엷은 미소가 스쳤다.

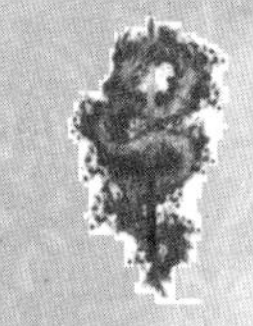

第十三章
일리광장(一理廣場)

1

"장복방 측에서 신참례의 장소가 변경되었다고 통보를 해 왔습니다."

무조 조장 경대우의 보고에 반회당주 육도반은 와락 미간부터 찌푸렸다.

"지난번 우리가 방문했을 때는 그냥 장복방 인근에서 간단히 치르겠다고 하더니, 하루 전날 갑자기 장소를 변경하였다? 하여간에 엉뚱한 짓은 골고루 다 하는군!"

그러고 난 다음에야 육도반이 다시 물었다.

"그래, 어디라고 하던가?"

"일리광장(一里廣場)입니다."

“일리광장이라면……?”

육도반이 반문을 해놓고는 이내 다시 물었다.

“황색지대 초입에 있는 그 넓은 공터 말인가?”

“그렇습니다.”

“허허! 황색지대라니? 이거 진짜로 무슨 꿍꿍이가 있는 거 같지 않나?”

경대우는 대답을 내놓지 못했고, 육도반은 한껏 미간을 좁혔다.

2

다음날 오후.

육도반 외 다섯 명은 시간에 맞춰 일리광장으로 향했다.

그런데 일리광장에 도착했을 때, 그들은 놀라지 않을 수 없었다. 미처 생각지 못한 광경이 그들 앞에 펼쳐져 있었기 때문이다.

광장의 군데군데에 사람들이 작게는 네다섯씩, 많게는 스물이 넘는 단위로 모여 있었는데, 그 합친 숫자가 언뜻 대중하기에도 근 이백에 가까웠다.

물론 사람들 중에는 장복방도들과 혹은 그들이 동원한 인원도 제법 있겠지만, 그래도 이백이 넘는 인원이 모일 것이라고는 미처 생각해 보지 못한 일이었다. 기껏 일개 당의 신참례에 말이다.

예상 밖의 상황이 벌어질 수도 있으리라는 각오야 이미 하고 온 것이나 처음부터 이런 광경을 접하게 되자 육도반은 당황스럽기도 하고 한편으로 뭔가 찜찜하기도 해지는 것이었다.

그때였다.

광장의 안쪽으로부터 두 명의 무사가 잰걸음으로 다가왔는데, 장복방의 무사들이었다.

육도반 등이 그 둘의 안내를 받아 사람들 사이를 가로질러 광장 앞쪽으로 나아가는 중에, 특히 눈에 띄는 게 하나 있었다.

광장의 중간 정도 되는 지점에 가로와 세로가 각각 삼 장 정도나 되는 정사각형 모양의 땅 사방에다 빙 둘러서 어른 허리 높이의 나무 말뚝 수십여 개를 박고, 다시 그것들에다 몇 겹의 굵은 줄을 둘러쳐 놓은 모습이었는데, 그 주변으로는 장복방의 무사 십여 명이 둘러서서 사람들의 접근을 막고 있었다.

광장의 가장 안쪽은 나지막한 언덕에 면해 있었는데, 지금 거기에는 커다란 천막이 하나 설치되어 있고, 그 아래에 몇 개의 탁자와 의자가 놓여 있었다.

의자에 앉아 있던 십여 명 중 육도반을 보고 반갑게 맞아 나오는 이가 있었다.

“어서 오시오, 육 당주!”

갈색의 장삼을 걸친 차가운 인상의 중년인, 바로 장복방의 순찰당주 금사덕이었다.

육도반과 몇 마디 의례적인 인사말을 주고받는 중에 금사덕의 시선이 흘깃 쏘아보듯이 사공승에게로 향했다.

사공승이 담담한 얼굴로 가볍게 고개를 숙여 보였다.

그러나 금사덕은 사공승의 묵례를 못 본 체하며 다시 육도반에게로 시선을 돌렸다.

3

“소생 장복방의 순찰당주 금사덕이올시다!”

천막 앞에 놓인 나지막한 대(臺) 위로 오른 금사덕의 목소리가 자못 우렁찼다.

“와~!”

광장 앞쪽에 모여 있던 사람들 중에서 짧은 환호와 함께 박수 소리가 일었고, 금사덕은 가볍게 허리 숙여 화답한 다음에 말을 이어나갔다.

“오늘 우리 당의 신참례 행사에 이처럼 많은 분들이 나와 주신 데 대해 먼저 심심한 감사를 드리는 바입니다!”

다시 앞쪽에서 박수 소리가 일었으나 금사덕이 슬쩍 한 손을 들어 보이자 곧바로 조용해졌다.

"그리고 오늘의 이 자리를 빛내주시기 위해 특별히 왕림해 주신 손님 몇 분을 여러분께 소개하겠습니다! 먼저 용호장 반회당의 육도반 당주께서 친히 와주셨습니다!"

금사덕이 짐짓 과장된 손짓으로 육도반 쪽을 가리키며 외치자, 앞쪽의 사람들 중에서 다시 몇 마디의 환호성과 함께 박수 소리가 났다.

갑작스럽고도 일방적인 금사덕의 행동에 육도반이 일시 당황스러운 기색이 되고 말았으나, 어쨌든 많은 사람들 앞에서 소개를 받았으니 가볍게나마 예를 표하지 않을 수는 없었다.

그리하여 육도반이 자리에서 일어나 광장의 사람들을 향해 포권을 취해 보이고 다시 자리에 앉는데, 금사덕이 다시 외쳤다.

"또한 육 당주 휘하의 두 분 조장과 세 분의 무사가 함께 와주셨습니다!"

그에 경대우와 사공승이 어쩔 수 없이 자리에서 일어서서 앞을 향해 포권의 예를 취했고, 노일과 장삼, 그리고 필괴가 또한 어정쩡한 채로 조장들을 따라 했다.

"와아~!"

이번에도 예외 없이 환호성과 함께 박수 소리가 났는데, 연이은 그 소리가 사뭇 성가시기도 해서 육도반은 가볍게 이마를 찌푸리고 말았다.

많아야 이십여 명 정도가 만들어내는 소리였는데, 필시는
분위기를 주도하기 위해 장복방에서 미리 준비를 시켜놓은
것일 터였다.

4

"다음으로는 오늘 신참례를 치를 주인공을 부르도록 하겠
습니다. 장복방 순찰당의 신참은 앞으로 나오라!"

금사덕이 외치며 가리키는 곳으로 사람들의 시선이 일제
히 쏠린 중에, 광장 좌측으로 연결된 소로(小路)로부터 십여
명의 사내가 속보로 달려나왔다.

사내들은 예의 그 말뚝과 줄로 구획된 정방형의 공간에 당
도하자 일제히 흩어지며 공간의 경계를 지키는 형태로 늘어
섰다.

다만 그들 중의 하나만이 본래의 자리에 우뚝 서 있었는데,
우선 눈에 띄는 것은 그자가 상당한 덩치라는 점이었고, 다시
특이한 것은 얼굴에 두 눈만 제외하고 입 위쪽의 얼굴 전부를
가린 검은색의 가면을 쓰고 있다는 점이었다.

그때 가면의 사내가 훌쩍 위로 도약하더니, 가볍게 줄을 뛰
어넘어 정방형 공간의 안쪽으로 내려섰다.

"와아아~!"

덩치에 어울리지 않는 사내의 날렵한 도약에 이번에야말

로 광장의 사람들이 일제히 환호성을 질렀고, 그로 인해 일대
는 대번에 들뜨고 마는 듯했다.

잠시 환호성이 잦아들기를 기다렸다가 금사덕이 다시 외
쳤다.

"우리 순찰당의 신참례는 먼저 고참이 신참의 가면을 벗겨
주는 것으로 시작됩니다! 곧 우리 당의 새로운 식구가 될 사
람이라는 것을 모두에게 고하는 것입니다! 이어서 고참과 신
참이 가볍게 한 수를 겨루게 되는데, 이는 신참이 과연 저희
당의 일원이 될 자격을 갖추었는지를 모두가 보는 앞에서 간
단히 증명해 보이는 의미입니다! 그러나……!"

그 대목에서 금사덕은 짐짓 말을 멈춤으로써 사람들의 이
목을 더욱 끌어들이는 노련함을 보였다.

"오늘의 신참례에서는 지금까지의 그 같은 관례를 다소 바
꾸어보고자 합니다!"

경대우가 찌푸린 얼굴로 옆자리의 사공승을 돌아보며 속
삭이듯이 투덜거렸다.

"지금까지 장복방에서 이런 형태의 신참례를 했다는 소리
조차 들어본 적이 없는 터에, 다시 무슨 관례를 바꾸고 말고
한다는 건지… 도대체 무슨 꿍꿍이인지 모르겠군요?"

사공승이 또한 설핏 표정을 굳히고 있었다. 그러나 그는 금
사덕의 뒤통수에만 시선을 고정시키고 있을 뿐, 경대우의 말
에 대해서는 못 들은 체 아무런 반응을 보이지 않았다.

금사덕이 다시 외치고 있었다.

"이는 보다 특별한 의미를 부여하기 위해서입니다! 사실은 우리 순찰당 단독으로는 감히 이렇게 해볼 생각을 내지 못할 것인데, 오늘 기꺼이 이 자리를 빛내주러 와 주신 여러분의 뜨거운 성원에 힘입어 이러한 뜻 깊은 시도를 해보고자 하는 것입니다!"

"와아~!"

"와아아~!"

사람들이 사뭇 열렬한 호응 속에, 금사덕의 외침은 더욱 호기롭게 이어졌다.

"사실 우리 장복방과 용호장은 대도성의 각종 상권을 놓고 서로 다투는 경쟁 관계라고 하겠습니다. 그러나 그러한 경쟁은 어디까지나 상도의에 준한 것이어야 하며, 나아가 장래에 대도성을 벗어나 넓은 천하로 각자의 사업을 확장, 발전시켜 나가기 위해서는 오히려 상호간의 공고한 협력 관계를 구축하는 것도 반드시 필요하다고 할 것입니다. 용호장의 육 당주님 이하 여러분이 오늘 이 자리에 기꺼이 참석해 주신 것도 그와 같은 취지에서일 것이라고 믿으면서 본론을 말씀 드리자면, 저는 이제 용호장의 육 당주께 정중하고도 진심 어린 청 한 가지를 드리고자 하는 것인데, 그 청이란 바로……."

"제길!"

육도반은 나직이 뱉고야 말았다. 무엇이 어떻게 돌아가는

지 이제야 짐작할 것 같았기 때문이다.

그리고 그의 짐작은 틀리지 않았다.

"우리의 신참례에 직접 참여를 해주십사 하는 것입니다."

"와아~!"

"와아아~!"

열렬하다 못해 맹목적이다시피 한 환호와 박수 소리가 다시 터져 나오고 있었다.

5

"대체 이게 무슨 법도요? 사전에 일언반구도 없다가, 갑자기 이런 일을 벌이는 속셈이 도대체 뭐요?"

일장연설을 마치고 자리로 돌아오는 금사덕의 앞을 가로막으며 육도반이 무겁게 따졌다.

그러나 금사덕은 짐짓 정중하게 받았다.

"아무래도 제가 너무 경술하고도 무리한 청을 드렸나 봅니다. 그러나 저는 다만 이번 기회를 빌려 작게는 우리 두 당의 친목을 두텁게 하고, 크게는 장복방과 용호장이 보다 대의적인 관계를 구축해 나가는 계기를 한번 마련해 보고자 하는 순수한 취지에서……."

"그만두시오! 기껏 사람을 초대해 놓고 이렇게 일방적으로 일을 벌이는 것이, 무슨 친목이며 무슨 대의적인 관계 운운이라는 말이오?"

육도반이 굳은 얼굴로 차갑게 일갈하였다.

"허허! 이것 참!"

금사덕은 짐짓 당혹스럽다는 시늉이었으나, 잠시뿐이었다.

"그러나… 저렇게나 많은 사람들 앞에서 이미 말을 뱉어버렸으니… 제 입장을 봐서 당주께서 조금만 성의를 보여주시면 안 되겠는지요? 물론 당주께서 직접 나서주실 것은 감히 기대하지 못하겠고, 수하 중에서라도…….."

그런 데야 육도반이 이윽고 참지 못하여 버럭 호통을 내지르고 말았다.

"뭐라? 성의? 이자가 정녕……!"

육도반이 당장에 일격을 날릴 기세인데, 곁에 섰던 경대우가 기겁하며 붙들어 말렸다.

천막 안의 분위기가 일순 삼엄하게 돌아갔고, 그런 분위기를 눈치챘는지 광장 앞쪽의 사람들 중에서도 웅성거림이 일기 시작했다.

육도반이 격노를 추스르는 중인데, 대신 사공승이 한 발 앞으로 나서며 일단 상황을 진정시켰다.

"우리끼리 의논을 해볼 것이니 잠시 기다려 주시오!"

그 말에 대해 금사덕이 힐끗 육도반의 눈치를 살폈다. 그리고 육도반이 격앙되어 있는 중에도 사공승의 말에 대해서는 별 이의가 없는 듯한 데 대해 언뜻 이채를 떠올렸다.

"알겠소. 그러나 많은 사람들이 지금 우리를 지켜보고 있으니만큼 부디 긍정적인 대답이 있기를 기대하겠소."

하고는 슬쩍 곁을 비켜 지나가는 금사덕에 대해 육도반이 울컥하여 다시 호통을 내지르려는 것을 사공승이 얼른 소매를 잡아당겼다.

덕분에 겨우 참긴 하였으나, 육도반의 얼굴은 시뻘겋게 달아오르고 말았다.

6

"이런 판에 무얼 의논하고 말고 한다는 말인가? 즉시 철수하도록 하세!"

육도반은 강경하고도 단호했다.

경대우 또한 당장의 분노를 참지 못하겠다는 기색이었으나, 사공승만이 침착함을 유지하며 만류하였다.

"우리가 지금 이대로 철수하면, 결국 저들이 꾸민 수작에 놀아나는 결과가 될 뿐입니다."

"그럼 어떻게 하자는 건가?"

"당장에 무슨 방도가 있는 건 아니지만, 일단은 좀 더 상황을 지켜보면서……."

사공승이 미간을 좁힌 채 말꼬리를 끄는 것을 경대우가 낚아쳤다.

"일단 긴급전신(緊急傳信)으로 장에 보고하고 지침을 기다려 보는 게 어떻겠습니까?"

"어디 그럴 여유가 되겠는가? 더욱이 이 건에 대해서 본 당주가 전권을 위임받은 이상, 어떤 경우라도 현장에서 선 조치한 후 나중에 책임을 지는 것이 옳을 것이야!"

육도반이 와락 인상을 쓰며 답했다.

그리고 그는 지그시 두 눈을 감아버렸다. 혼자만의 무거운 고심에 들어가는 듯이.

7

"저들의 꿍꿍이가 결국은 우리와 공개 비무를 벌이겠다는 것인 모양인데… 그렇다면 저들이 신참이라고 내세운 자가 과연 신참이긴 하겠습니까?"

얼마간의 무거운 침묵이 이어지고 있는 중에 경대우가 답답함을 참지 못하겠다는 듯이 나직이 물어온 데 대해, 사공승이 마뜩하게 내키지는 않은 기색이나마 차분하게 대답했다.

"저들이 지금 하는 모양으로 보아 금방 밝혀져서 망신을 살 만큼 가볍게 준비를 하지는 않았을 것이오."

"그렇지만 신참의 얼굴에 가면을 씌운 것부터 의심을 해보지 않을 수 없는데다, 저자의 체구부터가 벌써 만만치 않아

보이지 않습니까?"

그에 사공승이 새삼 본다는 듯이 힐끗 줄 쳐진 정방형의 공간 가운데에 우뚝 버티고 서 있는 가면의 사내를 훑어보았다.

그때 육도반이 감고 있던 눈을 천천히 떴는데, 그의 눈빛은 한결 가라앉아 있었다.

"사공 조장의 말대로 일단은 좀 더 지켜보도록 하세. 저들이 과연 무슨 수작을 부리는지 말이야."

육도반의 말을 경대우가 얼른 받았다.

"그럼 우리 쪽에서도 사람을 내보낸다는 말씀이십니까?"

육도반이 무겁게 고개를 끄덕였고, 그에 대해 경대우가 재차 물었다.

"하면 누구를……?"

"나나 두 조장 중에서 나서는 것은 도무지 격이 맞지 않다고 할 것이니……."

육도반이 말꼬리를 끌며 조금 떨어져 서 있는 노일과 장삼, 그리고 필괴까지를 흘깃 보고 난 다음에 말을 이었다.

"노일… 정도면 웬만한 상대는 감당할 수 있을 것이야. 물론 저쪽에서 작정하고 고수급을 내세운 것이라면 어쩔 수 없겠지만… 그런 경우라도 최소한 부끄러운 패배는 아니지 않겠는가?"

경대우가 고개를 주억거릴 때였다.

"제 생각에는……."

　사공승이 짐짓 조심스럽게 입을 연 데 대해 육도반이 가볍게 고개를 끄덕여 보였고, 그제야 사공승이 차분하게 말을 이었다.

　"장복방에서 이렇게까지 일을 꾸민 이상, 저들은 이미 일어날 수 있는 여러 가지의 상황을 상정해 두고서 그 각각에 대해 면밀한 대비를 짜놓았다고 봐야 할 것입니다. 그것은 곧 우리가 지금 어떤 대응책을 내더라도 저들이 의도하는 범주에서 쉽게 벗어나기는 어렵다는 의미입니다. 우리가 비무에서 지면 지는 대로 저들의 놀림거리가 될 것이고, 반대로 이긴다고 하더라도 분명 또 무슨 트집을 잡을 것이니 말입니다."

　"음!"

　"그렇다면… 차라리 저쪽에서 가장 바라는 대로 해줘 버리는 건 어떻겠습니까?"

　"간단히 말해 어떻게 하자는 것인가?"

　육도반이 잔뜩 찡그리며 반문했다.

　"필괴를 내보내는 겁니다."

　"뭐? 필괴를… 말인가?"

　"필괴야말로 지난 두 번의 사건에서 저들에게 직접적으로 수모를 안겨준 장본인이니, 지금 저들이 가장 원하는 상대는 역시 필괴일 것입니다."

　"그거야… 그럴 테지. 그러나 필괴를 내보낸다면… 그다음은……?"

"그다음은… 저쪽의 신참이 최대한 강한 자이기를 바라야지요."

"그건 또 무슨 말인가?"

"저쪽의 신참이 강할수록 필괴가 비무에서 지는 것은 자명할 것입니다. 게다가 나중에 필괴에 대해서 그가 누구인지, 어떤 이력을 가지고 있는지 등등에 대해서 알려지게 된다면 그의 오늘 패배는 더욱, 아주 지극히 당연했던 것으로 여겨질 것입니다. 누구에게라도 말입니다."

"허! 그러니까 그게 대체 무슨 말이냐고 묻지 않는가?"

"결국… 우리는 지고도 크게 체면을 상할 일이 없게 되는 것이며, 반대로 저쪽은 우리에게 이겼다고 해서 크게 자랑스러울 게 없어질 뿐더러, 오히려 구차한 입장으로 몰릴 수 있다는 것입니다. 그리고… 만약 만의 하나의 요행으로……."

사공승이 말을 줄였다.

그러나 육도반도 이제는 그 줄인 말이 무엇인지는 짐작할 만했다.

그리고 육도반은 저도 모르게 가만히 고개를 가로젓고 말았다. 사공승이 줄인 그 요행이 일어나기란 그야말로 '만의 하나' 의 희박한 경우일 것이기에.

그러나 잠시 후 육도반의 고개는 다시 끄덕여졌다. 사뭇 힘겹게.

"필괴에게는 제가 말하겠습니다."

사공승의 목소리는 여전히 차분했다.

8

사공승은 문득 애매한 표정이 되고 말았다.

비무에 나가라고 하면 펄쩍 뛰기부터 할 줄 알았더니 필괴가 의외로 담담해 보이는 데 대해서였다.

그러나 정작으로 그를 애매하게 만든 것은 오히려 장삼이었다.

필괴야 원래 우직하고 과묵한 편이니 쉽게 속내를 내비치지 않는 것이라고 쳐도, 필괴의 일이라면 예외없이 쌍수를 들고 제 일마냥 나서던 장삼이 지금 그다지 놀라거나 당황하는 기색이 아니며, 심지어는 딱히 이견이 없다는 듯이 보이기까지 하는 것이다.

어쨌든 필괴가, 그리고 장삼이 지레 겁을 먹거나 당장에 반발부터 하지 않는다는 것만으로도 일단은 다행이라고 해야 했다.

그러나 사공승은 이내 쓴웃음을 짓고 말았다. 두 사람의 그런 애매함으로부터 곧장 희박한 가능성의 기대까지를 가져보게 되는 스스로의 엉뚱한 설부름에 대해.

9

"두렵지 않느냐?"

그 물음은 의당 필괴에게 해야 하는 것일 터인데도, 사공승은 시선을 애매하게 필괴와 장삼의 중간쯤에 두었다.

장삼이 힐끗 필괴를 보았다.

그러나 필괴는 대답을 하지 않았다.

꿀꺽!

제 목구멍으로 침 넘어가는 소리에 장삼이 지레 놀란 모습이 될 때,

"미리 말해두는 것이지만, 승패에 너무 연연할 필요는 없다. 다만 끝까지 당당한 모습으로 우리 반회당의 명예를 지켜주기를 부탁한다."

사공승이 담담히 말을 꺼냈다.

"승패에 연연할 필요가 없다니요? 그게 무슨……?"

장삼이 두 눈을 둥글게 만들며 의문을 표시했다.

그러나 사공승은 대답하는 대신 툭툭 두어 번 필괴의 어깨를 가볍게 두드려 주고는 곧장 육도반과 경대우가 있는 쪽으로 가버렸다.

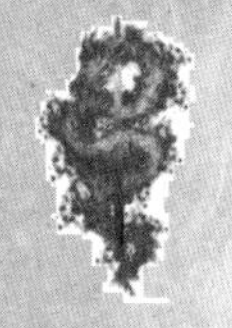

第十四章
비검(臂劍)

1

필괴가 허리춤의 검을 풀어서 내밀었다.

장삼이 순간 멈칫했다가는 천천히 그것을 받아 들었다.

이어 장삼은 줄을 들어 올렸다. 두 팔을 한껏 치켜들어 최대한 높이.

덕분에 필괴는 머리를 숙이지 않고도 줄 밑을 통과하여 그 정방형의 공간 안으로 들어섰다.

힐끗 한번 장삼을 돌아보고 필괴는 곧장 앞을 향해 걸어갔다. 다시는 뒤돌아보지 않고.

일리광장이 갑자기 조용해졌다. 군데군데에서 일던 작은 소곤거림이나 술렁임마저도 일시 묘한 긴장 아래로 숨어들고

만 듯했다.

필괴는 이윽고 공간의 가운데쯤에 이르렀고, 가면의 사내
와 마주 섰다.

그때 사람들 중에서 누군가 크게 외쳤다.

"가면을 벗겨라!"

다른 자가 뒤따라 외쳤다.

"가면을 벗겨라~!"

그러자 또 다른 자들이 잇달아 외쳤다.

"가면을 벗겨라~!"

"가면을 벗겨라~!"

외침은 하나의 구호처럼 변하며 넓게 번져 가더니, 이윽고
광장 전체를 울리기 시작했다.

"벗겨라~!"

"벗겨라~!"

"벗겨라~!"

호기심과 기대, 들뜸과 흥분 그런 것들로 광장은 빠르게 메
워지고 있었다.

2

필괴가 멈칫거리고 있다는 것을 다른 사람은 몰라도 장삼
은 알 수 있었다.

그리고 그는 보았다, 가면 안에서 사내의 두 눈이 필괴를 쏘아보고 있는 것을.

아니, 그 눈빛은 웃고 있는 듯이 보였다.

"벗겨라～!"

"벗겨라～!"

거대하게 일치된 외침이 촉박한 재촉을 담고서 점점 더 빨라지고 있었다.

그리고 어느 한순간 광장은 갑자기 조용해졌다.

마침내 필괴가 사내의 가면을 향해 손을 뻗은 것이다.

필괴가 그처럼 단박에 사내의 가면을 벗겨낼 줄은 장삼도 미처 예상하지 못한 일이었다.

일순 모든 시선과 관심은 가면이 벗겨진 사내의 얼굴로 집중되었다.

그리고 잠깐의 가파른 침묵이 지난 후, 앞줄의 사람들 중에서 누군가 커다란 외침을 토해냈다.

"대웅(大熊)이다～! 사패(四覇)의 대웅이다～!"

그 외침에 놀람과 흥분이 잔뜩 담겨 있었거니와, 일리광장 전체는 곧바로 왁자한 웅성거림과 소음으로 뒤덮여 갔다.

3

"감히 이따위 치졸한 수작을 부리다니? 당장 필괴를 불러들이게!"

육도반이 격분하여 외쳤다.

경대우가 곧장 뛰어나가려는 것을 사공승이 급히 소매를 낚아채 제지하며 육도반을 향해 말했다.

"안 됩니다, 당주님!"

"안 되다니? 그럼 지금 이 말도 안 되는 짓거리에 계속 장단을 맞춰주고 있자는 건가?"

육도반이 호통을 치듯이 내뱉었으나, 사공승은 오히려 침착한 기색으로 되었다.

"사패의 인물까지 끌어들였으리라고는 미처 생각지 못한 일이지만, 이미 말씀드린 대로 오히려 잘된 일입니다. 그야말로 뻔한 결과가 되었으니 말입니다."

"이런……!"

쿵!

육도반이 화를 못 이겨 힘껏 발을 굴렀다. 그러나 그는 사공승의 차분히 가라앉은 눈빛을 대하고는 애써 분을 추스르며 무겁게 입을 다물어 버렸다.

4

일리광장은 그 넓이가 사방 일 리(一里)는 족히 된다고 하여 붙여진 이름이었다.

그런데 지금 그 넓은 공터가 속속 운집해 드는 사람들로 인해 빠르게 메워지고 있었다.

그리고 이윽고는 광장과 연결된 몇 갈래의 길이 사람들로 인해 막히는 지경까지 되고 보니, 거짓말 좀 보태서 대도성의 걸을 수 있는 사람은 죄다 모여든 것 같았다.

사패의 대웅이 싸움을 한다는 소식이 빠르게 퍼진 덕분이었다.

자고로 세상에서 제일 재미있는 구경이 불구경과 싸움 구경이라는 말도 있거니와, 더욱이 대도성 최고의 싸움꾼 중 하나랄 수 있는 대웅의 싸움 소식에 인근 사방의 사람들이 삽시간에 몰려든 것이다.

대웅은 대도성에서 가장 유명한 길거리 싸움꾼 중 하나였다.

그가 비록 제대로 무공을 익힌 것은 아니었으되 힘과 투지에 있어서는 단연 대도성 최고라는 소리를 듣고 있으며, 실제로도 지금까지 벌인 싸움들에서 적어도 일대일로는 한 번도 패한 적이 없는 걸로 알려져 있었다.

그런 대웅이 공개적으로 싸움을 벌인다 하고, 더욱이 대도성의 상단 서열 일이 위를 다투는 용호장과 장복방의 이름을 걸고 하는 싸움이라니, 사람들의 흥미가 백배나 더해진 것은 당연하다 할 일이었다.

육도반과 사공승의 표정은 더할 수 없이 무거웠지만, 광장은 한껏 달아오르고 있었다.

군중들을 들뜨게 하는 것은 오로지 싸움 때문이었다.

그 싸움이 무엇 때문에 벌어지며, 그 이면에 어떤 사정이 있는지 하는 따위에 대해 관심을 가지는 이는 없었다.

아니, 그런 데 관심을 가진 일부가 있었더라도, 광장을 가득 메운 흥분과 환호 속으로 진작에 묻혀 버렸을 것이다.

그런데 금사덕을 위시한 장복방 측의 인물들 또한 사뭇 당혹스러워하고 있는 중이었다.

사람들을 모으기 위해 적당한 시간에 사패의 대웅이 싸움을 한다는 소식을 광장 밖으로 퍼뜨리긴 했지만, 그 결과로 이처럼 광장이 넘칠 만큼의 인파가 급속도로 몰려들 것이라고는 미처 예상하지 못했던 것이다.

수십 명의 인력을 미리 배치해 두긴 하였지만, 그들만으로 엄청나게 불어난 군중들을 유도하고 통제하는 일은 이미 한참 전에 불가능해졌다.

금사덕의 얼굴에는 지금 잔뜩 조바심이 드리워져 있는 중이었다.

6

노일은 필괴가 극도의 긴장과 함께 크게 위축되어 있다고 여겼다. 비록 얼굴을 뒤덮은 화상 자국 덕분에 표정으로 드러나지는 않고 있었지만, 지금 그의 어깨가 사뭇 거칠게 들썩이고 있는 것만으로도 능히 짐작해 볼 수 있었다.

하긴 필괴가 아니라 노일 자신이 저 자리에 서 있다고 해도 마찬가지일 것이다. 비무는 차치하고, 이처럼 많은 군중 앞에 서 있다는 사실만으로도.

"침착해라!"

노일이 크게 목청을 돋우어 외칠 때, 군중들 속에서 커다란 환호성이 터져 나왔다.

"와~!"

필괴와 마주 서 있던 대웅이 돌연 성큼 다가들더니 양 손바닥으로 필괴의 가슴팍을 확 밀친 것이다.

필괴가 미처 피할 요량까지는 내지 못한 듯이 두 팔을 마주 내뻗었다.

그러나 다음 순간 필괴의 몸은 간단히 뒤로 튕겨났고, 그러고도 모자라 위태롭게 비칠거리며 서너 걸음을 더 뒷걸음질을 치고 나서야 겨우 중심을 잡고 섰다.

대웅의 힘은 과연 대단하였다.

그러나 대웅은 기세를 몰아서 연이어 공격을 하지는 않았다. 대신에 그는 두 팔을 높이 치켜들고 포효했다.

"차아아~!"

아마도 방금 그 한 번의 밀침은 이제부터 싸움을 시작한다
는 선포였던 모양이다.

"와아~!"

"와아아~!"

군중들 사이에서 폭발적인 호응이 있었다.

대웅이 다시 두 팔을 앞으로 들어 올린 채로 성큼성큼 밀고
들어왔다. 이번에야말로 단박에 끝장을 내고 말겠다는 기세
였다.

필괴는 제자리에 못 박힌 듯이 서 있었다.

"정신 차려~!"

장삼이 고함을 질렀다.

그러나 그의 외침은 속절없이 군중들의 소음에 묻혀 버리
고 말았다.

대웅의 주먹이 날았고, 순간 광장은 차라리 조용해졌다.

바로 다음 순간의 폭발적인 환호를 내재한 찰나간의 침묵
이었다.

같은 순간 필괴는 왼팔을 쳐냈다.

오른쪽 아래에서 왼쪽 위로 비스듬히 뻗어 올리는 궤적이
었다.

하지만 필괴의 그 간단한 몸짓으로 대웅의 거침없는 주먹
을 어떻게 감당해 낼 수 있을 것이라곤 도무지 여겨지지 않았

다. 기세의 사나움에 있어서도, 그리고 힘의 강도에 있어서도.

　그러나 결과적으로 군중들은 또 한 순간 환호를 유보해야만 했다.

　비스듬히 위로 쳐올린 필괴의 왼팔이 뜻밖에도 이미 코앞까지 다가온 대웅의 맹렬한 주먹을 쳐내며 살짝 옆으로 비껴 지나가도록 만들었기 때문이다.

　"설마… 역우사일로(逆右斜一路)?"

　장삼이 두 눈을 크게 뜬 채로 중얼거렸다.

　그러나 그는 확신하지는 못했다. 필괴의 방금 그 몸짓이 검 대신 자신의 팔로 역십팔자법(逆十八字法) 중의 일로(一路)를 펼쳐낸 것이란 사실에 대해.

　그때 순간적으로 흐트러진 중심을 바로잡은 대웅이 다시 필괴를 덮쳐들었다. 아예 부수어 버리고 말겠다는 듯이 맹렬한 기세였다.

　그 순간 필괴 또한 움직였다.

　"아!"

　두 손을 마주 잡고 뻗은 채 문득 반보(半步)를 빼서 옆으로 도는 것으로부터 시작된 필괴의 그 일련의 연속적인 움직임에 대해 장삼은 저도 모르게 탄식하고 말았다.

　그리고 이번에야말로 장삼은 확신할 수 있었다. 아니, 확신하지 않을 수는 없었다. 방금 필괴가 펼쳐낸 그 일련의 연속적인 몸짓이 바로 종횡일관(縱從一貫)의 일초라는 것을!

그랬다.

필괴의 마주 잡은 두 손은 바로 검을 잡은 형상이었다.

그리고 그 맞잡은 손을 검 삼아서 십팔자법과 역십팔자법의 팔로(八路)를 한 번에 꿰듯이 연속하여 펼쳐냈으니, 그것이 바로 종횡일관이 아니고 무엇이랴?

퍽! 퍽!

머리와 어깨를 잇달아 가격당한 대웅의 거구가 휘청거렸다.

일순 광장이 술렁거렸다.

그러나 그때 장삼은 다시금 안타까운 탄식을 뱉지 않을 수 없었다.

필괴의 종횡일관 일초 팔로가 다 끝나고 만 것이다.

필괴의 흐름이 멈칫 끊어지고 있었다.

그때였다.

"와아앗!"

울분을 폭발시키는 듯이 괴성을 내지르며 대웅이 곧장 필괴를 덮쳐들었다. 두꺼운 양팔을 우악스럽게 벌린 채로 그는 그대로 필괴를 가두어 버릴 기세였다.

크게 당황한 듯 필괴는 우두커니 서 있기만 했다.

장삼이 두 주먹을 꽉 틀어쥘 때였다.

필괴가 성큼 한 발을 앞으로 내디뎠는데, 마치 대웅의 품속으로 오히려 파고드는 듯했다.

다음 순간,

"컥!"

단발마의 비명이 터져 나왔다.

대웅이었다. 두 손으로 목을 부여잡은 채로 그가 천천히 무너져 내리고 있었다.

광장 전체로 촉박한 출렁거림이 번져 갔다.

7

'뭐지?'

장삼은 잔뜩 미간을 좁히고 말았다.

방금 필괴의 그 한 수는 그가 알지 못하는 것이었다.

십팔자법도 아니었고 역십팔자법도 아니었다. 당연히 종횡검도 아니었다.

사실은 무슨 '한 수'라기보다는 그냥 '찌르기'였다, 최단의 직선거리로 그냥 찔러낸.

"와~!"

마침내 누군가 환호를 터뜨려 냈다.

크지 않았지만, 그것이 도화선이 된 듯이 광장 전체는 순식간에 환호로 뒤덮였다.

"와아~!"

"와아아~!"

대웅이 그처럼 어이없이 무너지리라고는 누구도 예측하지 못한 결과였다.

그렇더라도 승부는 난 것이고, 승자에 대한 환호가 없을 수는 없을 터였다.

필괴가 이제야말로 정말로 당황하고 만 듯이 어찌할 바를 몰라 하고 있었기에 장삼과 노일이 동시이다시피 크게 손짓하며 외쳤다.

"어이~!"

"여기~!"

그런 두 사람을 발견했던지 필괴가 곧장 그들 쪽을 향해 걸어왔다.

군중들의 환호가 더욱 커지고 있었다.

"와아아~!"

"와아아아~!"

8

장삼은 나중에야 사패(四覇)에 대해 상세히 알게 되었다.

잠사(潛蛇)!

교갈(狡蝎)!

독표(毒豹)!

대웅(大熊)!

흔히 사갈표웅(蛇蝎豹熊)으로 통칭되는 그들 네 명은, 대도성에서는 어린아이들까지 다 알고 있다는 유명 인물이었다.

표웅(豹熊), 즉 독표와 대웅은 정식 무인이라기보다는, 소위 길거리 싸움꾼으로 유명세를 얻고 있는 자들이었다.

우선 대웅에 대해서는 장삼이 이미 대강의 내용을 들은 바 있거니와, 거칠고 호전적인 성격으로 일단 한번 화가 나면 상대를 가리지 않고 시비를 걸어 싸움을 일으키곤 하였는데, 원체 타고난 역사(力士)로 그 힘이 그야말로 괴력에 가까웠으니, 여럿이서 패거리를 이루고 있는 시전의 부랑배들조차도 웬만한 경우가 아니고서는 그에게 한 수 접어준다고 했다.

한편 대웅이 비록 대도성의 최고 문제아 내지는 위험인물을 지칭하는 사패에 이름을 올렸지만, 그럼에도 그는 두려움과 기피의 대상인 사패의 나머지 셋과는 사뭇 다르게 나름의 인기를 누리는 데가 있었다.

그것은 대웅의 타고난 천성이 그리 악하지 않다고 알려진 것과, 또한 그의 싸움이 얄팍한 잔재주나 너절한 편법을 동원하는 법 없이 대개는 정면 격돌로 끝장을 보는 형태인 때문이었다.

그리하여 일각에서는 대웅을 호한으로 평하기도 했다.

그러나 대웅이 이번에 필괴에게 꺾이고 만 이상, 그의 이름이 계속 사패의 하나로 남을지는 알 수 없게 되었다고 해야 할 것이다.

독표는 대웅만큼이나 유명한 싸움꾼이었다. 그러나 그의 싸움 방식은 대웅과는 사뭇 달랐다.

그는 진짜 독종이었다. 즉, 대웅이 비록 충동적이고 호전적이긴 하되 나름대로의 승부를 추구하였다면, 독표는 일단 시비가 붙으면 수단과 방법을 가리지 않고 반드시 철저하게 상대를 끝장내고 마는 잔인한 자였으니, 그의 싸움은 예외없이 피가 터지고 살이 터지고 뼈가 부러지는 잔혹한 결과를 낳았다.

그리하여 설령 힘과 기술에 있어서 독표를 능가하는 자라고 해도 결국에는 그의 집요하고도 지독한 독기와 잔인성에 질려 지레 시비를 피하곤 했으니, 대도성의 한다하는 주먹들은 물론 웬만큼 무공에 능하다는 무사들까지도 결코 맞상대하고 싶지 않은 대상으로 독표를 꼽는 이유가 바로 그런 데 있었다.

표웅과는 달리 사갈(蛇蝎)에 대해서는 소문만 떠돌 뿐 실제로는 정체조차 제대로 알려진 게 없었다.

그럼에도 그 둘, 잠사(潛蛇)와 교갈(狡蝎)은 대도성 사람들에게 위험과 두려움의 상징으로 통하고 있었다.

소문으로는 그들 둘 다가 전문적인 살수라고 했다.

즉, 대도성의 적색지대에는 비밀 청부 조직이 존재하는데, 잠사와 교갈이 바로 그곳에 소속되어 있다는 것이다.

그리하여 그들에게 표적이 된 상대는 결코 죽음을 피할 수 없게 되는데, 그 수법이 너무도 교묘하고 치밀하여 살인의 흔적조차도 남지 않는다고 했다.

9

필괴의 명성은 빠르게 대도성 전체로 퍼져 나갔다.

그리고 얼마 지나지 않아 그 반사효과라 할 만한 것이 나타났다. 용호장으로 몇 건의 경호 의뢰가 접수된 것이다.

경호 용역 사업의 첫 개시가 될 것이었지만, 반회당에서는 일단 그 몇 건의 의뢰를 정중히 고사하였다.

그다지 큰 건수가 아닌데다, 필괴를 굳이 지목한 것으로 보아 의뢰인들은 아마도 필괴의 유명세를 한번 사보고자 하는 가벼운 의도인 것으로 판단되었기 때문이다.

또한 비록 그것이 처음부터 의도된 것은 아니라고 할지라도 기왕에 필괴의 명성이 널리 알려진 상황이라면, 저절로 굴러들어 온 기회를 굳이 마다할 필요는 없다는 판단이 있기도 했다.

즉, 필괴의 유명세를 적절히 활용하여 장복방이 절대적 우위를 차지하고 있는 경호 용역 사업에 좀 더 빠르고 확실하게 진입해 보려는 계산이었다.

게다가 보다 근본적인 문제가 있기도 했으니, 바로 필괴의

역량이 아직까지는 경호 업무를 원활히 수행할 만큼 되지 못
한다는 점이었다.

　비록 필괴가 사패 중의 하나인 대웅을 꺾었다고는 하나, 그
것으로 그의 실력이 제대로 검증되었다고 보기는 어렵다는
게 반회당 내부의 대체적인 평이었다.

　더욱이 경호무사로서의 역량이 무공만 높다고 충족되는
것은 아니었으니, 그런 점에서 필괴를 당장에 일선으로 파견
할 수는 없다는 결론이었던 것이다.

　그리고 바쁘게 필괴에 대한 추가 교육이 준비되었는데, 급
한 대로 다른 것은 제외하고라도 우선 경호 예법이니 경호 절
차, 상황별 대처 요령 등의 소위 경호 실무에 대한 내용 위주
였다.

　장삼은 잔뜩 못마땅하다는 기색을 감추지 않았다. 모진 놈
옆에 있다가 벼락 맞는다는 격으로, 필괴로 인해 애꿎은 그까
지도 예정에 없던 긴급 교육을 같이 받게 되었으니 불만을 안
가질 수가 없었다.

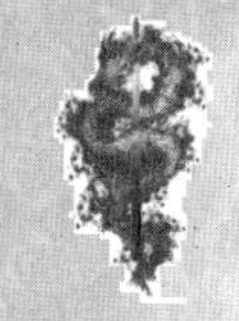

第十五章
화씨별택(華氏別宅)

1

화씨별택(華氏別宅)은 대도성 중심부의 고급 주택가(住宅街)에 위치해 있는 제법 크고 부유한 저택으로, 부리는 하인만 해도 십수 명이나 되었다.

화씨별택의 주인은 화달단(華達段)이다.

화달단의 나이 열둘 되던 해에 돌림병이 크게 창궐하는 바람에 졸지에 부모와 형제들을 잃었는데, 천만다행으로 당시 겨우 두 살배기였던 막내동생과 그만 겨우 살아남았다.

화달단은 젖동냥을 위해 천지사방을 헤매고 다녀야 했지만, 자신은 굶기를 밥 먹듯이 하면서도 동생만큼은 결코 굶기는 일이 없었다.

그의 동생은 어릴 때부터 공부에 남다른 재주를 보였기에,
그는 온갖 궂은일과 험한 일을 마다하지 않으며 악착같이 동
생을 공부시켰다.

때문에 화달단은 서른을 훌쩍 넘겨서도 장가는 꿈도 꾸지
못했고, 오로지 동생을 출세시킬 염원만으로 살았다.

그런 덕분인지 그의 동생은 약관을 갓 넘겨 마침내 과거에
급제하였고, 관계에 입문하였다.

그러나 화달단의 고생은 거기서 끝나지 않았다.

중앙 관부의 말단 관리로 관직을 시작한 동생의 녹봉은 그
야말로 쥐꼬리만 했고, 게다가 최소한의 체면과 예를 차리지
않을 수 없는 이런저런 사정들까지 수시로 생기다 보니, 그러
한 뒷감당을 하기 위해서라도 화달단은 이전에 비해 몇 배로
일을 해야만 했다.

그래도 화달단은 한 번도 자신의 삶을 원망해 본 적이 없었
다. 동생의 관직이 조금씩 높아져 가고, 이윽고 성공 가도를
달릴 것을 상상하는 것만으로도 더할 수 없이 기쁘고 자랑스
러웠다.

어느덧 세월이 흘러 그의 동생은 제법 높은 관직에 올랐고,
오로지 자신에 대한 헌신과 희생으로 일생을 바친 까닭에 환
갑이 되도록 가정조차 이루지 못하여 자식 하나 없는 늙은 형
에 대한 보답으로 말년이나마 풍족하고 편안하게 모시고자
했다.

그리하여 이 년 전 대도성에 관직을 얻어 부임할 때도 그의
동생은 괜찮다는 그를 극성스럽게도 챙겨서 함께 대도성으로
오게 되었고, 그를 위해 대저택과 하인들, 그리고 살림 일체
까지를 마련해 준 것이다.

2

화달단이 대저택의 주인이 되었다고는 하나, 그는 근검이
몸에 밴 사람이었다.

풍족한 생활에 하인을 부리는 처지가 되었으나 허영이나
허세를 부릴 생각보다는 분에 크게 넘친다고 여겼고, 오히려
배운 것 없이 줄곧 험하고 궂은일만 해온 자신이 혹여 처신을
잘못하여 관직에 있는 동생에게 자칫 누라도 될까 늘 노심초
사하였다.

그의 장원이 화씨별택이라고 불리는 데 대해서도 그는 영
불편한 심정이었다. 그것이 동생의 덕을 크게 보고 있는 자신
의 처지를 빗대어 붙인 이름은 아닐까 하는 염려 때문이었다.

그러다 보니 그는 아예 바깥출입을 하지 않은 채 저택 안에
서만 지내게 되었는데, 평생을 일밖에 몰랐고 한시도 손에서
일을 놓지 않았던 그가 갑자기 아무 하는 일 없이 팔자에 없
는 상전 노릇이나 하고 있자니 편한 것은 잠시뿐이었고 이내
갑갑증을 느끼게 된 건 차라리 당연하였다. 마치 창살 없는

감옥에 갇힌 듯한 그런 생활이었다.

그래도 한 일 년은 어떻게 견뎌냈다.

그러나 그것이 한계였다. 이윽고는 그야말로 미칠 것만 같아서 도저히 버틸 수 없는 지경에 이르고 만 것이다.

그리하여 그가 고민 끝에 수를 낸 것이 바로 바깥나들이였다. 저택 밖으로 나가 바람이라도 쐬면 그나마 좀 나아질 것 같아서였다.

하인 하나를 앞세우고 나간 첫 나들이에서 그는 비로소 살 것만 같았다.

가까운 들판으로 나가 논이며 밭 구경도 하고, 시전에 들러 북적거리는 사람들 사이를 걸어도 보고 하는 중에 숨통이 확 트이는 것 같았다.

덕분에 저택 안에서의 생활도 견딜 만하게 되었다.

그러나 그는 겨우 두 달 만에 다시금 갑갑증을 견딜 수 없게 되었고, 또다시 바깥나들이에 나서지 않을 수 없었다.

그리고 이후로 그가 견딜 수 있는 시간은 조금씩 줄어들었다.

그것은 이상했다.

마치 중독 같았다. 도저히 포기가 되지 않았고, 이윽고는 그냥 나들이를 나가는 것만으로는 도무지 만족스럽지 않게 된다는 점에서 더욱 그랬다.

하인들을 하나씩 더 붙여서 나들이에 나섰고, 결국에는 예닐곱의 남자 하인 모두를 동원하기에 이르렀다.

그런 행태가 결코 적절하지 못하다는 건 그도 잘 알고 있었다.

그러나 어쩔 수가 없었다.

그에게 그것은 결코 단순히 즐기거나 누리기 위한 것이 아닌, 숨을 쉬기 위한 절박하고도 유일한 숨통이자 탈출구였으므로.

그러나 그는 이내 다시 불만족스러워졌다.

하인들을 대동하는 것만으로는 도무지 채워지지 않는 무엇이 있었다. 왠지 스스로가 초라하게 느껴졌고, 나아가서는 사람들이 그의 초라함을 비웃을 것이라는 생각까지 드는 것이었다.

도무지 채워지지 않는 그 '무엇' 이 무엇인지, 그 근원적인 것에 대해서는 그로서도 확실히 알 수가 없었다.

그러나 이웃하고 있는 다른 대저택 주인들의 행차를 몇 번 보고 난 뒤 그는 그 '무엇' 을 채울 수 있는 간단한 방법 한 가지가 있다는 것을 알게 되었다.

바로 경호였다.

멋들어진 복장에 허리에는 검을 찬 위풍당당한 호위무사들의 경호를 받으며 나들이를 한다는 것은 기껏 하인이나 몇 대동하는 그의 초라한 나들이와는 도저히 비교할 수 없는 완전히 다른 차원의 품격이었던 것이다.

그러나 그에게는 방법이 없었다.

다른 것은 차치하고라도, 우선 그에게는 그럴 만한 금전적
인 능력이 없었다. 저택의 살림은 동생이 위임한 사람이 전적
으로 맡아서 하고 있었고, 그가 임의로 쓸 수 있는 은자라야
기껏 용돈 정도나 되는 푼돈에 불과하였으니 말이다.

그렇다고 동생에게 호위무사 얘기를 꺼낼 염치는 감히 내
지 못할 일이었는데, 바로 그때 그에게 솔깃한 제의를 해온
곳이 있었다.

우연히 그리되었는지, 아니면 그들에게 무슨 용한 수단이
라도 있어 그의 고민을 알아챘는지는 모를 일이었다.

어쨌든 그들은 그에게 세 명의 호위무사를 무상으로 제공
해 주겠다는, 생각지도 못한 뜻밖의 제의를 해온 것이다.

자세한 속내는 알 바 없었지만, 그것이 결국은 그의 동생과
관련하여 베푸는 호의일 것이니 그가 경계가 생기지 않는 것
은 아니었다.

그러나 그 정도의 경계로 그의 욕구를 억제하기에는 이미
역부족이었으니, 그는 그들의 제의를 받아들이지 않을 수 없
었다.

그 덕분으로 그의 바깥나들이는 상당히 그럴듯해졌다, 이
제는 어엿한 행차라고 해도 좋을 만큼.

그는 비로소 만족스러웠다.

세상이 달라 보였다. 아니, 세상이 그를 다르게 보는 것만

같았다. 환갑을 넘겨서야 비로소 알게 된 '다름'이었다.

한동안 그는 그 '다름'을 맘껏 누렸다.

그런데 요즈음에 들어 그는 다시 새로운 욕심 한 가지가 슬그머니 생기는 것이었다.

그 새로운 욕심은 그가 감히 욕심내어서는 안 될 것이었다.

그러나 어쩔 수 없이 그는 점점 더 그 욕심을 참아내기 어려운 지경으로 되어가고 있었다.

3

"저기……."

오랜만에 관사(官舍)로 들어와 이런저런 사담을 나눈 끝에 슬며시 미적거리는 기색이 되는 늙은 형을 보며 화이열(華理說)은 빙그레 미소부터 떠올렸다.

"형님, 제게 하시고 싶은 말씀이 따로 있는 것 같은데… 편하게 말씀해 보십시오."

"그게… 말일세……."

늙은 형이 다시금 주저하는 듯하였기에, 화이열은 일부러 소리 내어 웃으며 약간의 장난기까지 섞었다.

"하하하! 형님의 그런 모습을 보니 무슨 일인지 갑자기 궁금해지는데요?"

그제야 늙은 형은 속에 담아두고 있던 말을 불쑥 뱉었다.

"그것이… 호위무사를 좀 두었으면 해서……."

순간 화이열은 설핏 미간을 좁혔으나, 이내 빙그레 웃는 얼굴로 돌아가며 애써 부드럽게 물었다.

"형님께는 이미 몇 명의 호위무사가 있지 않습니까?"

그러자 늙은 형은 움찔하며 손을 내저었다.

"아! 그것이… 그것이… 어떻게 된 일인고 하면 말일세."

늙은 형의 당황에 화이열은 쓰게 웃고 말았다. 호위무사 건에 대해 그가 이미 알고 있다는 사실에 대해 늙은 형은 몹시도 당황스러운 것이리라.

그러나 장복방에서 그의 늙은 형에게 몇 명의 호위무사를 무상으로 제공했다는 사실을 그가 모를 수는 없었다.

세상에 어디 공짜가 있다던가?

누군가 그의 늙은 형에게 조건 없이 과분한 호의를 베풀었다면, 그가 굳이 알고자 하지 않더라도 결국은 그의 귀에까지 그 사실이 흘러들어 오게 되어 있는 노릇인 것이다.

"호위무사를 더 늘리고 싶으신 겁니까?"

화이열이 질책하는 대신 슬쩍 넘어가는 모습을 보여주자, 늙은 형은 그제야 마음을 놓는 듯하며 짐짓 고개를 저었다.

"아닐세, 아니야. 지금 있는 호위무사들로도 분에 넘친다네. 사실 한 번씩 바깥나들이 할 때나 그들이 필요할까, 그 외에는 별로 소용되는 곳도 없고……."

화이열이 빙그레 미소 지으며 다시 물었다.

"그럼… 호위무사를 바꾸시려는 건지요?"

그러자 그의 늙은 형은 머뭇거리며 고개를 주억거렸다.

"사실은… 그렇다네."

"흠! 지금 있는 호위무사들이 혹시 무슨 잘못이나 실수라도 저지른 것입니까? 아니면… 그들이 마음에 들지 않으신 겁니까?"

화이열이 그렇게 물은 데 대해서 그의 늙은 형은 또 얼른 손을 내저었다.

"아닐세, 아니야! 그저… 이 못난 형의 괜한 변덕 때문일세."

그러더니 그의 늙은 형은 문득 안색을 어둡게 물들이며 탄식조로 되었다.

"아아! 자네에게 이런 주책없는 꼴을 보여서는 아니 되는 것인데……. 아무래도 이 얘기는 그냥 없었던 것으로 하세."

관사까지 들어와 말을 꺼냈을 정도면 딴에는 꽤나 절실했다는 것일 텐데, 이제 또 지레 자책하며 없던 일로 하자는 늙은 형의 말에 화이열은 문득 마음 한구석이 짠해지는 것이었다.

화이열이 애써 표정을 밝게 만들었다.

"형님도 참! 어찌 그런 말씀을 하시는 겁니까? 그러지 마시고 기왕에 꺼낸 말씀이니 마저 말씀을 해보십시오. 일단 들어보고 나서 가능한 일인지 아닌지 다시 생각해 보면 될 일이 아닙니까?"

그러자 그의 늙은 형은 마지못한 듯이 한숨으로 입을 열었다.

"휴우! 그게… 말일세. 자네 덕에 대궐 같은 집에서 남부러울 것 하나 없이 호의호식하며 사는 터에 이런 말을 하는 것은 참으로 복에 겨운 짓이겠지만… 내가 본래부터 마냥 편하게 놀고먹을 팔자가 아닌지 마치 감옥에 갇힌 죄수라도 된 양으로 영 갑갑해서 견딜 수가 없지 뭔가? 그래, 바람이라도 쐬자 하고 바깥나들이를 나갔더니 그제야 숨통이 트이는 게 좀 살 만해지더라고."

듣고 보니 그럴 법도 하여 화이열이 고개를 끄덕여 보였다.

"그러셨군요. 그럼… 자주자주 좀 바깥으로 나가보시지요. 대도성이 그리 넓다고는 할 수 없지만, 찾아보면 그래도 꽤 괜찮은 경관과 구경거리가 제법 많은 곳이라고 합니다. 하하하! 사실은 저도 아직 제대로 돌아보지 못하고 있습니다만."

그의 늙은 형이 가만히 고개를 저었다.

"그동안 벌써 여기저기를 둘러보았네. 그러나… 그것도 이내 지루해지고 말았다네."

"음!"

"미안하네. 안 그래도 이 늙고 못난 형이 자네에게 늘 짐만 되고 있는 터에 이런 주책까지 부리다니… 생각할수록 참으로 쓸모없고 한심하기 짝이 없는 물건이 아닌가?"

늙은 형의 자책과 한탄이 더 이어지는 걸 두고 볼 수는 없어서 화이열이 얼른 맥을 짚었다.

"그러니까, 어쨌든… 호위무사들을 바꾸어 드리면 되겠습니까?"

늙은 형의 얼굴에 슬그머니 반색이 도는 것을 보고 화이열이 내심 실소하며 순순히 고개를 끄덕여 주었다.

"장복방에서 기왕에 호의를 베푼 것이니 그런 정도쯤 다시 못해주겠다고 하지는 않을 겁니다. 제가 그쪽에다 얘기를 한 번 넣어보도록 하지요."

그런데 그의 늙은 형은 여전히 만족한 기색으로는 되지 않더니, 쭈뼛거리며 말을 꺼내는 것이었다.

"그게… 그런 것이 아닐세."

"예? 그런 것이 아니라니요?"

"사실은… 호위무사로 한번 써봤으면 하는 자가 따로 있어서……."

순간 화이열은 어이없어하기에 앞서 호기심부터 표시하고 말았다.

"그런데… 그자가 장복방의 사람이 아니로군요?"

그러자 그의 늙은 형은 대답 대신 짐짓 하소연을 했다.

"벌써 노망이 난 모양인지도 모르겠네. 처음에 한번 그렇게 해보고 싶다는 생각이 들더니, 아무리 해도 떨쳐지기는커녕 이건 시간이 갈수록 점점 더해지기만 하니……."

"음!"

화이열이 차라리 탄식을 뱉고 마는데, 그의 늙은 형이 시무룩하니 말을 보탰다.

"그러나 내 주제로야 감히 그자를 데려올 엄두조차도 내볼 수 없는 것이니……. 며칠이나 머리를 싸매고 끙끙대다가 결국은 염치불구하고 이렇게 자네를 찾아온 것일세."

그 말에는 화이열이 또 정색을 하지 않을 수 없었다.

"주제라니요? 형님의 주제가 어떻다는 말입니까? 제가 있는데 누가 감히 형님을 업신여길 수 있단 말입니까?"

이어 화이열은 짐짓 흔쾌하게 고개를 끄덕여 보이며 덧붙였다.

"형님이 한번 써보고 싶은 그자가 어디의 누구입니까? 하하하! 설마하니 제가 감히 어떻게 해볼 수 없을 만큼 대단한 인물을 점찍어놓으신 건 아니겠지요?"

그의 늙은 형이 퍼뜩 기대를 비치며 답했다.

"용호장의… 필괴라는 자일세."

순간 화이열은 늙은 형의 흉중이 거울처럼 환히 비치는 것 같았다.

필괴에 대해서는 그도 들은 바가 있었고, 근래에 꽤나 유명세를 타고 있다는 사실도 알고 있었다.

그러니 그의 늙은 형은 그자를 호위무사로 데리고 다님으로써 그자의 유명세에 기대어 자신도 한번 당당함을 누려보고자 하는 것이리라.

내심의 곤혹스러움을 얼른 감추고 화이열은 늙은 형에게 고개를 끄덕여 주었다.

그로서는 그럴 수밖에 없었다.

어찌하랴! 그의 늙은 형이 꼭 한번 누려보고 싶다는 것인데.

그가 해줄 수 있는 일이라면, 설령 그것에 약간의 무리가 따른다고 해도 그렇게 해주고 싶었다.

일평생 그를 위해 헌신하고 희생한 늙은 형을 위해.

4

청사를 나서며 화달단은 어깨를 활짝 폈다.

주변을 돌아보니 거리는 한산하기만 하였다.

화달단은 참을 수가 없어서 나직이 외쳤다.

"여보시오들! 내 동생이 바로……!"

그러나 그 정도로는 영 성에 차질 않았다.

그리하여 그는 이윽고 큰 소리로 외쳤다.

"여보시오들! 내 동생이 바로 이 대도성의 성주란 말이요!"

그러고 나니 저절로 웃음이 솟구치기에 그는 마음껏 소리 내어 웃었다.

"와하하하!"

그의 평생에 지금처럼 마음 놓고 마치 천하의 호걸이라도 된 것처럼 호탕한 체 웃어본 것은 처음이었다.

5

용호장 장주 서량은 몹시 곤란한 기색이었다.

대도성주의 그 부탁은 사실 들어주기에 그다지 어려운 것은 아니었다.

더욱이 그 부탁을 들어줌으로써 기대해 볼 수 있는 유무형의 이득도 결코 작지는 않았다.

곤란한 것은 바로 장복방과의 관계였다.

장복방에서 미리 닦고 있는 공을 슬쩍 가로채는 격이 되는 것이고, 더욱이 하필이면 필괴와 관련이 되었으니 안 그래도 껄끄러워진 장복방과의 관계가 자칫 급격히 경직될 수도 있겠다는 우려까지를 해보지 않을 수는 없었다.

그러나 어쨌든 평소 상단들과는 너무 밀착하지도 않고 또한 너무 도외시하지도 않으며 적당한 거리를 지켜오던 성주가 예외적으로 해온 부탁이니 감히 딱 잘라 거절할 수는 또 없는 노릇이었다.

"어떻게 하는 것이 좋겠소?"

서량이 육도반을 향하며 물었다. 그러나 이미 단호한 표정인 그를 보고는 가볍게 실소를 떠올리며 덧붙였다.

"육 당주의 얼굴을 보니 듣지 않아도 알겠소."

"예?"

"들어보나마나 필괴를 파견하자는 것 아니오?"

육도반이 잠시 겸연쩍은 표정이 되었다가는 이내 정색을 하며 말했다.

"장복방과의 관계가 악화될 것은 부담이라고 하겠으나, 이제 우리가 본격적으로 경호 용역 사업에 뛰어든 이상 그들과는 어차피 어떤 식으로든 부딪칠 수밖에 없는 노릇입니다. 그런 점에서 이번 성주의 부탁은 오히려 이후 우리의 사업을 확장시켜 나가는 데 있어 여러 모로 큰 도움이 될 것입니다."

서량이 잠시 생각하고 난 다음에 천천히 고개를 끄덕였다.

"육 당주의 생각이 그처럼 확고하니 나로서는 더 이상 고민할 여지가 없겠소."

그에 육도반이 언뜻 애매한 표정이 되고 마는데, 서량이 빙그레 웃으며 물었다.

"한데 세 명의 호위무사를 부탁받았으니 나머지 둘은 누구로 하면 좋겠소?"

그 물음에 대해서는 육도반이 미리 생각을 해두고 있었던 듯이 즉시 대답했다.

"장삼과 노일을 생각하고 있습니다."

"장삼이라……?"

서량이 가볍게 고개를 갸웃했다가는 다시 끄덕였다.

"흠! 어쨌든 노일을 함께 보낸다면 큰 문제는 없을 것 같으니… 그럼 그렇게 조치하도록 하시오."

육도반이 힘있게 복명했다.

"예, 장주님!"

第十六章
첫 임무

1

"어서들 오시게!"

저택의 문이 열리자마자 기다리고 있었다는 듯이 달려나와 반기는 저택 주인의 사뭇 과분한 환대에 노일과 장삼은 얼떨떨한 기분이 되고 말았다.

그러나 이내 두 사람은 서로에게 쓴웃음을 지어 보일 수밖에 없었다.

저택 주인의 시선과 관심이 온전히 필괴 한 사람에게로만 향해 있는 까닭이었다.

2

장삼과 필괴, 그리고 노일은 한 조가 되어 첫 임무를 부여
받았다.

아울러 그것은 용호장의 경호 용역 사업의 공식적인 첫 출
발이기도 했다.

그들이 첫 임무로 맡은 것은 화씨별택의 주인이자 대도성
주의 형이기도 한 화달단의 경호였다.

3

노일 등이 화달단에 대한 경호를 시작한 지 벌써 열흘이 지
나고 있었다.

그러나 그동안 그들 세 사람이 호위무사로서 한 일은 사실
크게 없었다.

화달단이 대개는 집 안에만 틀어박혀 있는 까닭이었다.

덕분에 장삼은 평소 바라던 대로 빈둥거리며 놀고먹는 일
상을 원없이 누리고 있는 중이었다.

4

곡목(谷睦)은 화씨별택의 하인이다.

올해 서른여덟인 그는 체구가 탄탄하고 완력이 제법 있는

데다 아래위의 사람들을 다루는 요령까지 있어서, 능히 화씨 별택의 하인 중에서는 실질적인 우두머리 노릇을 하였다.

호위무사들이 바뀐 지 열흘쯤 지나는 동안에 곡목은 그들 세 명의 새 호위무사 각각에 대해 나름대로의 파악을 해볼 수가 있었다.

우선 노일이라는 자는 세 명 중에서 가장 연장자이자 지휘의 책임을 맡고 있는데, 매사에 차분하고 신중한 성격으로 보였다.

그러니 연배로는 좀 아래로 보이더라도 곡목은 일단 노일에 대해서는 사뭇 깍듯하게 대우를 해주고 있는 중이었다.

두 번째로 장삼은 나이도 한참 어리고 딱히 무사다운 테도 나지 않았지만, 왠지 깐깐하고 영활해 보이는 데가 있었다. 최소한 만만하게 대할 상대는 아니었다.

그리하여 곡목은 장삼에 대해서도 호위무사와 하인 간에 지켜야 할 일반적인 선은 넘지 않기로 했다.

마지막으로 필괴는 적어도 소문과는 사뭇 달랐다, 얼굴이 괴상하게 생겼다는 것을 제외하고는.

사패 중의 대웅을 무너뜨렸다는 필괴인데, 오히려 곡목 자신보다도 작고 마른 체구일 뿐더러, 싸움꾼에게 흔히 있을 법한 소위 깡이나 거친 분위기 같은 것도 전혀 느껴지지가 않았다.

'한번 해볼 만하겠는걸?'

오죽했으면 그런 엉뚱한 생각까지 설핏 들었을까?

게다가 과묵하고 우직한데다 성격은 또 얼마나 순한지—혹은 좀 둔한 편이던지—며칠간 얼굴을 좀 익히고 나서는 가끔씩 싱거운 농담을 던지곤 해도 그거 '예, 예!' 하는 소리로만 받는 것이 농담 안에 담긴 '싱거운' 뜻을 잘 알아채지도 못하는 눈치였다.

그러나 설령 실제의 필괴가 소문과는 사뭇 다르다고 하더라도, 그래도 명색이 호위무사가 아닌가(첫날 보았을 때는 어엿하게 허리에 검까지 차고 있었다)?

섣불리 표시 나게 수작을 걸어보기는 또 영 찜찜해서 곡목은 때때로 그저 적당한 정도로만 슬쩍슬쩍 건드려 보곤 하는 중이었다.

5

노일과 장삼도 곡목이 필괴에게 거는 턱없는 수작을 한두 번씩 스쳐 본 적이 있었다.

그러나 노일은 필괴가 전혀 내색하지 않고 순순히 넘어가는 것을 보고 그 또한 모른 체하기로 했다. 필괴 자신이 괜찮다면 괜한 말썽의 소지를 만들 필요는 없다는 생각이었다.

장삼 또한 티를 내지는 않았다.

그도 이제는 충분히 알고 있었다, 필괴가 무작정으로 당하기만 하는 숙맥은 아니라는 사실을.

필괴가 곡목의 같잖은 수작들에 대해 별달리 신경을 쓰지 않으니 순순하게 있는 것일 터였다.

다만 그렇더라도 장삼은 언제 한번 적당한 기회가 오면 곡목에 대해 따끔한 맛을 보여주리라는 작정은 내심으로 하였다. 물론 문제가 생기지 않는 수준에서.

6

보름째.

드디어 바깥 행차가 있다는 전갈이 내려왔다.

노일은 우선 복장부터 챙겼다, 반회당의 공식 무복에 검을 챙겨 허리에 차도록.

"제길!"

장삼은 괜히 투덜거려 보았다.

그는 본래 허리에 검을 차는 것을 즐겨 하지 않았다. 차라리 등에 매든지 손에 들고 다니는 것이 편하지 걸을 때마다 덜렁거리는 것은 영 거추장스럽기 때문이다.

그러나 노일의 원칙주의를 따르지 않을 방법은 없었기에 장삼은 짐짓 잔뜩 인상을 쓴 채로 허리의 고리 매듭에 검을 찔러 넣었다.

다만 필괴를 보니 허리에 검을 찬 모습이 제법 그럴듯해 보이기도 했다.

행차는 제법 거창했다.

호위무사가 셋에다 하인을 일곱 명이나 대동하였고, 거기에다 가마까지 한 대 빌렸으니 따라붙은 가마꾼이 다시 넷이었다.

그리하여 수행하는 인원이 총 열넷이나 되었으니, 웬만한 대갓집 행차와 비교해도 손색이 없었다.

가마 위의 화달단은 사뭇 여유있게 부채를 펴 들고 있었다.

노일 등 세 명의 호위무사가 앞에 섰고, 곡목을 위시한 하인들은 가마 옆과 뒤로 따라붙었다.

그러나 행차는 막상 특별할 게 없었다.

무슨 볼일이 있는 것도 아니었고, 그냥 잠깐 저택 인근의 대로를 따라 한 바퀴 쭉 돌고 돌아오는 게 전부였으니 말이다.

당연히 긴장을 하고 말고 할 것도 없었다.

다만 그럼에도 행차가 아주 싱겁지는 않았던 것은 바로 필괴 덕분이었다.

지나는 거리의 사람들 중에서 필괴를 알아본 몇몇이 가마 주변으로 모여든 것이다.

그러나 단지 얼굴 구경이나 하자는 것이었으니, 노일이 장삼과 필괴를 좀 더 가마 가까이로 붙어 서게 한 외에는 별다른 조치를 취하지는 않았다.

정작으로 눈에 띄는 '조치'를 취한 것은 곡목이었다.

괜스레 앞으로 성큼성큼 나선 그는 사람들을 밀어내는 시늉을 하며 외쳤다.

"비키시오~! 비켜나시오~!"

그런 한편으로 곡목은 하인들에게도 짐짓 호통을 쳤다.

"뭣들 하는 게야, 길을 열지 않고!"

그러자 하인들이 우르르 가마 앞으로 나서서는 어깨에 잔뜩 힘을 준 채로 마치 행진이라도 하듯이 우쭐우쭐 나아갔다.

그러고 보니 마치 곡목 등의 하인들이 호위무사들인 듯이 보이는 것이었다.

장삼이 슬쩍 노일의 눈치를 살폈지만, 노일은 별 표정 변화 없이 차분한 모습이었다.

이어 장삼이 가마 위를 보니 화달단은 등받이에 깊숙이 몸을 기댄 채로 느긋하게 주변의 광경을 돌아보고 있는 중이었다.

그런 화달단의 모습에서 장삼은 그가 지금의 상황을 은근히 즐기고 있는 듯하다는 느낌을 받았다.

어쨌든 행차는 별탈 없이 저택으로 돌아왔다.

그리고 노일 등의 실질적인 첫 번째 임무 수행 또한 무사히 끝이 났다.

7

한번 행차를 나갔다 온 뒤로는 다시 무료한 일상이 이어지고 있었다.

그러나 장삼으로서는 다만 무료하다는 것 자체 외에는 조금도 불만이 있을 것이 없었으니, 오히려 느긋하게 일상을 즐기는 중이었다.

그런 것은 필괴 역시도 비슷해 보였다. 그 또한 호위무사로서 화씨별택의 일상에 무던하게, 그리고 어느 정도 여유있게 적응해 가고 있는 모습이었다.

다만 노일만큼은 조금도 빈틈이 없었다. 그는 항상 절제된 모습이었고, 언제라도 호위무사로서의 품격을 철저히 지키는 모습이었다.

그러나 장삼의 무료함과 느긋함은 얼마 더 가지 못하여 깨지고 말았다.

어느 날 아침에 화씨별택을 방문한 한 여인 때문이었다.

그녀는 대갓집 마나님들도 흔하게는 타지 못하는 커다란 가마를 타고 왔다.

급히 달려나온 서너 명의 하녀가 그녀를 맞았는데, 익숙하게 부축을 받으며 가마에서 내리는 그녀의 자태는 능히 사람들의 시선을 사로잡을 만큼 돋보였다.

열일곱이나 여덟쯤 되었을까?

창백해 보일 정도로 하얀 피부에 오뚝한 콧날, 얇고 붉은 입술은 미인의 표상 같았고, 크고 흑백 분명한 두 눈은 화사한 가운데 다시 차가움의 양면을 모두 지닌 느낌이었다.

그녀의 붉은 치마와 옥색 저고리는 미모와 어울려 참으로 화려했다.

사라락!

땅에 발을 디디는 순간 그녀의 치마가 살짝 땅에 끌리며 그런 소리를 내는 듯했다.

사뿐사뿐!

땅에 닿을 듯이 나풀거리며 가는 그녀의 치맛자락 사이로 한 쌍의 하얀 가죽신이 언뜻언뜻 보였다.

그러나 그녀는 가마에서 내릴 때부터 안채 쪽으로 사라질 때까지 단 한 번도 주변으로 눈길을 주지 않고서 꼿꼿이 정면만 보고 걸었다.

그리고 이내 화달단이 직접 나서서 '방을 치워라!', '다과를 마련해 오라!' 는 등등의 명을 두서없이 내리는 통에 화씨 별택은 별안간에 부산해지고 말았다.

8

화여령(華璇玲)은 화달단의 질녀였다. 동시에 대도성주의 무남독녀, 금지옥엽의 귀한 신분이기도 했다.

화달단은 화여령을 끔찍이도 귀히 여겼다.

독신인 그에게 그녀는 친 혈육이나 마찬가지였다.

반대로 화여령은 백부를 그다지 좋아하지 않았다.

백부 화달단은 그녀의 인척이 되기에, 나아가 그녀의 배경이 되기에 많이 부족하고 마음에 들지 않는 것투성이였다.

그러나 화달단이야말로 그녀의 부친이 세상에서 가장 각별하게 여기는 사람이었으니, 부친에게 눈도장 찍듯이 가끔씩 화씨별택에 들러 잠깐 얼굴을 비치는 것으로 인사를 차리곤 하였는데, 간혹 눈치없는 화달단이 조금만 더 놀다 가라고 잡는 시늉이라도 할라 치면 지레 질색이 되고 마는 것은 어쩔 수가 없었다.

화달단은 내내 함박웃음을 지우지 못했다.

오늘 화여령이 사전에 아무 기별도 없이 갑자기 방문을 하여서는 전에 없이 밝은 얼굴로 먼저 이런저런 얘기들을 꺼내며 곧잘 말을 시키는데, 그것이 주로는 요즘의 그의 최대 관심사이기도 한 바로 새 호위무사들에 관한 것이었기 때문이다.

9

사흘 뒤.

화여령은 다시 화씨별택을 찾았고, 그로 인해 조용하던 화씨별택의 아침나절은 다시금 화들짝 깨지고 말았다.

"하여간 저 양반 눈치 빠른 거 하나는 알아줘야겠군."

담장 너머로 부산히 돌아가는 안채 쪽의 광경을 한참 구경하고 있던 장삼은 혼잣말로 중얼거렸다.

다를 바쁜 중에서도 유난히 더욱 바쁘게 보이는 그 사람은 바로 곡목이었다. 여기저기 쫓아다니며 이런저런 간섭을 하고, 또 어쩌다 화여령이 모습을 보이기라도 할라 치면 어느 틈에 쫓아가서 이미 수행하고 있는 하녀들을 제치고 머리를 조아리며 뭐 시킬 것이 없느냐 묻기까지.

장삼이 곡목의 하는 양을 잠시 지켜보고 있자니 마치 화여령이 화씨별택의 새로운 주인이 되기라도 한 듯이 여겨질 정도였다.

하긴 그간 주위들은 이야기와 요 며칠간의 돌아가는 형국을 보자면 다분히 그런 측면이 있기도 했는데, 그런 시세의 변화에 가장 발 빠르게 적응하고 있는 사람이 바로 곡목이라고 할 수 있었다.

어쨌든 그렇게 한바탕의 부산함이 설렁설렁 지나가고 있었다.

10

미시 말(未時末).

노일은 점심을 먹자마자 용호장으로 들어갔다. 칠 일에 한

번 육도반 당주에게 대면 보고를 하게 되어 있는데, 오늘이
바로 그날이었다.

장삼은 마루 한귀퉁이에 앉아 기둥에 등을 기대고 지그시
두 눈을 감은 채로 한낮의 노곤한 한가로움을 사뭇 늘어지게
누리고 있는 중이었다.

그런 중에 장삼은 이따금씩 실눈을 떠 필괴가 하는 양을 살
피곤 했다.

필괴는 아까부터 마당 구석의 작은 연못가에 놓인 평평한
바위에 걸터앉아 있는 중이었는데, 꼼짝도 않고 내내 연못의
수면만 바라보고 있는 것이 물에 비친 푸른 하늘과 몇 조각의
흰 구름에 아주 시선을 빼앗기기라도 한 모양이었다.

삐걱!

바깥으로 통하는 쪽문이 살짝 열리더니, 슬그머니 머리 하
나가 들어와 재빠르게 안을 살폈다.

곡목이었다.

한 발을 안으로 들인 곡목은 우선 마루 위의 장삼부터 살폈
다.

장삼은 모른 체 눈을 감아버렸다. 곡목이 필괴를 만나기 위
해 왔으며, 또한 그의 방해를 받는 것을 몹시도 꺼린다는 것
을 알기 때문이었다.

곡목은 한 번씩 필괴를 찾아와 이런저런 얘기를 풀어놓으
며 노닥거리다 가곤 했다. 물론 대개는 그가 일방적으로 말하

고 필괴는 묵묵히 듣기만 하는 모양새였다.

그런 것을 가지고 곡목이 마치 필괴와 무슨 친밀한 교분이나 나누는 사이처럼 하인들에게 흰소리를 하고 다닌다는 것은 장삼도 알고 있었다.

그러나 그런 것도 그의 처지에서는 세상을 살아가는 나름의 재주라면 재주일 수도 있겠다 싶어서 장삼은 짐짓 모르는 체 넘어가 주고 있는 중이었다.

"필 위사!"

곡목의 나지막한 목소리는 역시 장삼을 의식한 것이리라.

그러나 장삼은 비교적 또렷이 들을 수 있었다.

"우리 아가씨가 말이오."

그 말에는 장삼이 괜스레 솔깃해지고 말았다.

'아가씨'는 화여령을 지칭하는 것일 테지만, 곡목이 언제부터 그녀를 '우리 아가씨'라고 부를 만한 사이가 되었는지에 대해.

"필 위사에 대해 사뭇 관심이 있으신 것 같더라고?"

장삼은 슬그머니 실눈을 떴다.

"하긴 필 위사의 소문이 워낙 자자하니 아가씨라고 왜 호기심이 없겠소? 그래서 하는 얘긴데… 내가 우리 아가씨를 직접 뵐 수 있는 기회를 한번 만들어볼까 하는데… 필 위사의 생각은 어떠신가?"

장삼은 피식 웃고 말았다. 그리곤 다시 눈을 감아버렸다.

필괴는 대답이 없었다.

그것이 필경 당황하여 머뭇거리는 것이리라고 장삼은 눈으로 보는 듯이 짐작할 수 있었다.

잠시 후에야 필괴의 목소리가 들렸다.

"저 같은 사람이 어떻게. 아가씨와 같이. 귀한 분과 만나기를. 감히 바랄 수 있겠습니까."

필괴의 대답에 대해서는 장삼이 또 잠깐 흐뭇한 마음이 되는 것이었다.

그 대답의 내용은 둘째치고 필괴가 비록 그 특유의 똑똑 끊어지는 말투는 어쩔 수 없는 것인 듯하지만, 그렇더라도 이제는 한층 길게 문장의 형태를 갖출 수 있게 되었다는 데 대해.

처음에 비하면 필괴의 '말솜씨'는 얼마나 놀랍도록 좋아진 셈인가?

"허참, 이럴 때 보면 필 위사는 사내가 아닌 것 같다니까? 아니, 우리 아가씨가 어떤 분이시오? 성주님의 무남독녀라는 사실은 제쳐 놓더라도 명실공이 대도성 최고의 미녀가 아닌가? 아가씨의 눈길 한 번만이라도 받기 위해 성내의 한다하는 집안의 공자들이 줄을 선다는 것을 모른단 말이오? 그런 판에 아가씨를 직접 뵐 수 있는 기회를 한번 만들어보겠다는데… 허허! 이게 나 아니면 필 위사가 언감생심 꿈이라도 꿔볼 수 있는 일이겠소?"

곡목이 제법 익숙하게 필괴를 어르더니 다시 은근한 투가 되었다.

"벌이 꽃을 보고 날아드는 것은 당연한 이치이고, 더욱이 필 위사에 대해 아가씨께서 관심이 있어하신다면 그것이야말로 생각지도 못한 복이 저절로 굴러들어 오는 셈이 아닌가. 안 그렇소?"

그런데 그때쯤 되어서는 장삼이 더 듣고 있을 마음이 아니었다.

"으아아… 흠… 흠……!"

장삼이 짐짓 잠깐의 오수에서 깨어나 기지개를 켜는 시늉을 내자, 곡목이 얼른 필괴의 옆에서 떨어졌다.

"어? 언제 오셨소?"

장삼이 인사 겸으로 슬쩍 말을 건네자 곡목은 껄끄러운 기색을 애써 감추며 받았다.

"아! 아까 전에 왔다가 이제 그만 일어서는 중이오!"

그러더니 곡목은 다시 필괴를 보고 슬쩍 뱉었다.

"그럼 그렇게 알고… 이만 가겠소."

그리고 곡목은 종종걸음으로 마당을 가로질러 쪽문으로 사라졌다.

잠시 곡목이 사라지는 쪽을 보고 있다가 장삼은 다시 지그시 눈을 감았다.

필괴 또한 다시금 멀거니 연못의 수면을 바라보았다.

보글!

동그란 거품 하나가 둥실 수면 위로 떠올라서는 톡 하고 터졌다.

11

저녁 무렵.

삐걱!

쪽문이 열리기에 장삼과 필괴가 동시이다시피 그쪽을 보았다.

그러나 쪽문을 들어선 것은 올 때가 다 되어 기다리고 있던 노일이 아니었다.

등부터 들어서는 이는 곡목이었다.

이어 붉은 치맛자락과 한 쌍의 하얀 가죽신이 들어섰다.

화여령이었다.

장삼은 잠시 당황했다.

아까 곡목이 잠깐 들러서 필괴에게 하던 소리야 그저 제 기분대로 지껄여 보는 흰소리인 줄로만 알았지 그가 정말로, 그것도 당장에 이런 상황을 만들어낼 줄은 미처 생각해 보지 못한 일이었다.

장삼이 스쳐 보낸 그 잠깐의 당황을 읽었던지 곡목이 짐짓 목에다 힘을 주며 쓱 한번 장삼을 훑었다.

곡목의 위세 부리는 꼬락서니야 같잖더라도 장삼이 일단

은 몸을 일으켜 간단하게나마 예를 취하지 않을 수는 없었다. 수칙(守則)상 경호 대상의 가족에 대해서도 기본적인 예우는 갖추도록 되어 있는 것이다.

필괴 또한 가볍게 고개 숙여 화여령에게 예를 표하였다.

그때 화여령의 이마가 설핏 찡그려지는 것을 보며 장삼 또한 슬며시 미간을 좁히고 말았다.

사실 필괴를 처음으로 보는 사람 대부분이 잠깐의 놀랍다는 반응을 보이기는 하지만, 그렇더라도 지금 화여령의 반응은 사뭇 노골적이었다.

"당신이 필괴인가요?"

화여령이 이마를 찡그린 중에도 애써 미소를 지어 보이며 물었다.

"예."

필괴의 대답은 짧았다.

장삼이 필괴의 그런 대답 형태가 화여령에게는 사뭇 건조하게 들릴 것이라고 짐작을 하였는데, 과연 화여령은 언뜻 당혹스럽다는 듯한 빛이 되고 마는 것이었다.

그러나 그녀는 이내 오히려 화사하게 미소를 완성시키며 반짝이는 눈빛으로 다시 물었다.

"당신은… 예전에 심한 화상을 입었나 보군요?"

필괴의 표정이 언뜻 굳어졌다.

아니, 필괴의 얼굴에는 원래 그런 표정들이 잘 드러나지 않으니, 다만 장삼이 그렇게 느낀 것일 터였다.

"예."

필괴의 대답은 이번에도 짤막했다.

그때 화여령은 이윽고 미소를 거두며 힐끗 뒤를 돌아보았다.

그러자 그녀의 한 발 뒤에 서 있던 곡목이 슬쩍 필괴에게 눈짓을 해 보였다.

필괴의 눈빛에 스치는 약간의 당혹감을 읽었던지 화여령은 다시금 미소를 떠올렸다.

"당신의 화법은 몹시 독특하군요?"

화여령의 미소가 좀 더 화사해졌다.

"당신에 관한 소문은 익히 들었어요. 거한인 대웅을 단박에 때려눕혔다지요?"

그리고 새삼스럽게 필괴의 아래위를 한번 훑어보더니 화여령은 문득 짤랑거리는 웃음으로 다시 말을 이었다.

"호호호! 이렇게 보기로는 그다지 싸움을 잘할 것 같지 않은데…… 하긴, 성의 훈련대장이 언제 말하기를, 진짜 고수는 겉으로 봐서는 잘 표시가 안 난다고 하더니… 아마 당신도 그런 모양이지요?"

장삼이 보니 필괴는 차라리 멀뚱해 보였다.

하긴 화여령이 던지는 물음들은 필괴가 쉽사리 대답할 수 있는 종류의 것들이 아니긴 했다.

"부탁이 하나 있어요. 그리 어려운 것은 아니니 들어줄 수 있겠죠?"

화여령이 쌩끗 미소까지 지어 보이는데야 필괴가 겨우 입을 열었다.

"저는."

그러나 필괴의 말이 첫마디에서 끊어지는 틈을 화여령이 낚아채 버렸다.

"별것 아니에요. 그냥 조금 있다가 집으로 돌아갈 때 호위를 좀 해달라는 부탁이에요. 올 때는 군사들의 호위를 받았지만, 그들을 여기까지 다시 오게 하는 게 좀 번거로워서요. 아! 백부님께는 따로 말씀을 드려 놓을게요."

빠르게 이어지는 말을 다 듣고 나서야 필괴는 자신이 하려던 말의 나머지를 내놓을 수 있었다.

"안 됩니다."

역시 짧은 대답이었다. 그러나 단호했다.

화여령은 일시 어이없다는 기색으로 되고 말았다.

"지금 안 된다고 했나요?"

화여령이 다시 확인한다는 듯이 물었으나,

"예."

필괴의 대답은 예외 없이 짧았다.

"왜죠?"

화여령의 목소리가 뽀족해졌다.

　장삼은 상황이 좀 껄끄럽게 돌아간다고 생각했다. 그러나 당장에 개입할 생각으로 까지는 되지 않았다.

　"저는."

　필괴가 다시 차분하게 입을 열었지만, 역시 첫마디에서 일단 한번 끊어지는 데 대해 답답하다는 듯이 곡목이 불쑥 끼어들었다.

　"아니, 필 위사! 아가씨께서 친히 부탁까지 하시는 일인데, 더욱이 별것도 아닌 걸 가지고 대뜸 안 된다니? 도대체 이게 무슨 경우요?"

　곡목이 하는 투가 확연하게 필괴를 질책하며 몰아붙이는 것이라, 장삼이 더는 보고 있지 못하고 슬쩍 나섰다.

　"저희들에게는 호위무사로서 반드시 지켜야 하는 수칙이 있습니다. 그런 까닭에 필 위사가 아가씨의 부탁을 들어드리지 못한다고 하는 것입니다."

　그러자 화여령의 목소리가 확연히 날카로워졌다.

　"수칙이라니요? 당신들은 우리 백부님께서 고용한 호위무사들이 아닌가요? 그런데 백부님의 허락을 받겠다는데 무엇이 문제가 된다는 거죠?"

　장삼이 다시 차분하게 대답했다.

　"저희들에게 주어진 임무는 오로지 화 대인을 경호하는 것입니다. 그러니 설령 화 대인께서 허락을 하신다고 하더라도… 적어도 저희 대장의 명령 없이는 저희들 임의대로 다른 대상의 경호를 맡을 수는 없습니다.”

“흥! 그래요? 그럼 당신들의 대장은 지금 어디에 있죠?”

“잠시 용호장에 들어갔습니다.”

장삼이 보니 시종 차분하게 대답을 이어내는 자신의 태도가 오히려 화여령을 더욱 날카롭게 만드는 느낌이었다.

그러나 장삼은 굳이 자신의 태도나 말투를 바꿔야겠다는 생각은 또 들지 않았다.

“그는 언제 돌아오죠?”

“돌아올 때가 되긴 하였는데… 아마도 좀 늦는 모양입니다.”

화여령이 잠시 노려보듯이 장삼을 응시하고 있더니, 문득 시선을 다시 필괴에게로 옮겨갔다.

그러나 다음 순간 화여령은 ‘휙!’ 하고 몸을 돌렸고, 곧장 쪽문을 향해 또박또박 걸어갔다.

그런 그녀에게서는 처음 올 때의 화사함은 조금도 남아 있지 않았다. 대신 차갑고도 도도한 느낌뿐이었다.

12

장삼은 챙겨두었던 술 한 병과 건포 몇 조각을 꺼내놓았다.

“초저녁부터. 무슨 술이야?”

필괴의 핀잔 투를 못 들은 체하며 장삼은 병나발로 한 모금을 먼저 들이켜고는 필괴에게 병을 건네주며 물었다.

"어떻더냐?"

필괴가 짐짓 못 이기는 체 술병을 건네받으며, 별 감흥 없이 반문했다.

"뭐가?"

"아까 그 여인."

"누구. 아가씨?"

"응. 화여령. 예쁘지 않던?"

언뜻 의아한 기색이던 필괴의 입매가 슬쩍 일그러졌다. 싱거운 웃음이라도 짓는 것이리라.

장삼이 또한 싱긋 웃으며 다시 물었다.

"여자 좋아해 본 적 있나?"

필괴가 표정을 바로 하고는 잠시 묵묵한 모습이더니 천천히 고개를 가로저었다. 그리고는 다시 무덤덤하게 술병을 입으로 가져갔다.

벌컥!

벌컥!

필괴의 목젖이 아래위로 꿈틀거리는 것을 잠시 보고 있다가 장삼은 문득 피식 혼자 웃음을 웃고 말았다.

13

노일은 용호장에서 돌아오자마자 화달단의 급한 호출을
받았다.

사랑채로 들어가자 화달단의 잔뜩 붉어진 안색만으로도
그가 상당히 노해 있다는 것을 곧바로 알 수 있었다.

화달단의 곁에는 화여령이 앉아 있었는데, 사뭇 도도한 자
태였다.

노일이 이미 장삼에게서 화여령과 있었던 일에 대해 짤막
하게나마 보고를 받은 바 있기에 화달단의 노여운 말 몇 마디
를 차분히 흘려들은 다음에 자신의 입장에 대해 차근차근 설
명했다.

"저희들의 임무는 어디까지나 대인을 경호하는 데 있습니
다. 만약 저희들이 임의로 대인 외의 다른 대상을 경호하다가
어떤 불상사라도 생기는 경우에는, 그때에 불거질 책임 소재
의 문제는 결코 간단하지 않을 것입니다. 즉, 대인께 만약의
어떤 사고가 생긴다면 그 책임은 전적으로 저희에게 있는 것
이지만, 계약에 포함되어 있지도 않은 다른 대상을 경호하다
가 사고가 생긴다면 그때의 책임은……."

화달단이 더는 듣고 있지 못하겠다는 듯이 버럭 역정을 냈
다.

"무엇이 그리 복잡하단 말인가? 계약에 포함되어 있지 않
아서 문제가 된다고 한다면, 지금이라도 당장 그 계약을 파기
하고, 새로운 것으로 바꾸면 될 일이 아닌가?"

　화달단의 언사가 그런 데까지 이르고 보니 노일로서도 크게 당황스럽지 않을 수 없었는데, 그때 화여령이 슬쩍 만류하는 체하며 말을 거들고 나섰다.

　"진정하세요, 백부님. 저로 인해 괜한 분란을 만들고 싶진 않습니다."

　그러나 화달단은 조금도 화를 꺾을 기세가 아니었다.

　"아니다! 이 백부는 나 자신보다 너를 더욱 중히 여기는 사람인데, 정작으로 너를 보호해 주지 못하겠다는 호위무사들이 대체 무슨 소용이란 말이냐?"

　그때쯤에는 노일도 어느 정도 당황을 추스를 수 있었기에 다시금 수습에 나섰다.

　"대인, 사실… 이 같은 일을 제 선에서 어떻게 결정하기는 어려우니, 내일 날이 밝는 대로 제가 다시 용호장으로 들어가 대인의 뜻을 충분히 전해 올리도록 하겠습니다. 그리고… 오늘은 이미 밤이 깊었으니 저희가 아가씨를 청사까지 모셔다 드리고 오도록 하겠습니다."

　"그럴 필요 없어요! 이미 사람을 보냈으니 곧 군사들이 당도할 거예요!"

　화달단이 뭐라고 하기도 전에 화여령이 간단히 잘라 버렸는데, 그런 그녀의 목소리와 기색은 새삼 차갑기만 했다.

　노일이 궁색해진 표정을 애써 감추는 중에, 화여령이 다시 말했다.

"혹시 말이에요."

"예, 아가씨."

"백부님과 함께 있는 경우라면 나도 당신들의 경호를 받을 수 있는 건가요?"

은근히 비꼬는 듯한 느낌이었으나, 노일은 즉시 고개를 끄덕이지 않을 수 없었다.

"물론입니다, 아가씨."

화여령이 언뜻 희미하게 미소를 떠올렸다.

"한 가지만 더 물어보죠. 만약 여기에서 가까운 거리라고 해도 나 혼자라면 당신들의 경호를 받을 수 없나요?"

"그건……."

노일이 짐짓 당혹스럽다는 기색을 만드는데, 화여령이 바로 덧붙였다.

"아, 물론 청사까지는 이미 안 된다고 했으니 그보다 훨씬 더 가까운 거리라면 말이에요."

노일이 이번에는 진정으로 당혹스러운 심정이 되고 말았으나, 짧은 궁리 끝에 대답을 내놓았다.

"수칙에 어긋나기는 하지만… 아주 가까운 거리이고, 또 그럴 수밖에 없는 상황이라면… 최대한 방법을 강구해 볼 여지는 있다고 하겠습니다."

화여령의 미소가 짙어졌다.

"좋아요. 일단은 그런 정도의 선에서 서로 이해한 것으로 해두죠."

노일이 뭐라고 말을 받아줄 심정은 아닌데, 화여령이 다시 말을 보냈다.

"그리고 아까도 말했지만, 나로 인해 괜히 이런저런 분란이 일어나고 말이 오가는 것은 싫으니 용호장에다 무슨 보고를 하겠다는 등의 괜한 일은 벌이지 않았으면 좋겠어요."

그것에 대해서는 노일이 뭐라고 토를 달려는데, 화여령은 틈을 주지 않고서 문득 생각났다는 듯이 빠르게 말을 이어냈다.

"아참, 지금 이 자리에서 이야기됐던 사항들은 당신의 두 수하에게도 명확하게 전해졌으면 좋겠어요. 아까 그들이 말하기를, 자신들은 대장의 명이 없으면 결코 임의대로 움직일 수 없다고 했으니 말이에요."

노일이 내심 쓴웃음을 짓고 말았지만, 일단은 고개를 끄덕일 수밖에 없었다.

"알겠습니다."

"그럼 그만 가보세요."

곧장 축객령을 내리는 화여령에 대해 노일이 새삼 당황스러워서 화달단을 보았으나, 화달단은 아주 간단한 고갯짓으로 화여령의 말을 추인해 주었다.

14

"백부님, 우리 모레쯤 바깥나들이나 한번 나갔다 와요."

"바깥나들이를 나가자고? 허허허! 그것 좋지! 그래, 어디로 나가보고 싶으냐?"

대번에 솔깃해하는 백부의 반응에 화여령은 짜랑한 웃음을 터뜨렸다.

"호호호! 어디든 제가 가고 싶다고 하면 데리고 가주실 거죠?"

철들고 난 이후로는 영 보지 못했던 화여령의 애교에 화달단의 입이 절로 벌어지고 말았다.

"그럼, 그럼! 네가 가고 싶다는데 이 백부가 추호라도 망설일 리가 있겠느냐?"

"역시 백부님이 최고세요! 아버지가 백부님의 반만큼만 저를 생각해 주시면 얼마나 좋을까요?"

화달단이 그제야 무슨 눈치가 느껴졌는지 애매하게 웃음기를 거두는데, 화여령이 얼른 말을 이어갔다.

"야매장(夜魅場)이라고 들어보셨죠?"

"음! 밤에만 잠깐 선다는 시장이 아니냐?"

"예! 그곳에 한번 가보는 게 제 소원이에요. 거기에는 온갖 희귀한 물건들이 다 있대요. 그래서 전부터 꼭 한번 가보고 싶었어요."

"하지만 그곳은 황색지대라고 하던데……."

"어머! 백부님도 황색지대를 다 아세요? 그런데 그 삼색지
대니 뭐니 하는 것은 그냥 상단들에서 괜히 거창하게 이름을
붙여놓은 것일 뿐이고, 사실은 특별한 의미 같은 건 크게 없
대요."

"하지만… 전에 네 부친이 내게 당부하기를, 그쪽은 위험
하니 혹시라도 출입할 생각일랑 하지 말라고 했다. 그런 터에
내가 너까지 데리고 그곳을 간다면 필시 나중에라도 네 부친
이 알고 싫은 소리를 할 게다."

"호호호! 백부님도 참, 우리끼리 살짝 갔다 올 것인데 아버
지가 아실 까닭이 없죠."

"허허! 그래도 안 될 일이다. 만약에 그랬다가 네게 무슨
일이라도 생긴다면 그때는 내가 무슨 낯으로 네 부친을 볼 수
있겠느냐?"

화달단이 사뭇 강경한 투이자, 화여령이 아예 그의 팔에 매
달리는 시늉으로 애교를 부렸다.

"아이참, 백부님은? 야매장도 엄연히 대도성 경내에 서는
시장이고, 백부님께서 제 곁에 계시는데 저에게 무슨 일이 생
길 것이 있겠어요? 더욱이 호위무사들이 있잖아요. 사람들이
뭐라고 하는지 아세요? 대도성에서 가장 든든한 호위무사를
둔 사람이 바로 백부님이래요. 특히 그중 필괴라는 무사는 그
명성이 얼마나 자자한데요? 그런 호위무사들의 경호를 받을
것인데 걱정할 것이 도대체 무엇이죠?"

그 말에는 또 화달단이 괜히 헛기침부터 나오는 것이었다.

"흠! 흠! 그러하냐? 허허허!"

그 틈에 화여령이 아예 확정을 지었다.

"그럼 승낙하신 걸로 알고 모레 올게요?"

그리고는 화여령이 짐짓 들뜬 기색을 만들자, 화달단은 이윽고 흔쾌히 고개를 끄덕였다.

"그래, 그러자꾸나! 네가 그처럼 가보고 싶다는데 내가 어떻게 안 된다고 할 수야 있겠느냐? 하긴 네 어릴 때 말고는 한 번도 함께 구경을 나가보지 못했으니 실로 오랜만에 오붓한 시간을 한번 가져 보자꾸나!"

『심검지』 3권에 계속…

8월 말에 몰려오는 거대한 흐름!
세상을 보는 또 하나의 창!
이젠-북(ezenbook)!
클릭하세요!

http://www.ezenbook.co.kr

NOMEN

노멘

이영균 장편 소설

억울한 누명으로 인한 감옥살이 1년.
직장, 친구, 애인도… 모두 떠나 버렸다.

911테러 이후, 극비리에 진행된 프로젝트,
그리고 그 결과물, 슈퍼컴퓨터 HAL8999

대한민국의 평범한 청년 동범과
인류가 만든 최고의 컴퓨터에서 깨어난 존재의 만남.

Nomen est omen 이름이 곧 운명!

인류의 미래를 가르는 사건은
이 우연한 만남으로부터 시작되었다.

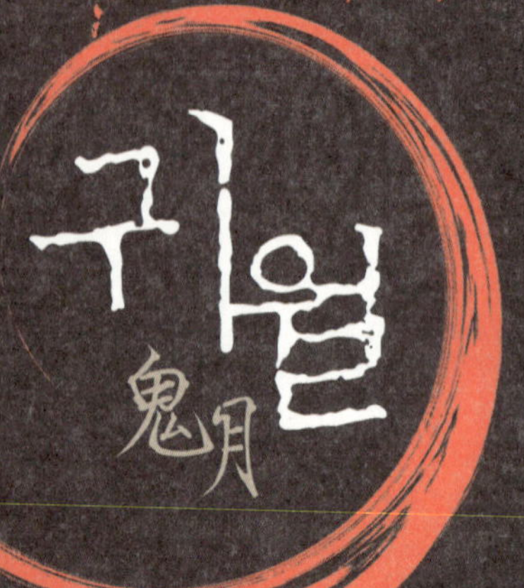

참마도 新무협 판타지 소설

"하늘의 달은 벗 삼아도
땅 위에 떠오른 달은 피하리.
그 달 아래 춤을 추는 자,
사람이 아니라 귀신일지니……"

뜨거운 대지 위에 차가운 달이 떠오른다.
희뿌연 검광과 피가 흩뿌려지고
망자의 혼이 허공에서 춤출 때
귀역의 사자가 그곳에 있을 것이다.

유행이 아닌 자유추구 -
WWW. chungeoram.com
Book Publishing CHUNGEORAM